Elisabeth Correvon

LA VIVANTE

"J'offre une ville, un toit, un abri,
du pain et mon épée à tous les proscrits
qui erreront bientôt dans la province, sans ville,
ni toit, ni asile, ni pain."

Raymond-Roger Trencavel

Préface

C'est un joli roman, ancré dans le Béziers historique, que vous avez dans les mains. Un roman où notre belle ville se dévoile à travers ses ruelles sinueuses, ses places écrasées de soleil et l'accent chantant de notre peuple du Midi. L'auteure connaît bien le Béziers à la fois magique et tragique dominé par la mystérieuse église de la Madeleine. Dans *La Vivante*, on retrouve beaucoup de ce que chacun peut ressentir ici : un mélange de profonde nostalgie et une folle envie d'aimer. Ce que l'héroïne du livre éprouve de la première à la dernière page. En somme, le résumé parfait d'une vie humaine…

Robert Ménard, maire de Béziers

UNE NOUVELLE VIE

PREMIÈRE PARTIE

L'arrivée

Après avoir voyagé toute la matinée dans le train qui me mène vers ma nouvelle vie, j'attrape ma valise – unique vestige qui me rattache à mon passé – et me dirige vers le wagon où la porte donnant sur le quai va s'ouvrir d'ici quelques minutes.

Il fait si beau, le ciel est si pur, que malgré l'incertitude qui m'étreint le ventre je ne peux m'empêcher de me dire que désormais tout est possible, enfin !

Un bout de papier froissé que je serre dans ma main me dit où je dois me rendre. C'est à la frontière du Capnau, derrière la place de la Madeleine. Je sors de la gare et, droit devant moi, je découvre les grilles bleues d'un parc, on le nomme « plateau des Poètes ».

Après en avoir franchi l'entrée, je gravis la côte qui me sépare du centre-ville historique de la plus vieille ville de France. Des statues de poètes locaux jonchent mon chemin. La mélodie d'une cascade se fait alors entendre. Je me dirige vers elle et découvre Atlas portant le monde, pendant que Pan, dieu de la nature, s'amuse, le regard espiègle, à faire gicler l'eau sortant de sa bouche afin d'en arroser deux chérubins.

Il fait chaud ! Je décide de reprendre mon chemin et, bientôt arrivée au terme de cette parenthèse de verdure reposante, je découvre un château pinardier de belle facture, qui toise le parc de son insolente présence. Quelques secondes plus tard, les allées Paul-Riquet s'ouvrent devant moi.

Que d'événements se sont produits depuis ces treize dernières années ! Le ravissement de rencontrer et de vivre avec celui que j'aimais tant et avec lequel je désirais construire un avenir solide.

Les cheveux blancs, je nous imaginais tous les deux, main dans la main, heureux du bonheur qui nous inondait, nos petits-enfants courant autour de nous, et nos enfants épanouis dans leur rôle de parents, avec ces responsabilités qui forgent les tempéraments.

Amoureuse ! Oui, éperdument amoureuse, ne voyant, ne vivant, ne respirant que pour celui qui faisait battre mon cœur. À tel point que j'en oubliais de vivre moi-même.

Pourtant, en l'espace d'un instant, d'un claquement de doigts, tout a disparu, tout s'est évanoui autour de moi. Cet homme, qui m'assurait n'aimer que moi, me dit un jour en rentrant d'un séjour spirituel qu'il désirait faire une pause, que son inclinaison pour moi était moins forte qu'auparavant, et que, de façon inconsciente, je devais être la source de ses problèmes qu'il ressentait ces derniers mois. Dans tous les cas, je me retrouvai du jour au lendemain avec un ultimatum, celui de devoir quitter les lieux dans les plus brefs délais.

Place Jean-Jaurès, je me dirige vers la rue de la Citadelle. Mon bagage heurte les pavés de ses roulettes, me faisant sortir des méandres de mon passé pour me faire prendre conscience des boutiques qui m'entourent et du charme provincial des lieux qui se dévoilent peu à peu. Je me retrouve sur la place de la Mairie, demande mon chemin, et bifurque en direction de Pépézuc, avant de m'engager dans la rue d'Envedel qui lui tourne le dos. À l'instant même où je pose le pied sur son seuil, je sens mon être vibrer à la limite de la suffocation. Je m'arrête un instant afin de reprendre mon souffle, les yeux plongés dans son sol. Enfin, je dilate mes narines, gonfle mes poumons d'air, relève la tête qui me tourne, porte mon regard au loin, et découvre, stupéfaite, une parcelle de la majesté d'une église embrasée de lumière se découper sous la voûte azuréenne d'une place qui lui sert d'écrin. Mon cœur se met à cogner contre les parois de mes côtes, et, au son du tambour, j'avance au ralenti vers ce lieu que je ne connais pas, et qui pourtant ébranle chacun de mes membres.

Une sensation, une vibration de déjà-vu, d'intimité, de nostalgie me submerge tout à coup ! Ce n'est pas la première fois que cela m'arrive. Déjà, par le passé, des choses semblables se sont produites. Des manifestations d'un autre ici, parfois d'un autre temps, prenaient possession de moi, me laissant désarmée, avec pour seule compagne, ma peur.

J'ai froid et je brûle à la fois, lorsque j'arrive place de la Madeleine. Son sol aveuglant m'enveloppe violemment de son étreinte charnelle. Autour de moi, on s'agite, les gens vont et viennent, le marché est déployé. Les terrasses sont prises d'assaut, on rit, on parle fort, on fait rouler l'accen“g” du pays d'Oc qui transpire dans chaque pierre, chaque édifice et chaque bouche, afin de continuer d'en imprégner l'atmosphère, comme l'ont fait, il y a de cela plusieurs millénaires, leurs ancêtres. Une sensation étrange en moi se fait alors ressentir, mêlée de joie et de tristesse. Je sais que je suis exactement là où je dois être, et ressens avec certitude que ce qui se prépare va bouleverser à jamais le cours de mon existence. Il n'y a pas de hasard, que la force du destin. Celle qui nous conduit à mettre un pied devant l'autre afin de nous pousser inexorablement vers notre aboutissement. Vouloir l'éviter ne fait que retarder ce moment, rien de plus. Je ne sais pas pourquoi, mais, à cet instant précis, je comprends soudain que tout ce que j'ai vécu dans ma vie – joies comme souffrances depuis le jour de ma naissance – n'a eu pour autre but que de me conduire en ces lieux. Aux personnes et aux événements qui vont venir à ma rencontre dans les prochains temps, je me dois d'ouvrir mes bras et mon cœur.

Je me décide à quitter la place de la Madeleine pour me diriger vers le lieu qui désormais va m'accueillir. En haut d'un mur, je lis : « Place Saint-Esprit ». Je balaye du regard les numéros de porte, puis me dirige instinctivement vers une grille qui prolonge un long muret de pierres, surmonté d'un immeuble orné d'un trompe-l'œil, c'est le numéro 8. Je pousse la grille, pénètre dans une petite cour intérieure, et rejoins l'escalier qui me fait face. Lentement, je grimpe les marches, puis, arrivée au premier étage, je me penche et cherche le nom de mon hôte. Introuvable ! Je me prépare à poser l'index sur la sonnette qui se trouve à ma portée, quand la porte s'ouvre en grand, sur une exclamation.

— Sophia ! Entre, ma jolie !

Assise sur une chaise, devant un verre d'orangeade, je découvre un intérieur légèrement vieillot, encombré d'objets hétéroclites ayant pour seul lien l'Espagne. Des poupées des années soixante-dix en costume de flamenco, des canevas ornés de scènes folkloriques encadrés et accrochés les uns à côté des autres, ne laissant quasiment aucun espace libre sur les murs. Des castagnettes, des éventails, une robe de danseuse toute bigarrée, portée fièrement par un buste de couturière.

Sur une table derrière moi, une machine à coudre, des bobines de fil, des lés de tissu, des épingles, des patrons… et, venant envelopper ce tout, la chaleur mordante de ce sud de la France que je redécouvre avec joie. Enfin, posée sur mes genoux, la tête couleur de suie de Miss Lilly, la douce compagne labrador de Martine Rodriguez, ma désormais colocataire.

— Ma toute belle, ici tu es chez toi ! Comme tu peux le constater, la maison est simple, mais bien située et avec tout le confort. Je vais te montrer ta chambre et tout ce qui va avec.

Pendant que ma nouvelle amie me fait faire le tour du propriétaire, Lilly bat la cadence de sa queue en nous montrant le chemin. Mon amie me parle des personnes que je vais bientôt rencontrer, me met en garde par rapport à certaines qui sont « des langues de vipères, peuchère ! » et de celles qu'elle va avoir le privilège de me présenter, bien sous tous rapports. Elle me parle de son métier de couturière, de créatrice de mode, de son amour de la pâtisserie… Elle chante, rit fort, me prend dans ses bras, toute heureuse de ma venue, le tout sans reprendre un seul instant son souffle ! Exubérante, attachante, joyeuse et bienveillante à la fois. Je tombe immédiatement sous son charme. Je sens qu'un ciel clément continue de s'ouvrir à moi dans cette nouvelle expérience de vie.

Nous arrivons dans ma chambre. Toute tapissée de blanc et d'espaces vides, elle se veut minimaliste à souhait. Un grand lit recouvert d'un drap rose pâle et d'une légère couverture en crochet framboise me fait face. Deux chevets l'encadrent. À sa droite, un grand placard ; plus loin, une chaise campée devant la cheminée en marbre rouge. Enfin, la fenêtre qui donne sur la petite cour que j'ai traversée en arrivant. Après avoir rangé mes maigres affaires dans le placard, je m'avance vers la lumière du dehors afin de humer à pleins poumons l'air du Midi. Mon esprit s'évade alors dans le passé, je me revois, anéantie et désemparée, dix années en arrière.

Tout m'arrivait en même temps ! La tempête commençait à souffler, et, que je le veuille ou non, j'étais bel et bien prise dans sa tourmente. Du plus profond de mon être, je me mis à ressentir les mystères de l'univers. Impalpables mais présentes, ses forces tournoyaient en moi tels des cyclones incontrôlables. Lorsque je tentais d'en pénétrer l'œil, elles prenaient possession de moi en jouant avec mon corps. Alors, une joute érotique nous animait soudain, prémisse à la jouissance, créant en mon Moi un ballet luminescent de fréquences et d'énergies si fort que mon corps tout entier se tendait comme un arc, pour finir de se cabrer dans un soupir de plaisir. Émerveillée et vaincue, je m'offrais, effeuillée après ma danse des sept voiles, à la volonté toute-puissante de la Source créatrice.

Nuit après nuit, submergée par cette pénétrance, je sentais mes sens s'affiner. Tout, je ressentais tout ! La pointe d'un objet, quel qu'il soit, dirigé vers moi me transperçait de part en part. Les chuchotements me faisaient vibrer les tympans. Je n'avais plus besoin de toucher l'autre pour le deviner. Je n'avais plus besoin d'aimer l'autre pour en être imprégnée. Je devenais une empathique absorbant toutes les émotions. Je compris alors que

je me devais de maîtriser ces sept centres d'énergies subtiles coûte que coûte. C'est ce que je fis. Jour après jour, je canalisai la fréquence de mes émotions, afin de me libérer d'elles. J'apprenais la verticalité, la communion avec le ki, l'éveil du serpent lors des montées de kundalini. Je m'apprenais moi-même en me domptant à chaque instant ; et tout devint évidence.
Et elles sont apparues dans ma tête, ces voix chahuteuses, afin de prendre la parole à qui mieux mieux, dans le but de contrôler mon esprit.

Je n'avais plus un seul instant de répit, ni le jour ni la nuit. La question que je me pose encore aujourd'hui est : si je n'étais pas allée voir cette femme, le cours de ma vie aurait-il changé ? Serais-je encore en train de me perdre aux côtés de cet homme à qui j'aurais donné ma vie entière ? Aurais-je continué de passer à côté de moi, sans voir autre chose qu'une étrangère perdue dans le vaste monde de la matière ?

Au lieu de cela, comme une bourrasque de vent, l'immatérialité m'a bousculée jusqu'à me faire perdre pied. Du jour au lendemain, tout ce que je n'étais pas en mesure de voir les yeux ouverts – c'est-à-dire tout ce qui n'est pas à la surface de mon subconscient – s'est imposé à moi. Des phénomènes étranges se sont alors matérialisés sans que j'en comprenne le sens. Comment expliquer l'inexplicable ? Comment s'épancher, se confier à la bonne oreille, être comprise et entendue, quand celui ou celle à qui l'on murmure ce qui nous enserre le cœur et l'âme n'entend rien à ce que vous dites, ne l'ayant pas encore expérimenté ? Pour finir, comment évoquer la mort, ce qu'elle entraîne et nous impose, à ceux qui feignent d'en comprendre le sens, sans en être imprégnés par l'essence ?

Je me revois dans l'arrière-boutique de cette femme qui m'explique ce que je suis, ce que je dois faire, et comment ma vie va basculer dans les prochains temps. Mission de vie, mission d'âme, perte, solitude, errance, nuit noire de l'âme… et enfin, la MORT !

— Elle vous accompagne depuis le jour de votre naissance et vous accompagnera votre vie durant ! N'essayez pas de lui échapper, car à ce jeu vous perdrez. Tôt ou tard, elle vous rattrapera et vous invitera à la seconder, afin que ceux qui viennent à vous sortent de l'errance pour migrer de l'autre côté. Car vous êtes Passeuse d'âmes.

— Je ne comprends rien à ce que vous me dites ! Passeuse d'âmes ? La mort, une mission ? Je ne veux pas de tout cela, perdre quoi ? Moi qui ne possède plus rien ! J'ai fait le vide autour de moi depuis bien longtemps. Je n'ai plus rien, dans ce monde.

— Si, il vous reste encore une chose...

— Laquelle ?

— Ça, vous le découvrirez bien assez tôt ! Une fois que, dans la solitude, vous vous serez reconstruite, vous pourrez, alors, accueillir ce pour quoi vous êtes destinée.

— Et comment saurai-je que je suis sur la bonne voie ?

— Suivez vos guides afin de ne pas vous égarer, et tout deviendra évidence.

Je m'en suis allée. Impuissante, j'ai vu mon univers tout entier s'étioler peu à peu. J'ai vu cet homme, qui remplissait chaque parcelle de mon être, remplacer l'amour qu'il avait pour moi par de la peur, et s'éloigner à mesure que les jours passaient. Je me suis retrouvée privée de son désir pour moi, de son foyer qui était devenu le mien, sans ressource, sans personne pour me tendre réellement la main. J'ai été emportée par un tsunami qui a fondu sur moi, avalant tout sur son passage. Il m'a broyée sans aucune concession, juste avant de me recracher, brisée.

Sortie de ma torpeur, je décide de partir explorer la ville. Avec l'accord de Martine, je demande à Lilly si elle veut bien m'accompagner ; sa laisse dans la gueule, elle me sourit. Nous descendons et nous retrouvons au pied de l'immeuble. Je décide de me rendre place de la Madeleine, et d'aller visiter l'église. La chaleur y est accablante, on dirait que la pierre qui recouvre son sol l'emmagasine afin de pouvoir la redistribuer à ses admirateurs lorsque l'hiver arrivera. Nous nous dirigeons tout droit vers ce splendide édifice, qui me captive et me repousse à la fois. Lentement, nous nous retrouvons devant sa porte, elle est close. Je ne sais pas exactement pourquoi, mais je me sens soulagée ! Je croise le regard de ma compagne qui me fixe d'un drôle d'air, semblant vouloir dire : « J'aimerais être ton guide. » En moins de temps qu'il ne faut pour le dire, elle me montre son derrière et se met à trottiner. Je lui emboîte le pas au ralenti, comme vidée de mon énergie. Je traverse la place en diagonale, qui n'en finit pas, et nous arrivons devant une échoppe, où la rôtisserie en mouvement dore de beaux poulets appétissants. La propriétaire des lieux, l'air souriant, me salue et vient caresser ma nouvelle amie. Toute mon énergie semble revenir, mon sourire aussi ; nous échangeons quelques mots, puis Lilly décide qu'il est temps de poursuivre notre excursion, et nous partons. Devant nous, à notre droite, se dévoilent les Halles, puis à gauche la rue de la République dans laquelle nous nous engageons. Arrivées au bout de celle-ci, nous tournons à droite sur les allées Paul-Riquet. Enfin, avant la place Jean-Jaurès, ma charmante compagne biterroise décide qu'il est grand temps de s'asseoir à l'ombre d'un platane pour prendre un verre en terrasse ; ce que je valide avec le plus grand des plaisirs. Un bol d'eau fraîche pour elle, un verre d'eau effervescente avec une rondelle de citron pour moi, et le tour est joué. Au bout d'un long moment de détente et d'observation du va-et-vient, nous reprenons notre balade au beau milieu de l'avenue piétonne qui s'offre à nous. Sur une grande place, des jets d'eau nous font face, diffusant leur fraîcheur, et, sans même m'en rendre compte, je découvre à mes pieds Lilly allongée dans l'eau, sur le flanc, l'air apaisé, contente d'elle. Je ris de bon cœur.

D'un regard, je lui exprime qu'il est temps de continuer notre marche. Sans hésiter, elle se lève et reprend la tête des opérations en s'ébrouant avec vigueur. Il est dix-huit heures passées, je décide de rentrer afin de rejoindre Martine.

Une délicieuse odeur de tarte aux pommes nous accueille, depuis le bas de l'escalier jusqu'à la porte d'entrée. Je l'ouvre, et vois sur la table la petite merveille qui trône, recouverte d'un torchon blanc. L'eau à la bouche, je me dis que cela fait bien longtemps que personne ne m'a préparé un aussi bon dessert, ce qui me réjouit. Dans la cuisine, j'entends Martine qui chantonne en se préparant à mettre au four un gratin de choux-fleurs nappé d'une béchamel onctueuse dans laquelle je ne peux m'empêcher de tremper les doigts pour goûter. Mmmmm, c'est si bon !

— Dis-moi, ma jolie, veux-tu du fromage râpé dessus ?

— Oh que oui ! Qu'est-ce qui mijote dans la poêle ? Ça sent bon.

— C'est de la saucisse catalane. J'ai ajouté une pointe de piment afin de lui apporter un petit côté fougueux, à l'espagnole. Tu aimes ça, j'espère…

— J'ADORE ! Que va-t-on boire avec ?

— Du rosé, pardi !

— Mmmmm ! J'ai entendu le plus grand bien des vins du Minervois, on pourrait peut-être essayer, ça vous dit ?

— Non, ça ne me dit pas du tout ! Tu vas me faire rouméguer[1] pour finir, si tu continues à me dire « vous ». Je ne suis pas si vieille que ça. Oui, un rouge minervois sera parfait.

— Très bien, Martine, je descends en chercher. J'ai vu qu'il y avait une cave. Je me dépêche.

— Au fait, ma jolie, ce soir, nous ne serons pas seules, j'ai un ami très cher qui vient se joindre à nous, il va te plaire.

---

1. « Râler », « pester », « être grognon », en biterrois.

— Quoi ? J'arrive à peine, et tu veux déjà me trouver un prétendant.

— Ce n'est pas impossible, méfie-toi ! Mais ça ne sera pas pour ce soir, car cet ami-là n'est pas pour toi, ma mignonne. Et, accompagné d'un clin d'œil, elle ajoute : c'est chasse gardée !

En riant, je m'en vais en direction des Halles, chez le caviste de la rue Paul-Riquet, qui me semble avoir du choix. Je me dirige vers la sortie, ravie, avec entre les mains une bouteille qui porte le nom « Cuvée Espérance ». Ce nom me plaît. Il allie syrah et grenache de façon équilibrée ; un excellent choix pour accompagner le dîner de ce soir, selon le spécialiste. Je quitte enfin l'échoppe et rejoins au petit trot ma nouvelle maison.

La table est dressée, notre invité ne va pas tarder. Martine s'est apprêtée pour l'occasion. Elle porte une robe à volants rouge et orange de sa création qui lui va à ravir, agrémentée d'un châle rouge posé négligemment sur ses bras dénudés. Ses cheveux couleur de jais sont retenus par des petites barrettes au-dessus des oreilles, et une grosse fleur assortie à sa robe. Sur ses paupières, un léger camaïeu de bleu vient accentuer le noir pétillant de ses iris. Pour souligner le tout, un rouge orangé vient rehausser ses lèvres pulpeuses. De petite taille, avec des formes généreuses, elle remplit de soleil le quartier Saint-Esprit. Depuis plus de quarante ans qu'elle réside dans cet appartement, Béziers n'a plus aucun secret pour elle.

Je cours dans ma chambre afin de me préparer à la hâte. Devant la glace, à côté de mon lit, je m'observe rapidement, me demandant comment je vais bien pouvoir m'habiller pour faire honneur à mon hôtesse et à son ami. « Il va vraiment falloir que je me refasse une garde-robe. » Du haut de mon mètre soixante-quatorze, encore mince avec le teint pâle, mes cheveux châtains bouclés tombent en cascade sur mes épaules. Je décide de sortir un tee-shirt noir et un jean blanc, ça fera l'affaire. J'attrape une grosse pince avec des perles de couleur, l'agrippe à ma crinière façon chignon, m'ajoute un peu de mascara pour souligner le vertde-gris de mes yeux. Je dépose une touche de rouge à lèvres rose poudré sur mes joues et mes lèvres. Je signe le tout de deux gouttes d'extrait de parfum capiteux, que je laisse couler le long de ma nuque et de mon décolleté. Face à mes quarante-neuf ans, j'ai encore un aspect jeune et la peau fraîche, malgré tous les événements qui ont jalonné ma vie et qui, bien des fois, auraient pu avoir raison de moi.

On sonne ! Je sursaute et sors de mes pensées, qui encore et toujours me ramènent à mon passé.

Dans l'entrée, j'aperçois un homme d'âge mûr, le teint hâlé et de taille moyenne. Il est coiffé d'un béret gris, porte une chemise blanche un peu ouverte sur un torse légèrement velu, un gilet gris en lin, un pantalon de coton noir et des mocassins en toile gris. Un bouquet de fleurs rouge et jaune à la main ; de l'autre, une bouteille de vin. Il embrasse Martine de tout son corps, dans un claquement de lèvres et, se tournant vers moi, me fait un grand sourire et m'ouvre les bras, afin que je plonge dedans. Deux bouteilles de vin et quelques bons amuse-bouche plus tard, la joie est à son comble. Nous nous apprêtons à passer à table, ça sent bon !

Nous discutons de tout, puis j'en viens à lui poser cette question :

— Éric, toi qui exposes depuis plus de trente ans tes photos sur les merveilles de Béziers, as-tu déjà ressenti des sensations étranges en parcourant ses rues, en visitant ses demeures ancestrales ?

— Oui, bien des fois ! Il y a des endroits où je ne voulais plus entrer, une fois arrivé devant la porte. Bien entendu, la force de ma passion reprenait le dessus sur la raison. Des clichés magnifiques en sont ressortis, avec parfois une grande empreinte mystique. Ce qui est sûr, c'est que même en étant seul dans certains lieux je ressentais fortement que des présences m'accompagnaient, ou plus exactement me surveillaient.

— C'est ce qui m'est arrivé à plusieurs reprises, ces dernières années. Plus mon corps s'ouvre à ce qui s'impose à lui, et plus je ressens l'impalpable. Alors, les énergies de ce qui m'entoure s'insinuent en moi, comme si j'étais une sorte de buvard humain.

— Tu vis ce que l'on appelle une « expérience sensorielle », qui t'ouvre des portes vers l'extrasensoriel ! Seulement, tu ne sais peut-être pas encore comment canaliser ce ou ces phénomènes.

— Oui. C'est tout à fait ça !

— Je connais quelqu'un qui pourrait fort probablement t'aider dans ce domaine : Andrey-Charles. Il connaît bien ce qui touche à cette dimension et aurait certainement beaucoup à t'apprendre.

— Éric, tu as raison ! Crois-tu qu'il serait disposé à l'inviter dans sa tanière ?

— Sa tanière ?

— Oui, c'est un homme qui passe sa vie entre ses chats et ses livres. Un mystique d'une autre époque, féru d'Histoire et très orienté sur tout ce qui a pour sujet l'immatériel.

— Il faut à tout prix que je le rencontre ! Je ne sais pas pourquoi, mais ce que vous venez de me dire résonne en moi fortement.

— Eh bien, je vais essayer d'arranger ça au plus vite, bien entendu, dès qu'il sera rentré de voyage.

— Où est-il ?

— En Irlande.

— Pour combien de temps ?

— Seul lui le sait.

— Et toi, Sophia, que désires-tu faire à Béziers ? Comptes-tu t'y installer définitivement ?

— Je ne sais pas encore. Je vais déjà tenter d'apprivoiser la ville, ses habitants, et me faire une place en y trouvant un travail.

— L'été, c'est facile, on recherche beaucoup de serveuses.

— Mon Dieu ! Ce ne serait pas rendre service aux clients, dis-je en riant, je ne suis pas douée pour ça ! En revanche, pour tout ce qui touche aux livres…

— Je vais me renseigner, on ne sait jamais. En attendant, profite un peu de ces moments de vacances que tu es en train de vivre.

— Allez zou ! Venez manger au lieu de tcharer[2].

— Oh que oui ! J'ai faim.

La soirée se poursuit au son de la musique espagnole. Martine et Éric, très complices, chantent en chœur au son des guitares, en esquissant même quelques pas de danse langoureux. Je me dis alors qu'ils forment un couple charmant, et que ces deux-là n'en sont pas encore réellement conscients.

Le lendemain matin, Martine décide qu'il faut me présenter à droite et à gauche, afin que tout le monde me connaisse. Lilly nous ouvre la voie, s'arrête de temps à autre pour se soulager, se faire complimenter et caresser chemin faisant. Nous longeons la rue Paul-Riquet, à quelques pas de cette majestueuse église qui me fascine tant depuis que mon regard s'est posé dessus. Nous passons à côté de petites terrasses encore plongées dans l'ombre matinale, qui offrent aux amoureux de Béziers le loisir de profiter pleinement des battements de cœur de son centre historique. En face, les Halles – grand marché couvert avec une profusion d'éventaires de toutes sortes – déclinent une diversité de bons produits locaux, ainsi que le savoir-faire des artisans du cru, sans oublier bien sûr la restauration. Tout autour, les tables des petits troquets sont disposées les unes à côté des autres, devant des immeubles de belle facture. Tous les deux mètres, il y a quelqu'un pour nous dire bonjour, nous inviter à boire un verre, afin de tout savoir et de cancaner à souhait. J'ai vraiment l'impression d'être en vacances ! Des projets commencent à germer dans ma tête,

---

[2]. « Parler », « causer », origine du sud de la France.

pour la première fois depuis longtemps. Je suis heureuse. Au sortir de la place des Halles, nous nous dirigeons vers la cave à vin, qui offre également un pain excellent. Après cette halte, nos pas nous mènent place de la Mairie, à côté de l'office de tourisme, où deux fauteuils nous attendent. Sous un parasol généreux, nous profitons du point de vue qui s'offre à nous. Oui, il n'y a pas à dire, je suis bel et bien en vacances !

Les jours passant, nous devenons de plus en plus complices, Martine, Lilly et moi. Avec Miss Boule de suif, nous nous promenons régulièrement dans les rues adjacentes de la place Saint-Esprit. J'avais remarqué qu'une drôle de sensation m'envahissait à certains endroits, comme un poids me comprimant la poitrine, des fourmillements soudain dans les jambes, ainsi qu'un enserrement au niveau des chevilles m'interdisant d'avancer, comme si l'on avait coulé une chape de béton afin d'y emprisonner mes membres inférieurs. Et le vent ! Je l'entendais, à certains moments, souffler si fort dans ma tête. Des râles, des sanglots, des appels au secours me submergeaient. Puis plus rien !

Cela fait des années maintenant que j'essaie de canaliser ces phénomènes qui se produisent de plus en plus souvent et à n'importe quel moment de la journée ou de la nuit. En chaque lieu, des ressentis précis, des voix différentes, des demandes ciblées, des messages pour je ne sais qui, je ne sais où. Des présences presque palpables, tels des odeurs, des effleurements, des craquements, mais aussi le poids des âmes ; puis, lorsque la matière reprend le dessus, des silhouettes fugaces, des visages, des regards… Je ne maîtrisais rien, hormis ma propre volonté. En quittant Paris, je pensais, sans trop y croire, que tout cesserait, car je laissais mon passé et tout ce qui y faisait écho de près ou de loin. Plus aucun attachement matériel ne s'imposait à moi, ni choses, ni êtres. Au cœur de ma mission d'être et de vivre, je me devais de continuer à apaiser mon âme en souffrance, qui avait déjà vécu la perte, l'errance, la solitude pendant de longues années, pour enfin se jeter à corps perdu dans une nuit noire et profonde qui devait durer le temps que j'étais prête à lui accorder. En laissant tout derrière moi, je me suis ouverte en conscience à la mort, ma mort. Désormais, celle-ci était ma compagne imposée. Avec elle, je devais aller à la découverte de ce qu'était « le détachement », à savoir, comment me libérer d'une prison dont j'avais moi-même bâti les plans et dressé les remparts tout au long de mes vies, en la baptisant du doux nom d'« AMOUR ».

Tout, absolument tout ce que m'a prédit cette femme, des années en arrière, s'est produit, et continue de se réaliser. J'en suis à la fois la victime et le témoin. Tout se déroule d'une façon quasi millimétrée.

Assise à l'ombre d'un nuage perdu dans le grand bleu, au cœur de la ville, une brise légère me caresse la peau. J'observe l'église de la Madeleine avec un étrange sentiment : celui d'être fascinée par la beauté de l'édifice, et, en même temps, cette crainte d'aller le visiter. Oui, cela fait un mois que je suis arrivée dans cette ville somptueuse, et je n'ai toujours pas osé y retourner depuis le jour de ma première tentative. Une peur que je ne m'explique pas m'étreint le cœur dès que je commence à m'approcher d'elle. Sa porte rouge, délavée, ouverte occasionnellement, m'appelle, mais une force me retient. Si j'y vais, peut-être que les voix qui m'assaillent vont cesser… Si j'en franchis le seuil, mes peurs vont-elles disparaître ? Mais cela, est-ce que je le désire véritablement ? Je suis seule, ce matin. Lilly est restée auprès de Martine, c'est un signe, je me décide.

Il commence à faire chaud, sur les dalles blanches de la place que je traverse à pas comptés. Mes mouvements sont comme décomposés. J'ai l'impression de m'être désincorporée et de me regarder me mouvoir dans une dimension qui n'est pas la mienne. Dépouillée de toute émotion, je m'accompagne jusqu'à la porte, et au moment où mon autre moi s'arrête sur son seuil, dans un élan, je me réincorpore afin de lui donner une impulsion, un mouvement ; et nous voilà, lui et moi, dans l'église.

Dans un premier temps, je découvre la beauté de l'édifice. C'est un endroit lumineux par la blancheur qui en émane et par la beauté de son architecture sobre et élégante, mais que cet endroit est chargé ! Je ressens son énergie envahir chaque parcelle de mon être, comme si je m'étais transformée en récepteur d'ondes basses fréquences. Il faut dire que la pierre est un magnifique capteur d'émotions, qui engrange tout ce qu'elle peut absorber, puis le rend comme le ferait une éponge saturée par un trop-plein de liquide. Cela se produit après des jours, des mois, des décennies, pour certains objets et lieux de vie, mais là, il s'agit de centaines d'années. Il émane d'entre ces murs une telle quantité de peur et de souffrance que j'en ai des haut-le-cœur. Sans comprendre comment, je ressens un nouvel état de conscience, je viens de basculer dans une autre sphère. Alors, sans même m'en rendre compte, je me retrouve au centre de la nef, entourée par des bancs vides. Mon regard, désirant poursuivre son voyage en lieu saint, se pose sur le chœur, puis sur l'abside qui entoure l'autel. Dans un élan, je veux avancer, mais j'éprouve soudainement une entrave qui bloque mes mouvements. Mes membres inférieurs se font lourds en un instant, alors je quitte du regard l'autel, pour le porter sur mes pieds. Hébétée dans un premier temps, je distingue des mains sorties du sol s'agripper à mes chevilles. Je m'affole et ne comprends pas ce qui est en train de se produire. Je tente alors de fuir dans un mouvement de peur, mais brusquement, je bascule, et me retrouve par terre, allongée, les bras en croix, le menton, les mains et les jambes cloués sur les dalles ! J'essaye de toutes mes forces de me retourner afin de me relever, mais c'est impossible. Je tente une nouvelle fois de me redresser afin de me décoller du sol en me servant des bancs comme appui. Je frissonne d'angoisse, je veux appeler à l'aide, mais aucun son ne sort de ma bouche ! Dans un sanglot ravalé, je tente de recouvrer mon calme et de faire taire la panique qui me submerge. Je respire profondément. Je fixe avec angoisse mes chevilles, que je découvre, sans y croire, libérées de leur effrayant carcan. Je tente de me lever une ultime fois, et par miracle me retrouve debout, sans plus aucune contrainte. Je n'ai alors plus qu'une idée en tête : sortir de cet endroit ! Et voilà qu'au moment où je me précipite vers la porte, une voix s'impose à moi :

— Non ! Non ! Ne t'en va pas…

Des plaintes douloureuses se font alors entendre… Puis dans un râle :

— AIDE-NOUS !

Le soleil me transperce de son dard, j'aspire tout l'oxygène que je peux engranger dans mes poumons. Je sens sur mes joues couler l'eau tiède de mes larmes, dont je ne peux contenir le débordement. Et, comme délivrée d'un étranglement qui n'a que trop duré, ma gorge se libère pour laisser échapper un cri fin et long, comme le fil d'une lame. Donc rien n'a cessé ! Comment lutter contre ce qui est ? Comment lutter contre ce que je suis et cette part de moi qui me fait si peur ? Je dois absolument retrouver mes esprits et faire le nécessaire afin de savoir comment je peux maîtriser la situation et ne plus me laisser terroriser par ces événements étranges. Le temps est venu de rencontrer cet homme dont mes nouveaux amis m'ont parlé.

Épuisée, je retourne place Saint-Esprit. Martine me parle, mais je ne comprends pas ce qu'elle me dit, comme si les sons de sa voix résonnaient en sourdine. Lilly veut me suivre dans ma chambre, mais, dans un élan que je ne contrôle pas, je lui ferme la porte au nez. Je m'avance jusqu'à mon lit, me plonge sous les draps. En un instant, je sombre dans le sommeil.

Le temps a passé, je n'ai rien dit de ma mésaventure extrasensorielle. À qui, d'ailleurs, pourrais-je bien en parler ? Encore une fois, je suis prisonnière d'un monde qui échappe à tous.

Le cœur des beaux jours est en fête ; alors je sors, je me distrais le plus possible. Je rencontre des personnes de différents univers, et nous nous lions – ou non – d'amitié. Demeurée seule tellement longtemps afin d'apprendre à mieux me connaître, je me rends compte que j'avais oublié ce qu'était le goût de l'autre. Pas un seul homme n'est entré dans ma vie depuis dix années, non pas de façon subie, mais parce que je l'avais décidé ainsi en toute conscience, afin d'apprendre à ne plus avoir faim.

Faim de l'autre, au point de ne plus pouvoir vivre sans. Et avoir la force d'être moi-même, pour ne surtout plus être ce qu'il attend de moi.

Faim de l'autre, afin de cultiver ma complétude, pour ne plus jamais attendre d'autrui qu'il soit ma solution. Celle de combler ce vide qui demeure en chaque être, comme une sorte de désespérance de ne pas savoir ce que s'aimer soi-même avec bienveillance veut dire.

Faim de l'autre, afin de ne plus être tributaire de la dépendance affective, qui fausse toute relation humaine dans l'« attachement », et fait de nous, de l'autre, les prisonniers d'une servitude volontaire à perpétuité.

Les maillons de ma chaîne à moitié usés, je m'éveillais dès lors à ce presque nouveau monde qui s'offrait à moi. Je me sentais suffisamment « libérée » de certaines de mes passions pour tendre vers celui dont la fréquence viendrait se mêler à la mienne pour n'en former plus qu'une, là où il ne serait plus question d'« attachement » en tant que tel, mais simplement d'une merveilleuse connexion.

L'étranger

Placez une nouvelle poule dans un poulailler, et les coqs se battront pour l'avoir.

Non pas que je me sentisse devenir un gallinacé, à fréquenter de temps à autre la rôtisserie de la Madeleine – haut lieu de prédilection de la volaille locale de Béziers, toutes espèces confondues –, mais il est vrai que je me sentais peu à peu pousser des ailes. Comme ça fait du bien de se sentir désirée après tant d'années d'ascèse. J'étais tellement bien intégrée que partout où je me trouvais, l'on venait se joindre à moi afin de partager un moment de franche détente.

Étant d'une nature à aller vers mon prochain, et plutôt du genre souriant et blagueur, je me suis vite créé un cercle de relations amicales fort sympathique. Cela dit, ce cercle, c'est étrange, était à quatre-vingt-dix-neuf pour cent constitué d'hommes. J'avais l'embarras du choix ; ce qui est, je dois bien l'avouer, fort agréable. Cela dit, quand on n'a pas faim de n'importe quelle nourriture, sachant que l'indigestion peut nous gagner si l'on n'y prend pas garde, on sait attendre le plat de choix qui nous sera servi à un moment crucial de notre existence. Alors, je me suis mise à profiter de ma vie, en la savourant le cœur joyeux comme à mon habitude, en attendant que ce moment arrive.

Un soir, nous nous rendons, avec Martine et Éric, dans l'un de mes QG, à l'heure fatidique de l'apéritif. Nous nous installons autour d'une table, dans cette ambiance bon enfant qui nous anime au quotidien. Je remarque un homme dînant en tête-à-tête avec son verre de vin du pays d'Oc. Une première tournée de muscat arrive, que nous buvons allègrement ; ce qui rend l'ambiance un brin plus guillerette. J'observe, amusée, le serveur parler en anglais à l'étranger. Je décide de me joindre à la conversation, bien que n'en parlant pas un mot. Et là, je me dis qu'il serait quand même dommage que l'on ne profite pas de l'occasion qui s'offrait à nous pour rapprocher nos deux beaux pays autour d'une seule et même table ; et, bien entendu, d'une seconde tournée. De fil en aiguille, et de verre en verre, joyeusement, nous nous mettons à parler, dans un joli méli-mélo anglo-français, la même langue. Etan est originaire de l'île d'Émeraude. J'ai donc devant moi un tigre celtique authentique. Distingué et moderne à la fois, les yeux d'un vert incroyable, camouflés derrière des lunettes d'écaille rectangulaires servant à la lecture. Il est de belle stature et souriant, avec un je-ne-sais-quoi d'espiègle, qui me grise bien davantage que le vin. Et nous voilà parlant de philosophie, d'étrange, et soudain d'âmes perdues dans l'immensité des landes de son Connemara natal, et du vent qui fait chanter leurs peines. Il nous montre des vues de son pays, exprime combien il trouve la France magnifique, les Français sympathiques, et son coup de cœur pour Béziers. Ses belles mains vont se perdre parfois dans ses épais cheveux bruns, pour revenir enfin sur l'écran tactile de son téléphone et faire défiler son univers sous nos yeux. Puis vient le moment où il nous explique, à regret, qu'il rentre le lendemain matin en Irlande.

Il est difficile parfois d'exprimer ce que le cœur peut ressentir quand le vide s'en empare afin d'en prendre toute la place. Moi, qui me fermais à tous les hommes qui s'offraient à moi, je tombe sous le charme d'un étranger que je ne reverrai probablement plus jamais de ma vie. Le moment arrive où il nous dit au revoir dans la pénombre fraîche de l'été, puis disparaît.

Entre rires, souvenirs et effluves de raisin fermenté, notre soirée se poursuit allègrement jusqu'au bout de la nuit… Je l'oublie.

Andrey-Charles

Nous voilà déjà fin septembre, le temps est encore magnifique, j'ai donc pris la décision depuis quelques jours de m'ouvrir à cette part de Béziers que je n'ai pas explorée. Depuis que je suis arrivée dans la ville, j'évite certaines rues, afin de ne pas me perdre non pas dans son agglomération qui est un grand village, mais dans l'histoire qui l'habite. Ce lieu, hautement chargé d'ombres en survivance, sous un soleil ardent, me ramène à mon être intérieur, qui lui, à l'inverse, solaire, se retrouve au moment où la peur l'empoigne, surplombé d'un ciel sibyllin, à l'image d'un « négatif ». J'ai alors l'âpre sentiment de ne faire plus qu'un avec sa souffrance.

Je quitte à l'instant la place Saint-Esprit pour me rendre impasse de la Notairie, où je suis invitée à faire la connaissance d'Andrey-Charles d'Erimboldi-Curtis. En voilà un nom à rallonge ! Ce que l'on a bien voulu me dire sur le personnage, c'est qu'il était le descendant de l'une des plus anciennes familles de titre et de blason de la noblesse française, qu'il s'était replié en haut de sa tour d'ivoire avec ses chats, dans une sorte de bunker tout caparaçonné de livres anciens et rares ; également qu'il avait un net penchant pour tout ce qui traitait de l'occultisme. J'espère qu'il ne fait pas partie de cette catégorie d'érudits imbus qui assènent leur savoir à coups d'autorité égotique ronflante, le tout en s'écoutant parler !

— Ne préjuge pas sans savoir, ma chérie. Attends de voir ce qu'il en est, avant que de te forger une idée sur le personnage. N'oublie pas que seul le manque de générosité peut mener à condamner son prochain, car cette action ne nécessite aucun investissement personnel.

— Oui, je sais, je sais !

Et voilà qu'une fois encore ma petite voix – celle qui veille sur moi du haut des plans de lumière, et qui se manifeste occasionnellement – me remet sur le droit chemin ! Parmi ces âmes bavardes qui se communiquent à moi depuis des années, les voix de mes guides sont une source de bonheur. Ils savent me rassurer et me recadrer quand cela devient nécessaire, même quand j'aimerais qu'ils se fassent un peu plus discrets, parfois.

Me voici à nouveau rue d'Envedel, à l'endroit même où, le jour de mon arrivée, je me suis sentie à la limite de défaillir, et que l'église de la Madeleine, à peine dévoilée, s'est imposée à moi comme une évidence. Cette fois-ci, tout se passe bien ! Je lui tourne le dos, dépasse Pépézuc, traverse la place de la Mairie et, après quelques pas, me retrouve à l'entrée de la rue Viennet. Je m'avance lentement vers ce qui me semble être une impasse, devant laquelle, à droite, est situé un bar de nuit. Au bout de celle-ci apparaissent les grilles d'un hôtel particulier, datant du Moyen Âge, absolument remarquable. Je me dis en moi-même que cette ville est un musée vivant. Je sonne à l'interphone. Un grésillement long et désagréable se fait entendre. La grille s'ouvre enfin. J'entre dans une petite cour rectangulaire. La bâtisse se présente en trois parties : à gauche, une aile qui mériterait d'être rénovée ; en face de moi, l'entrée principale ; et à droite, une tour carrée de toute beauté. J'avance lentement vers la porte, les yeux grands ouverts, afin de me réjouir de ce lieu qui m'inspire ; le nez pointant vers l'azur, je tourne sur moi-même pour ne surtout pas en perdre une miette. Quelle étrange sensation que celle que je suis en train de vivre ! Je vois se matérialiser peu à peu des étoffes de couleurs chatoyantes pendues aux fenêtres. Penchées par-dessus, des femmes d'un autre temps, coiffées comme au Moyen Âge, me sourient, me faisant un signe de la main. Déconcertée et émerveillée à la fois par le spectacle, je leur souris à mon tour. Soudain, une voix très lointaine me ramène brusquement à notre époque. Tout a disparu.

— Sophia Sainterose ?

— Euh… oui. Oui, c'est bien moi.

— Enchanté ! Je suis Andrey-Charles d'Erimboldi-Curtis.

Devant moi se dresse un bel homme. Je dirais qu'il a la soixantaine. À vue d'œil, il mesure plus d'un mètre quatre-vingt, a les épaules carrées et la stature droite et robuste. Son air est distingué. Il a une belle chevelure poivre et sel ondulée, qu'il coiffe vers l'arrière. Je le vois qui s'avance vers moi, je fais également un pas dans sa direction et lui tends la main. Il la saisit délicatement, pour enfin s'incliner avec élégance et l'effleurer d'un baiser. Il se redresse enfin, me regarde droit dans les yeux et pénètre en premier dans l'hôtel, puis se permet, après avoir eu mon assentiment, de me précéder avant de monter l'escalier menant à son domaine.

D'un geste presque théâtral, il pousse une porte laquée vermeille et m'invite à entrer. Je fais un premier pas puis m'arrête aussitôt, médusée par le spectacle qui s'offre à moi. Je franchis alors le seuil de ce lieu stupéfiant qui me laisse sans voix ! Dans un élan, je me retourne vers mon hôte, qui m'étudie, l'air amusé et satisfait de l'effet que cela produit sur moi. À cet instant précis, je ne peux m'empêcher de plonger mon regard dans le sien. Il est d'un bleu limpide, impressionnant. Dans la seconde qui suit, je vois briller dans ses iris des milliers de petites étoiles filantes, et, sans que je ne contrôle rien, je me surprends à lui offrir mon plus beau sourire.

J'entre dans son royaume de pourpre, où les plafonds sont peuplés de sculptures représentant des visages d'hommes et de femmes de la noblesse, avec armes et écus. L'ensemble est souligné d'un bestiaire fabuleux, de fresques, avec de-ci de-là quelques bas-reliefs et peintures murales dédiés à l'amour. Tout autour sont rangés des livres par centaines, diffusant leurs effluves de papiers anciens et de maroquins, mélangés au parfum entêtant d'un tabac à pipe hollandais saucé au whisky.

Devant la cheminée se dressent deux fauteuils club en cuir de la couleur du cognac, légèrement tannés aux accoudoirs par l'usure du temps. Entre eux se tient un grand guéridon d'acajou aux griffes de bronze, sur lequel sont disposés une carafe en cristal ancienne à palmettes, offrant des reflets ambrés de fine Napoléon datant d'un autre temps, un verre à dégustation sachant épouser la paume d'une main à la perfection, un râtelier à pipes aux essences rares, bien garni, et une poche en cuir remplie de tabac. Une chatte noire, droite comme un I, regarde à demi somnolente son compagnon. La robe mouchetée, lové, les yeux fermés sur le plaid écossais du fauteuil de son dévoué maître. D'un geste, mon hôte m'invite à prendre place dans l'un des fauteuils. Je m'avance, caresse la féline panthère qui ronronne, et m'assieds.

— Je constate que vous ne craignez pas les chats.

— Non, au contraire, je les adore !

Il me sourit.

— Désirez-vous une tasse de thé, ou quelque chose de plus fort peut-être ?

— Un thé sera parfait, merci.

Quelques instants plus tard, il me tend une tasse en porcelaine de Chine, d'une si grande finesse que l'on pourrait la croire transparente, et dépose à côté de moi une théière de même facture. Puis il cueille délicatement le chat endormi sur le fauteuil, pour le déposer en douceur sur ses genoux. Délicatement, il se sert un verre. Puis, après m'avoir demandé la permission, il bourre une pipe de lecture et l'allume.

— Sophia ! Vous permettez que je vous appelle par votre prénom ?

— Oui, bien sûr !

— Bien. Je n'ai pas forcément compris ce qu'Éric attendait de moi en ce qui vous concerne. Pouvez-vous, je vous prie, éclairer ma lanterne ?

— Monsieur d'Erimboldi-Curtis, je suis venue vous voir parce que j'ai besoin que l'on m'aide à comprendre certaines choses – ou, devrais-je dire, phénomènes – que je ne maîtrise pas et qui me dépassent.

— De quel genre sont-ils, ces « phénomènes » ?

— Voilà. J'entends des voix dans ma tête, et autour de moi. Je vois également des choses que les autres ne voient pas. C'est de pire en pire ; et je dois bien avouer que, parfois, cela m'effraie.

— Quand vous parlez de « phénomènes », vous voulez dire de l'ordre du paranormal, nous sommes bien d'accord ?

— Oui, oui, c'est tout à fait ça ! Tout à l'heure, en arrivant dans votre cour, j'ai vu des choses qui ont disparu en un instant, et je vous assure qu'elles étaient plus vraies que nature.

— Hum…

— Vous ne me croyez pas ? Vous avez raison, je ne sais pas ce qui m'a pris de venir vous voir. Je vous présente mes excuses, je m'en vais.

— Pourquoi fuyez-vous ainsi ?!

— Pourquoi je fuis ? Mais je ne fuis pas ! Je me sens juste ridicule de partager ce qui m'arrive avec, pardonnez-moi, un inconnu. En arrivant, j'ai vraiment cru que vous pourriez m'aider, mais je vois que je me suis trompée.

— Qui vous dit que vous vous êtes trompée ?

— Comment ? Vous me croyez ?

— Bien entendu ! Ici à Béziers, tout particulièrement, vous allez pouvoir constater que les lieux chargés d'Histoire et les âmes qui l'ont écrite font partie du quotidien de bon nombre. Bien entendu, je veux évoquer le petit noyau de la communauté qui est ouvert spirituellement.

— Allez-vous pouvoir faire quelque chose pour moi ?

— Tout dépend de ce que vous attendez de moi.

— Je veux apprendre ! Apprendre à comprendre ce que je suis et ce qu'est cet autre monde qui nous entoure.

— En voilà un programme ! Aurai-je assez de ce qu'il me reste à vivre pour tenter de vous l'enseigner, si tel doit être ma mission ?

— J'apprends vite.

— Hum…

— Quoi ?

— La vitesse, si vous n'y prenez pas garde, c'est elle qui vous perdra !

— Que voulez-vous dire, au juste ? Je ne comprends pas.

— Qu'en se précipitant on passe souvent à côté de l'essentiel.

Je reste un moment sans prononcer un mot, mon hôte en fait autant. Puis, pour dissiper mon trouble, il me dit :

— Sophia, je suis prêt à vous aider si vous le désirez vraiment, encore une fois. Mais il faut que vous sachiez que le chemin sur lequel vous désirez vous rendre est long et chaotique.

— Oui, tout comme la vie. J'ai eu mon lot d'épreuves, ces dernières années, c'est pourquoi je ne viens pas vous solliciter à la légère, mais parce que je suis réellement déterminée à évoluer vers ces autres dimensions.

— Êtes-vous également connectée à vos guides des autres plans ?

— Oui, mes « petites voix », c'est le nom que je leur donne.

— Ah, très bien ! Je vais vous accompagner un bout de chemin.

Au comble du bonheur, je le remercie, en lui souriant à la façon d'un enfant à qui l'on vient d'offrir le dernier jouet à la mode. Le temps passe trop vite en sa compagnie, l'homme est

« éveillant[3] ». Et qu'y a-t-il de mieux pour quelqu'un qui désire comme moi « s'éveiller », me direz-vous ?

L'heure de nous quitter sonne, il me raccompagne vers la sortie en me disant :

— Nous commençons demain ! Rendez-vous place de la Madeleine à onze heures trente. Nous nous retrouverons autour d'un déjeuner, afin de mieux faire connaissance, vous et moi. Et ne refusez pas, c'est moi qui vous invite.

— C'est très aimable à vous, merci. À demain, Monsieur d'Erinboldi-Curtis.

— Andrey ! Appelez-moi « Andrey », je vous prie.

Au moment où les grilles se referment derrière moi, je m'en vais, le pas léger, avec un je-ne-sais-quoi de poids en moins sur les épaules. Je ressens que l'homme que j'ai choisi pour mentor m'accompagne du regard avec bienveillance, et ça me met en joie.

De retour à la maison, Martine et Lilly me font un accueil pressant, qui ne demande qu'à être nourri de la conversation que j'ai partagée avec mon nouvel ami – et de caresses aussi.

Un peu en avance, assise sous un parasol, j'observe l'église qui fait face à notre table, en attendant qu'Andrey me rejoigne. Décidément, l'édifice me fascine de plus en plus et réactive de plus belle les voix qui se bousculent dans ma tête – surtout une. Depuis mon aventure entre ses murs, j'entends de plus en plus fréquemment : « Aide-moi. » Mais voilà, je ne sais pas quoi faire !

Pensive, je lève mon regard vers la place, aperçois mon mentor qui s'avance vers moi. Je lui fais un signe de la main, et ne peux m'empêcher de le détailler. Il est vêtu d'un pantalon beige assorti

---

3. *Éveillant* : inexistant dans le dictionnaire, qui veut toutefois dire « stimulant », « passionnant ».

à ses mocassins en daim, d'une chemise blanche cintrée à manches longues de belle facture, tranchant de façon chic avec un blazer ajusté, en lin bleu marine à écu rouge. Il porte des lunettes de soleil écaille de tortue à verres bruns dégradés. Cet homme est vraiment beau ! D'un geste rapide, il balaye en arrière une mèche indisciplinée qui lui tombe sur les yeux, me sourit en me souhaitant le bonjour, le tout en prenant ma main avec la plus grande des douceurs pour l'effleurer de son front, puis s'assied à mes côtés. Afin de sceller notre collaboration, mon hôte me propose une flûte de champagne, que j'accepte avec joie. Mais, n'y tenant plus, je lui évoque ce qui m'est arrivé l'autre fois, et ce qu'il en résulte depuis.

— Ma chère, ce que vous me dites là est des plus intéressants ! Cet appel à l'aide, à première vue, ne s'adresse qu'à vous et à vous seule. Pourquoi ?

Je lui confie alors ce que cette femme m'a dit, il y a des années. Je lui raconte tout, absolument tout, de ma vie passée.

Après un long silence de sa part :

— Hum..., « passeuse d'âmes » ! Eh bien, voilà qui éclaire considérablement la situation. Cette gratification qui est la vôtre ne demande qu'à reprendre vie.

— Comment ça, reprendre vie ? Vous aussi vous croyez en la réincarnation et en ceux qui accompagnent les morts dans l'au-delà ?

— Oui, je crois en effet à la métempsychose. D'ailleurs, d'où pensez-vous que ces voix viennent, lorsqu'elles vous sollicitent ?

— Je ne sais pas trop, à vrai dire. Je suis un peu perdue, et j'ai peur.

— Qu'est-ce qui vous fait peur, au juste ?

— Dans un premier temps, de ne pas avoir de contrôle sur ce qu'il se passe. Ce que j'entends ou vois, ce qui apparaît et disparaît sans que je puisse intervenir. Je me dis que n'importe quoi pourrait arriver, comme l'autre jour dans l'église ; alors je me sens désarmée.

— Depuis que tout cela a commencé à se manifester à vous, y a-t-il eu des actes de violence dirigés contre vous ?

— Non, jamais ! Pas physique du moins, parfois oralement.

— Vous voulez dire que des voix non amicales se sont manifestées ?

— Oui, avant, à Paris, certaines se sont mises en colère contre moi, ou ont voulu m'ordonner de faire des choses contre ma volonté.

— Qu'avez-vous fait ?

— J'ai coupé court à l'échange.

— Hum…

— Pourquoi, il ne faut pas ?

— Oui et non ! Comprenez bien que si ces âmes viennent se communiquer à vous, c'est qu'elles attendent que vous les aidiez à retrouver leur chemin, dans la grande majorité des cas. C'est pourquoi couper la communication n'est ni bon pour elles ni bon pour vous.

— Alors comment faut-il agir ?

— En apprenant à faire la part des choses. C'est ce que nous allons tenter d'affiner dans votre esprit, afin que celui-ci ne soit plus le jouet des âmes qui désirent en prendre le contrôle.

— En prendre le contrôle ? Oui, c'est bien ça ! Mais dans quel but, Andrey ?

— Dans celui de vous empêcher d'évoluer vers un niveau de conscience plus élevé.

Je demeure un instant pensive, je songe à mes « petites voix » et me demande soudain si elles sont toutes bienveillantes… Car possiblement elles peuvent me faire entendre ce que je désire, afin de me nuire sur le long terme. Mais je me ressaisis aussitôt, car, jusqu'à présent, elles m'ont toujours bien conseillée. Au même instant, Andrey me dit :

— Vous savez déjà la faire.

— De quoi parlez-vous ?

— De « la part des choses ».

— Comment ?

— Vos « petites voix intérieures ».

— Comme c'est étrange que vous me disiez cela, j'y pensais à l'instant même !

— Oui, je l'ai ressenti. Vous savez, au vu de ce que nous allons accomplir, une bonne connexion entre nous est absolument nécessaire.

— Tout à fait ! Je ressens qu'elle s'est installée, pas vous ?

— Oui ! Justement, je trouve cela assez inattendu. Je ne vous cache pas que c'est la raison pour laquelle j'ai accepté de vous transmettre mes connaissances dans ce domaine encore obscur à vos yeux. Dans tous les cas, nous allons procéder par ordre, c'est pourquoi je vais vous inviter à aller vous présenter de ma part à la médiathèque, afin d'obtenir un travail qui vous plaira. Voici la carte de ma nièce, Azaïs, elle saura vous accueillir comme il convient. D'autre part, nous allons, si cela vous agrée, commencer votre enseignement dès demain. En attendant, nous allons, si vous en êtes d'accord, profiter de cette belle journée pour mieux apprendre à nous connaître. Je vous propose donc de trinquer à notre amitié !

Dans un élan spontané et complice, j'opine du chef en souriant, puis j'avale une gorgée fraîche de bulles, en me disant que, désormais, je ne suis plus seule dans la nuit.

Pourtant, je me sentais très abandonnée alors, au moment où tout a basculé. Une déréliction des plus pesantes s'était bel et bien emparée de moi. Je ne possédais plus rien, moi qui croyais déjà avoir fait le grand vide dans mon existence. Car ce que j'avais oublié, c'est que l'autre ne nous appartient pas. Dans mes attachements, j'avais omis d'inclure les êtres chers, et l'homme que « je croyais aimer ». Mais l'amour n'est pas de posséder l'autre, ou d'être possédé par l'autre, et, de ce fait, par nos passions. Non, c'est de se laisser libres d'être l'un et l'autre, l'un à l'autre, qui l'on est vraiment, le véritable amour. Mon Dieu, que c'est difficile, pourtant ! Apprendre le détachement est autrement plus complexe que de subir la perte ou la solitude. Alors, j'ai commencé à errer dans une nuit étirée dans le temps, où j'ai veillé à ce que la lune éclaire mon chemin, avant de retrouver enfin l'éclat du soleil. J'ai appris à ne pas me laisser prendre dans les filets de la colère, de la rancœur, de la rancune et, surtout, du non-pardon. Et pourtant, tout aurait été si simple ! Sans jamais me remettre en question, en étant dans le jugement pur et dur, j'aurais pu reporter la faute de mon nouvel échec sentimental sur celui qui ne m'aimait plus. J'aurais pu devenir amère, en vouloir à tous les hommes que la terre a portés. J'aurais pu me replier sur moi-même et en vouloir au monde entier. Mais voilà, je ne sais pas pourquoi je n'étais pas faite de ce bois-là, et c'est ce qui m'a sauvé la vie ; j'en suis intimement convaincue.

Dans l'obscurité de ma nuit noire de l'âme, je me baignais sous la pluie scintillante de mon étoile. J'ai alors appris à faire connaissance avec moi-même, et je me suis purifiée. J'ai vu renaître la joie peu à peu en moi. Je me suis rendu compte que je n'avais pas besoin de l'autre pour être vivante, mais tout simplement envie d'être avec l'autre. J'ai apprivoisé à mon tour la solitude, son bruit assourdissant ainsi que ses innombrables silences. Puis les années ont passé. De tout ce que j'avais rebâti le plus humblement du monde avec amour et respect, je ne gardais pour ainsi dire rien, hormis le plus important : des amis chers à mon cœur ! Ma confiance en la force créatrice de la vie, et la foi que je voue aux Cieux et à moi-même étaient les piliers qui allaient m'aider à poursuivre désormais ma mission d'être.

— Ma jolie, viens à table, on va tcharer un peu. Alors, il t'a dit quoi ?

— C'est un homme des plus intéressants. Nous avons déjà fait connaissance, pour voir si le courant passait bien.

— Votre travail va prendre beaucoup de temps ? Comment le trouves-tu ?

— Je n'en sais rien. Mais d'après ce qu'il m'a dit la patience sera ma plus grande richesse. Je le trouve absolument charmant et impressionnant, et c'est un véritable gentleman !

— Vous allez vous revoir bientôt ?

— Oui, nous allons essayer de travailler de façon quotidienne, afin que je puisse commencer à en tirer des enseignements. De plus, il m'a dit d'aller de sa part à la médiathèque, car ils recherchent quelqu'un pour classer les livres et supports d'information.

— Eh bien, ma toute belle, les choses prennent une bonne tournure pour toi ! J'en suis heureuse.

Et, la bouche pleine :

— Oui, moi aussi. Oh, Martine, ton poulet est vraiment délicieux !

— Oui, je sais. Mais arrête de rouziguer[4] comme ça, on dirait que tu n'as pas mangé depuis plusieurs jours ! Tiens, en voilà encore une part, régale-toi, ma jolie, et prends des forces.

---

4. « Ronger un os », en biterrois.

Ce matin, quand mon réveil a sonné, je me suis levée « ensuquée », comme on dit ici. Accompagnée d'une puissante pleine lune, ma nuit avait été agitée, sans un seul instant de répit ; ce qui fait que tout et n'importe quoi s'y était mélangé. Andrey en était l'axe central, et autour de lui dansaient des âmes en errance, des livres, un sablier qui marquait le temps. Quant à moi, des cloches me martelaient le crâne, des tonnes de documents m'échappaient des mains, et des personnes que je n'avais pas vues depuis des années tentaient de m'empêcher de les ramasser, afin que je ne puisse avoir accès à la connaissance. En bref, tout cela était digne d'un vrai scénario psychédélique !

Il est neuf heures, je me rends à la médiathèque afin de faire connaissance avec Azaïs, que mon mentor m'a invitée à aller rencontrer pour le poste à pourvoir. Andrey s'est amusé à me dessiner, pour mes déplacements, une carte de Béziers un peu particulière. Il l'a réalisée sur le modèle de l'époque médiévale. Il lui a restitué ses fortifications du XVe siècle, mais avec le nom des rues actuelles. Ce qui fait que je peux désormais me promener dans une ville fortifiée par des remparts invisibles qui me donnent l'impression de vivre au cœur du Moyen Âge.

Je contourne les Halles, où anciennement se trouvait l'église Saint-Félix, appartenant aux vicomtes de Trencavel, et me retrouve devant la porte cochère d'un magnifique hôtel particulier, comme il y en a tant à Béziers. Je la pousse, et découvre un majestueux escalier qui m'invite à me diriger vers « mon futur sanctuaire », car il ne faut jamais mettre la charrue avant les bœufs, c'est plus prudent ! Je découvre un endroit submergé de toutes parts, entends l'écho de voix et de rires, et enfin aperçois deux hommes en train de classer des piles de DVD.

— Bonjour. Je suis Sophia Sainterose, et je viens de la part d'Andrey-Charles d'Erimboldi-Curtis.

J'entends un bonjour au gros accen"g" grave qui me souhaite la bienvenue. De plus loin, une voix douce et féminine vient s'ajouter à l'ensemble, pour former un trio bien sympathique.

— Oui, bonjour ! Je suis Azaïs, sa nièce. Comment allez-vous ?

L'accueil étant des plus charmants, je sens déjà que nous allons former une bonne équipe, avant même que nous ayons évoqué le sujet de ma venue. En moins de temps qu'il ne faut pour le dire, autour d'une bonne tasse de café, nous nous mettons d'accord sur le rôle qui m'incombe. Puis nous visitons les lieux.

— Vous savez, Sophia, même si l'endroit paraît grand, on s'y habitue vite. Nous sommes tous disponibles, vous ne serez donc pas abandonnée dans tout ce fatras.

— Oui. Je me réjouis à l'idée de venir vous donner un coup de main. Je commence quand ?

— Lundi prochain vous irait-il ?

— Oui, parfaitement. Merci.

Et, quelque temps après, dans un joyeux au revoir, je me dirige vers la sortie. Je suis vraiment heureuse de la tournure que prennent les événements. Et je me dis, en pensant à Andrey, qu'il suffit parfois d'une unique rencontre pour changer le cours d'une vie.

Devant la grille de l'hôtel de la Notairie, un peu anxieuse à la perspective de ce que je vais découvrir sur moi et sur ce qui m'entoure, j'attends de retrouver celui qui va m'instruire. Une voix à l'interphone m'invite à entrer, et sans plus attendre je monte l'escalier qui mène désormais à mon second chez-moi. Andrey m'accueille avec un grand sourire, s'incline légèrement en m'invitant à entrer. La belle panthère noire qui m'avait observée d'un œil perçant lors de ma première venue se dirige, nonchalante, dans ma direction puis vient se frotter contre moi.

— Orphée vous fait les honneurs de la maison. Vous lui plaisez. Et, croyez-moi, ce n'est pas le cas de tout le monde !

— J'aime la compagnie des chats. Elle est reposante et inspirante à souhait.

— Oui, je suis tout à fait d'accord avec vous. Ce sont de grands mystiques. Ils savent également lire dans les âmes – qu'elles soient incarnées ou désincarnées. Et vous, Sophia, savez-vous lire dans les âmes ?

Je sens alors son regard pénétrer le mien avec une telle intensité que j'ai l'impression de me retrouver nue comme au premier jour de ma venue sur terre. Gênée, je réponds :

— Je..., je ne le sais pas encore. Peut-être que oui, au fond. Après tout, ces âmes qui viennent se communiquer à moi ne sont-elles pas connectées à la mienne, comme je suis connectée à la leur ?

— Oui, certes. Vous avez tout à fait raison ! Cette faculté que vous avez d'appréhender un sujet sous ses différents aspects est une véritable liberté de l'esprit, qui n'est pas donnée à tout le monde.

Nous voici installés chacun dans notre fauteuil. Une théière fumante m'attend déjà. Mon hôte me sert une tasse, me la tend, prend son verre de la main gauche, et caresse Orphée venue se blottir contre lui, de l'autre main. Je sors alors mon stylo et...

— Que voulez-vous faire ?

— Prendre des notes, pour ne rien oublier de ce que vous allez me transmettre.

— Laissez cela, je vous prie ! Mon enseignement n'est pas ou peu cérébral. Il se veut avant tout spirituel. Là où se niche la hauteur de notre conscience, à l'endroit du cœur, et nulle part ailleurs. Vous ne possédez pas encore, chère Sophia, cette capacité d'être en même temps, sans vous perdre ou perdre l'autre, dans ces deux lieux à la fois.

Un peu déstabilisée, je prends une gorgée de thé, puis :

— Vous voulez dire qu'être cérébral est une mauvaise chose ?

— Non ! Je veux juste exprimer qu'il y a un temps pour tout. À notre époque, il est très difficile, au vu de la somme d'informations qui nous est assenée par les divers médias, de ne pas nous perdre dans un marasme incessant de questionnements. Si nous désirons nous recentrer afin d'apprendre à mieux nous connaître, il est nécessaire de calmer cette tempête qui sévit en notre esprit.

— Comme d'arrêter de penser, en méditant par exemple ?

— Oui et non ! Le tout n'est pas d'arrêter de penser, mais de penser autrement. En comprenant que, quoi que nous fassions, et quoi qu'il se passe, jamais, au grand jamais, nous n'aurons accès à toutes les réponses que nous attendons.

— Pour mieux vivre, il faut accepter qu'il y ait une part d'inconnu qui nous barre le chemin de la compréhension ?

— Pas tout à fait… Mais peut-être d'avoir envie d'accueillir, tout simplement, la certitude que nous ne sommes que de passage sur terre, et qu'une vie entière ne peut suffire à combler le vide créé par nos incertitudes et nos peurs.

— Comment s'y prend-on, alors ? C'est très loin d'être un exercice facile.

— Vous parliez de méditer, tout à l'heure. Eh bien oui, c'est une excellente façon de calmer le jeu. Mais voilà, l'idéal serait d'être en conscience à chaque instant qui passe, et pas uniquement à un instant T dans la journée, afin de pouvoir mesurer la qualité de nos pensées, donc de nos émotions.

— Pas évident du tout !

— Non, je vous l'accorde ! Cependant, cet exercice vous permettrait de mieux ressentir ce qui s'est joué en vous ces dernières années, et plus encore ces derniers mois.

— Vous voulez dire que cela peut me permettre de mieux comprendre les bouleversements que je vis au quotidien ?

— Pour ce qui est de les comprendre, encore une fois, vous vous perdez dans une dimension cérébrale : celle qui vous éloignera d'autant de votre épanouissement intérieur. Ce que je veux vous inviter à faire, c'est ressentir ce qu'il se passe en vous dès lors que vous aurez calmé l'agitation intérieure qui vous submerge depuis toutes ces années.

— Mais tout va très bien, pour moi ! Je ne ressens aucune sensation de ce genre.

— Ni même le poids de votre vécu ?

— Si, mais c'est une chose tout à fait normale.

— Alors, pourquoi ne vous sentez-vous pas libre d'être ce que vous êtes ?

— Libre d'être ce que je suis ? Mais je suis LIBRE !

— Oui, libre et captive à la fois, ma chère ! Sinon, vous n'auriez plus rien à faire sur terre. Je suis même étonné que vous n'ayez pas rejoint les plans supérieurs depuis longtemps.

— Vous vous moquez de moi.

— Non, loin de moi cette idée. Disons que votre ego est encore glouton, et qu'il sait comment se nourrir de vous sans même que vous vous en rendiez compte. Le passé est un mets de choix qu'il sait assaisonner comme un chef, afin d'en rendre également son hôte dépendant.

— Si je comprends bien, il faut que j'oublie mon passé.

— Non ! Je vous dis qu'il n'est pas nécessaire de vous en nourrir en continu. Celui-ci ne sert qu'à vous montrer ce que vous étiez avant, et où vous en êtes rendue maintenant.

— En bref, le chemin parcouru. Alors, soyez rassuré, je peux vous affirmer que, de mon côté, le changement a été magistral. Ma quête de solitude a porté ses fruits.

— Sophia, je n'ai nul besoin d'être convaincu. Mais en est-il de même pour vous ?...

Mon ego. Encore celui-là ! Mais je ne peux pas nier qu'Andrey ait raison ! Mon passé me colle comme une seconde peau, et ma mue ne m'a pas encore quittée. Comme j'aimerais pourtant faire enfin peau neuve !

Et, en riant :

— Alors, que dois-je faire ? Tuer mon ego ?

— Surtout pas, très chère ! Sans lui, aucune possibilité d'évoluer. Comprenez bien : l'ombre est tout aussi importante que la lumière. L'une ne peut exister sans l'autre. Dans ce monde qui se veut de plus en plus « spirituel », il serait avisé de cesser de croire que l'ego est notre pire ennemi. Car c'est grâce à lui qu'il nous est permis de comprendre où nous en sommes rendus sur le chemin qui mène à la conscience.

— Vous voulez dire qu'il faut que j'aime mon ego et sa part d'ombre ?

— Ce que je veux dire, c'est qu'il est capital que vous acceptiez qui vous êtes réellement. C'est-à-dire autant votre part de lumière que votre part d'ombre. Car vous ne pourrez jamais vous épanouir, si vous ne cessez de vous battre contre vous-même !

— Et mon ego, dans tout ça ? Si je l'aime, est-ce que je ne risque pas de me laisser happer par cette matière qui nous éloigne d'autant de notre part d'éternité ?

— Non. Car il est en vous, il fait partie de vous ; vous ne pouvez le renier, mais seulement l'accepter, en lui redonnant la place qui est la sienne, afin que de moins en moins il ne vous impacte.

— Bien. Et quelle est sa place ?

— Celle de votre serviteur, et non celle de votre maître.

— Si je comprends bien, il me faut redistribuer les rôles.

— Vous y êtes !

— Quel est le rapport avec ces âmes qui viennent me solliciter ?

— En tant qu'être incarné ? Simplement ce que vous communiquez au monde ! Vous attirez vibratoirement à vous des entités qui se retrouvent en vous, comme dans un effet miroir. Vous leur renvoyez leur reflet, tout simplement – cette part de vous que vous n'êtes pas en mesure de déceler en conscience, pour le moment. Alors que les âmes, elles, voient exactement QUI vous êtes. Sans aucune possibilité de le cacher, ainsi que la part d'elles-mêmes qu'elles n'ont pas encore réussi à conscientiser dans leur dernière vie, et qui les terrorise dans celle qu'elles sont désormais en mesure d'explorer afin d'expier.

— Et en tant que passeuse ?

— Ce que je peux affirmer, c'est que votre gratification « psychopompe » pour accompagner les morts sur le chemin qui mène à leur dernière demeure n'a vraisemblablement aucune corrélation avec la qualité des entités désincarnées que vous attirez à vous. En revanche, la quantité et la puissance de certaines sont directement liées à vos capacités.

Soudain, il se lève, avec la théière vide, et s'absente un moment. Je demeure songeuse, me remémore ce qu'Andrey a exprimé, et repense encore à ces voix qui viennent et qui vont. Je ferme les yeux afin de me ressourcer, puis ressens sur mon épaule une main douce, forte et rassurante à la fois. Je suis surprise que mon hôte ait un geste familier de ce genre à mon égard, mais cela me fait du bien. Alors, je pose ma main sur la sienne et ouvre grand les yeux ; et, au même instant, je vois en face de moi Andrey qui me sert une tasse de thé. Déstabilisée, je me retourne aussitôt, en tenant encore cette main inconnue et, consternée, je me rends compte que mes yeux fixent le vide. La sensation de connexion s'est évanouie, pour se métamorphoser en un souffle tiède sur ma nuque. Andrey me regarde de façon étrange, et me demande ce qui ne va pas. Je bafouille… Et il me dit :

— Savez-vous, chère Sophia, dans quel endroit nous nous trouvons ?

— Hum… non. Hormis que c'est un lieu magnifique !

— Il est fort probable qu'ici même se soit tenu l'un ou l'autre conseil des plus importants, à l'époque où l'hérésie est devenue source de tourments pour l'Église romaine. La magnificence des lieux et la taille des pièces en sont déjà la marque. Des hommes illustres ont certainement marqué de leur empreinte l'endroit même où vous êtes assise. Cette marque physique à votre encontre et la douceur qui l'accompagne démontrent que vous suscitez l'intérêt et le trouble chez certaines de ces âmes encore présentes en ces lieux.

— Je n'ai pas entendu de voix ! C'est la première fois qu'un contact physique avec les autres plans n'est pas traumatisant pour moi. J'ai ressenti une sensation de bienveillance, du moins je le pense.

— Ce que vous me dites est intéressant. En général, les interactions entre âmes errantes et incarnées sont toutes plus ou moins ressemblantes. Froid, ressenti désagréable, angoisse…, mais rarement douceur et tiédeur. Je crois que vous venez de recevoir un message qui vient du cœur.

— Vous voulez dire des guides ?…

— Non, je ne pense pas. Mais peut-être bien de celui qui vous demande votre aide.

— Que puis-je faire pour l'aider ?

— Eh bien, peut-être faudrait-il relever, dans un premier temps, les événements qui se sont produits depuis votre arrivée à Béziers, afin d'essayer d'en comprendre le sens et de les relier entre eux. Qu'en pensez-vous ? Si je ne m'abuse, vous commencez lundi à la médiathèque. Vous aurez très certainement le loisir de vous pencher sur l'histoire des lieux, à vos moments perdus.

Confuse, je me rends compte au même moment que je ne lui ai même pas parlé de notre rencontre avec Azaïs, et encore moins dit merci pour la place. Je bredouille quelques mots incompréhensibles. Il m'observe, avec une fois de plus le regard pénétrant, comme si mon être tout entier n'avait aucun secret pour lui. Après avoir joué avec ma gêne, l'air de rien, comme un chat joue avec sa proie, il met fin à mon supplice.

J'ai fait la liste de ce qu'il s'est passé depuis mon arrivée à Béziers, afin d'y voir plus clair :

1. Une impression de déjà-vu, de déjà-vécu.
2. Un fort malaise, en déambulant dans les rues du centre historique qui entourent l'église de la Madeleine, ainsi qu'à l'approche de l'édifice lui-même.
3. Mon expérience angoissante au cœur de l'église, avec cette manifestation physique qui m'a retenu prisonnière. Sans oublier l'appel à l'aide.
4. Ces femmes qui me sont apparues aux fenêtres de l'hôtel de la Notairie, la première fois que je m'y suis rendue.
5. La présence qui s'est manifestée de façon physique chez Andrey avant-hier.
6. Enfin, ce matin dans ma chambre, un « J'ai besoin de toi, Doña. Ne m'abandonne pas. Pour l'amour de notre bien-aimée Sainte Vierge. J'ai grand besoin de toi ! »

Je fais quoi, moi ? Je me sens perdue et inutile. En bref, une voix venue de je ne sais où me demande d'effectuer un premier pas que je ne suis pas en mesure de faire ! Tout cela, parce que je me voile la face depuis des années, en croyant me protéger de ce genre d'événements. Si seulement j'étais un peu plus courageuse ! Et Andrey, lui qui donne l'impression de tout savoir de ces mondes invisibles, pourquoi ne m'aide-t-il pas à régler ce problème, au lieu de m'inviter à trouver les réponses par moi-même ? Parce que là, je suis désolée de le dire, Y'A URGENCE !

Ma tête est farcie de conversations incompréhensibles, de soupirs, de pleurs, de cris… Combien de temps cela va-t-il encore durer ? Je n'arrive plus à distinguer « qui est qui ». De mes guides ou de ceux qui veulent m'abuser, les messages s'entremêlent ; et la lumière dont j'ai tellement besoin pour avancer s'amenuise petit à petit. Mon Dieu, fais que je ne me retrouve pas dans l'obscurité ; sinon, comment pourrai-je aider mon prochain ?!

Je me retrouve, encore une fois plongée dans mon passé, lorsque dans cette même situation, il y a bien des années, j'ai mis un terme à ce que je croyais être « ma folie », afin de ne pas me perdre définitivement dans une souffrance qui n'était pas la mienne. N'avais-je pas déjà suffisamment à porter ? Mon lot de peine n'était-il pas déjà assez lourd pour mes seules épaules ? Mais se couper de Soi, c'est aussi se couper des autres. Séparée de moi-même, j'ai continué d'avancer sans comprendre ce qui me manquait. Cette autre part de moi, cet autre côté de mon être que j'ai désiré ardemment homicider[5], pour le meilleur et pour le pire, n'a pas voulu succomber. Pourtant, ce n'est pas faute de lui avoir crié, encore et encore, à la face que je le haïssais. Alors, il s'est éloigné de moi un moment, juste le temps de me laisser reprendre mes esprits. Mais comment vivre coupée de soi-même ? C'est tout simplement IMPOSSIBLE !
Un matin où je me sentais plus abandonnée que jamais, devant une feuille blanche, je me suis assise, une plume serrée entre les doigts. J'ai fermé les yeux, et j'ai demandé à tous ceux que j'aimais de me rassurer de leur présence. Car en me coupant de mes hôtes en errance, je me suis également coupée de cette part d'amour éternel qui veillait avec tant de douceur sur moi.
Sans que je m'en rende compte, presque instantanément, ma main s'est mise à ondoyer sur le papier. La pointe d'argent qu'elle étreignait avec légèreté a marqué de son empreinte toute la joie

---

5. *Homicider* : « tuer », « commettre un homicide sur quelqu'un »… https://www.dictionnaire-academie.fr/article/A6H0420

qu'éprouvaient mes tendres Âmis[6] *de me retrouver enfin. Mais les mots d'amour ne restent jamais secrets bien longtemps. Cette nourriture est convoitée par les vivants comme par les morts. Qui ne désire pas aimer et être aimé en retour ? C'est comme cela que mes autres Âmis, ceux de l'expiation, me sont revenus. Ma plume et moi-même étions devenus inséparables. Des pages et des pages..., des conversations à n'en plus finir. Des mots doux, des mots durs, ma plume les retenait tous afin de leur redonner vie, en les couchant tendrement sur la lumière du vélin. Puis est arrivé ce qui devait arriver : une drôle d'intimité s'est créée entre eux et moi. Une sorte d'amitié déraisonnable et heureuse à la fois. Celle dont on sait qu'elle ne peut durer dans le temps sans que l'un ou l'autre n'en pâtisse. « Addicte », c'est le mot ! J'étais devenue addicte à mes Autres. J'aimais tellement nos conversations épistolaires que, même privée de papier et de plume, ma main se mettait à danser seule sur n'importe quel support. Frénétiquement, elle réclamait cette part de l'autre qu'elle croyait être sienne. Je ne parvenais plus la contrôler. Je me suis résolue, la mort dans l'âme, à cesser d'écrire, mais mes Autres ne voulaient rien savoir. Après avoir compris la manœuvre qui s'opérait, ils ont décidé de s'immiscer une nouvelle fois dans mon esprit. Nuit et jour, jour et nuit... Je ne cessais plus de leur parler, de rire avec eux aux éclats. Si j'avais été observée par un tiers « incarné », il aurait pu croire que j'avais perdu la raison. Je pense sincèrement que j'ai échappé à l'internement de peu ! J'avais réellement besoin d'aide. Et voilà qu'enfin, à un moment donné, je me suis rendu compte que bon nombre de ceux qui se communiquaient à moi ne le faisaient que dans un seul but : prendre le contrôle de mon esprit. J'étais en danger ! Depuis longtemps, mes guides leur avaient cédé la place, et l'obsession, insidieusement, s'est emparée de moi.*

---

[6]. *Âmi* : ami de l'au-delà.

Les événements se répétaient-ils donc ? Cela voulait-il dire que je n'avais pas compris la leçon de vie qui m'avait été imposée ? Honnêtement, je ne savais plus que penser.

Nous sommes lundi. Je me rends à la médiathèque pour ma première journée de travail. Mes nouveaux collaborateurs m'accueillent avec bonhomie, puis Azaïs me guide vers les livres que je dois classer dans des pièces dédiées. Il y en a des centaines, récents et aussi très anciens – un vrai bonheur ! Mon travail consiste à les réunir par catégorie, par époque et par ordre alphabétique. Ma main se pose sur un premier volume d'Histoire, que je ne peux m'empêcher d'ouvrir. Me voilà à nouveau plongée dans le Béziers moyenâgeux du XIIIe siècle, au cœur de ses bourgs. J'en dénombre dix. Ils sont partagés entre ce qui appartient d'un côté à l'Église, de l'autre aux vicomtes de Trencavel, ainsi qu'un dernier en coseigneurie, englobant l'évêché de Saint-Nazaire et le palais vicomtal, que l'on nomme « Bourg de Béziers ». Je n'arrive pas à me situer clairement sur la carte, car les rues y sont inexistantes. Je ressens cependant que cet endroit résonne en moi. Je prends une photo du document, afin de m'y rendre dès que j'aurai un moment. Un peu plus tard, je reçois un SMS d'Andrey m'invitant à le rejoindre après mon travail : il désire me montrer quelque chose susceptible de m'intéresser.

Nous voilà autour d'un café. Une brise agréable nous caresse les cheveux, avant l'arrivée de la chaleur, qui peut être accablante certains jours. Cela ne faisait pas longtemps que nous nous connaissions, mais une complicité bon enfant s'était très vite installée entre nous. Andrey, sur sa réserve de gentleman un tantinet british, lors de nos premières rencontres, me dévoile peu à peu sa véritable nature : celle d'un homme bourré d'humour ; ce qui, je peux bien l'avouer, me donnait des ailes !
Nous rions comme deux gosses, et je remarque que c'est la première fois que nous ne parlons pas des autres mondes. Puis,

sans même réfléchir, comme si je sortais une bonne blague, je lui dis :

— C'est mon anniversaire !

— Comment, aujourd'hui ?

— Oui.

— Vous êtes née un 22 juillet ?

— Tout à fait.

— Savez-vous, Sophia Sainterose, à quoi correspond cette date ?

— Oui, à celle de mon anniversaire, dis-je en souriant.

— Tout à fait, c'est également la date du sac de Béziers ; et, plus symbolique encore, celle de la fête de Sainte-Marie-Madeleine.

Un brin moqueur, je lui réponds :

— Quel est le rapport entre ces événements et moi ?

— Eh bien, si cela vous fait plaisir, je ne manquerai pas de vous l'expliquer ce soir, autour d'un bon dîner pour fêter « l'événement ».

Et, dans un silence qui consent, je lui offre mon plus beau sourire !

Le soir venu :

— Martine, dis-moi, je mets cette robe-là ou bien l'autre ?

— La bleue est très belle ! Tu vas à un rendez-vous galant ?

— Mais non enfin, tu sais bien que je rejoins Andrey, qui m'invite au restaurant.

— Eh bien, on ne dirait pas !

— Pffffff ! Que vas-tu imaginer, il a presque l'âge d'être mon père !

— Oh, tu sais, de nos jours, ça ne veut plus dire grand-chose.

— Oui, mais non ! Voilà, qu'en penses-tu ?

— Mon Dieu, ma pitchoune, t'y es alispée comme un calandre !

— Qu'est-ce que tu dis ?

— Que tu es belle, et que, si tu ne fais pas attention, ton « père » risque de ne pas s'en remettre…

Et en bouchant mes oreilles :

— Martine, arrête. Je ne veux plus rien entendre !

Au même moment, la sonnette tinte, je m'observe une dernière fois devant la glace du couloir : je me trouve jolie. Je prends mon sac à main, et vais ouvrir la porte. Devant moi, je découvre un homme d'une élégance rare, tout de blanc vêtu, du sommet de son panama jusqu'à la pointe de ses mocassins, en passant par son gilet. Je dois bien avouer qu'encore une fois je ne peux m'empêcher de le trouver beau ; et ce, malgré son âge. Les paroles équivoques de Martine me reviennent soudain à l'esprit. Je ferme les yeux, afin de me concentrer sur l'instant présent. Mon cavalier m'observe, mais, cette fois-ci, un peu plus intensément que les autres fois.

— Sophia, vous êtes très belle !

Je lui réponds dans la foulée :

— Merci, Andrey. Vous êtes très belle aussi !

Inutile de dire qu'à cet instant je me suis sentie très seule ! Et lui, bien entendu, comme à son habitude, d'un rictus amusé, s'est incliné, m'a offert son bras, et nous nous en sommes allés.

Nous voici arrivés au cœur d'une place qui donne sur la cathédrale Saint-Nazaire. Notre table nous attend à l'abri d'un arbre majestueux, doré par la douce lumière d'un lampadaire. Le serveur allume alors une bougie, dont la flamme qui danse

réchauffe le décor sublimement minéral qui nous fait face. À gauche de l'édifice se trouve ce qui fut le palais des évêques au Moyen Âge. Devant l'entrée, une fontaine « musicale » très ancienne joue pour nous, à grand renfort de clapotis, sa mélodie vespérale.
On nous apporte un seau rempli de glace, dans lequel est disposé un remarquable effervescent rémois. Je me sens bien. Je suis même plus que bien ! Que cela est bon de se sentir être une femme. J'avais oublié à quel point la saveur des attentions délicates d'un homme était douce. Que ne donnerais-je pas pour qu'Andrey ait vingt ans de moins, ce soir. À vrai dire, je m'étais déjà posé la question : « Quel âge a-t-il donc ? »

Au moment où je me décide à lui demander, il me dit :

— Très chère Sophia, j'aimerais vous poser une question des plus indiscrètes, mais, bien entendu, vous n'êtes pas tenue d'y répondre ; ce que je comprendrais fort bien d'ailleurs.

Surprise de le voir tourner autour du pot, ce qui ne semble pas être son genre, je lui réponds par l'affirmative.

— Puis-je vous demander l'âge que vous avez, au vu de l'événement ?

Je ne peux m'empêcher de sourire, car je trouve cela amusant et un peu déconcertant qu'il me coupe l'herbe sous le pied au moment même où je m'apprêtais à lui poser la même question.

— J'ai cinquante ans, aujourd'hui !

Dans la foulée, sans même lui laisser le temps de dire un mot, je me lance :

— Et vous ?

Après un léger silence :

— Je suis de vingt-cinq ans votre aîné, chère Sophia !

Sans que je contrôle quoi que ce soit, je laisse échapper un : « Mince alors ! »
Inutile de dire que si j'avais pu me mordre la langue avant de sortir cette exclamation toute remplie de surprise dépitée et totalement stupide, je l'aurais fait plutôt deux fois qu'une. Mais voilà, c'était trop tard !
Alors je le regarde, et vois apparaître sur ses lèvres un léger rictus. Au moment où je m'apprête à bredouiller quelque chose pour rattraper ma bourde, il me dit :

— Savez-vous qu'il y a deux mille ans une femme nommée « Marie de Magdala », chassée d'Israël par les siens, est venue se réfugier dans le sud de la France, pas très loin d'ici ?

— Non. Qui est-ce ?

— Marie-Madeleine !

— Vous voulez dire, la femme aux multiples péchés, critiquée dans la Bible, dont la place de l'église porte le nom ?

— Oui. C'est bien d'elle dont il est question.

— Pourrais-je savoir pourquoi vous me racontez cela ?

— Eh bien, ne vous ai-je pas promis de vous expliquer quel était le lien entre votre date d'anniversaire, cette femme et le sac de Béziers ?

— Si, en effet.

— Êtes-vous croyante, Sophia ?

— Oui, je crois en quelque chose de fabuleusement plus puissant et intelligent que nous. En une force créatrice sans limite, qui grandit chaque jour un peu plus.

— Je rejoins votre idée à mille pour cent. Alors, je vais pouvoir vous narrer l'histoire d'amour d'un homme et d'une femme que rien n'a jamais séparés, même pas la mort.

— Avec plaisir Andrey, j'adore les histoires d'amour. Surtout celles qui finissent bien !

Là-dessus, il nous ressert un verre de champagne avant de se caler dans son fauteuil.

« Il y a bien longtemps vivaient deux êtres dont le cœur était tellement bon que le destin ne pouvait faire autrement que de manigancer afin qu'ils se rencontrent. Un jour, au bord du Jourdain, un Essénien dénommé "Jean" baigna, dans l'eau fraîche du fleuve, un homme que l'on surnommait "le Nazaréen". Tout autour se bousculaient bon nombre de curieux et de disciples, dont une femme toute désireuse d'apprendre le cœur des hommes. Ayant déjà entendu parler de celui que l'on nommait également "le Sauveur", elle s'avança, puis, s'agenouilla à ses pieds, et dit :

— Mon Seigneur, je t'en supplie, élève mon âme ! Accorde à la pécheresse que je suis de suivre ton enseignement. Pour l'amour de Dieu !

Autour d'eux se trouvaient une poignée d'individus qui observaient la scène et qui ne purent s'empêcher de trouver à redire. Car les femmes étaient, en ce temps-là, indignes de suivre un enseignement destiné aux seuls hommes. Alors, le Nazaréen se pencha, lui prit les mains, en douceur la releva, et lui dit :

— Quel est ton nom, femme ?

Sans qu'elle ait eu le temps de répondre, un homme du nom de Pierre s'écria :

— Mon Seigneur, c'est Myriam de Béthanie, la prostituée. Ses péchés sont si nombreux qu'il n'y a pas de pardon pour son âme.

Alors, celui qui se tenait devant l'image de ce mal incarné dit à haute voix :

— Ne jugez pas. Car du jugement dont vous jugez vous serez vous-même jugés. L'on vous mesurera avec la mesure dont vous mesurez[7]…

---

7. Matthieu 7:1-14.

Puis, il s'avança et lui baisa le front. Une exclamation tout empreinte d'étonnement s'échappa de la foule. L'accusateur honteux baissa la tête, et le Nazaréen, d'un geste empli de bonté, posa sa main sur ses cheveux, puis, se tournant afin de s'adresser à l'impure, dit :

— Désormais, femme, tu porteras le nom de « Marie-Madeleine ».

Il lui fit un signe de la main pour l'inviter à marcher à ses côtés. Les yeux baignés de larmes, la belle et douce Marie prit entre ses mains la tunique du Sauveur, qu'elle étreignit par le cœur. Et, dans la joie de ce moment inespéré, un sourire lumineux se dessina peu à peu sur son doux visage.

Le temps a passé. La belle, toute inspirée de l'enseignement de celui qu'elle chérissait au-delà de tout, délivrait à son tour des messages si élevés qu'elle devint encore plus chère au cœur du Sauveur. À l'unisson, leurs âmes chantaient si bien que ce que l'un disait, l'autre le vibrait ; et ce que l'autre semait, l'un le récoltait. Sur le chemin de leur vie, ils marchaient main dans la main, avec au cœur une seule et même mélodie : celle de l'AMOUR.

Mais l'amour a bien des visages. C'est pourquoi, moult fois, on les surprit l'un et l'autre s'embrassant sur la bouche. Amants de l'éternité, ils aimaient à unir leurs lèvres, afin que le feu sacré de la connaissance infuse en eux, pour devenir "pneuma" – le souffle vital du Père.

L'amour fait également bien des miracles ! Voilà que, sur sa route, le Nazaréen multipliait ses offrandes en réparant les blessures, en redonnant vie à ceux qui l'avaient perdue ; et l'espoir renaissait.

Malheureusement, ce même amour faisait également bien des envieux. L'homme, de par sa nature, est si fragile que pour se sentir exister, il ne sait faire autrement que de s'enraciner dans les ténèbres de ses croyances. La lumière étant beaucoup trop vive pour certains, elle les brûle lorsqu'ils s'aventurent à vouloir la toucher du bout des yeux. Une seule issue demeure : celle de l'engloutir pour jamais dans les profondeurs abyssales de leur être.

Sur la voie qui menait à trépas, il avançait confiant, sa tendre compagne à ses côtés, le cœur en joie. Dans son sillage, une mère aimante et quelques disciples formaient un cortège remarquable.

Fort de tout l'amour paternel qui le nourrissait, il désirait réformer le monde afin de le rendre meilleur. C'est donc dans le Temple de son Père que le Nazaréen fit gronder sa colère, après avoir compris que, dans le cœur des marchands, la justice et l'amour n'étaient pas de ce temps.

Auprès de celle qu'il aimait, il s'épancha :

— Mon Autre, ma douce, je dois partir, nous allons devoir nous séparer. Sache que je m'en vais à regret.

Et Marie-Madeleine de pleurer contre la poitrine de son Seigneur.

— Non, mon Âme, ne verse pas de larmes, car sache que nous ne serons pas séparés longtemps. Après mon trépas, et avant que je ne rejoigne mon Père, nous nous retrouverons. Même si tu ne devais jamais plus me toucher dans cette vie, sache que nous serons de nouveau réunis dans l'autre. Tu es ma relève, ma voix et celle de mon Père, la seule qui soit digne de parler en notre nom.

Marie-Madeleine, de répondre :

— Mon doux Seigneur, mon bien-aimé, je viendrai te rejoindre le cœur léger dans les cieux, après avoir obéi sur Terre à tes commandements. J'irai propager ton enseignement au-delà des mers, s'il le faut. Je ne faillirai pas, je te le jure. Je t'aime.

Après avoir échangé un long baiser d'adieu, elle s'en alla, et il la vit disparaître, la mort dans l'âme.

Au pied de la croix, Marie-Madeleine et Marie, en larmes, suppliaient les soldats de bien vouloir décrocher le corps martyrisé, afin qu'elles puissent l'emporter, le pleurer dignement, et procéder à sa dernière toilette. Sa dépouille, maculée de sang, fut enveloppée dans un linceul et conduite au tombeau. Le temps s'écoula, et les mots d'amour désespérés des deux femmes se perdirent dans l'immensité de la nuit, juste avant que ne se referme, glacial, le sépulcre sacré.

Et voilà que, sur le mont des Oliviers, il réapparut plus rayonnant que le soleil lui-même. Son habit était si pur que peu étaient en mesure de poser les yeux sur lui. C'est ainsi qu'auprès de son Autre, Marie-Madeleine, il décida d'offrir toute l'intellection des mondes à ceux qui en étaient dignes.

Au même instant, sur d'autres plans, l'âme de celle que l'on nommait "la Sagesse" fit un rêve : celui de s'emparer du mystère de la vie. Mais celui-ci, en colère, fondit sur elle et la viola. De ce crime naquit la science du bien et du mal. Cet acte fit immédiatement éclater l'unité paradisiaque. C'est ainsi que la conscience du Moi et de la puissance mentale fut engendrée, afin de séparer définitivement la Sagesse de Dieu.

Laldabaôth était son nom. Ce fils du chaos, issu de l'imagination de la Sagesse, créa en un instant les mondes inférieurs. Ainsi, au sortir du sein de sa mère, la créature faite de feu et de ténèbres se retourna contre elle qu'il méprisait profondément, lui volant ses vertus de lumière, et l'Éden se défragmenta. Puis, voulant la leurrer, il se fit passer pour la Lumière divine, afin de l'attirer et de la perdre dans la nuit profonde du non-être, là où le chaos est roi.

Invoquant ses Autres, les Archons, il leur ordonna de voler la substance lumineuse émanée des passions de sa mère. Après avoir commis ce méfait, et absorbé celles-ci, ils les rejetèrent par le souffle de leur bouche, par les larmes de leurs yeux et la sueur de leur corps.
C'est ainsi que la malheureuse se retrouva dépouillée de sa lumière et abandonnée dans les ténèbres infinies. Alors, effrayée, elle se mit à chanter des hymnes, afin que le Seigneur l'entende et la sauve des griffes des démiurges.

Pendant ce temps, sur le mont des Oliviers, une ronde fraternelle prit vie. Main dans la main, les disciples s'unirent aux côtés du Sauveur, afin de percer le message de l'âme égarée, pour la faire revenir des enfers. Marie-Madeleine, l'Autre du Sauveur, comprenant si bien la souffrance de cette âme en détresse, et vibrant de toute sa clairvoyance aux côtés de celui qu'elle chérissait tant, ne pouvait qu'exprimer du haut de sa profondeur ce que son Maître lui avait insufflé depuis le jour de leur union. Ce qu'il disait, elle le buvait ; ce qu'elle buvait, elle le versait dans la coupe sacrée de la création du monde, qu'il buvait à son tour, en guise d'approbation. Et ce fluide nourricier, mêlé aux fruits de la connaissance, étancha peu à peu la soif des disciples.

Au même instant, aux frontières du néant, là où le temps n'a plus d'existence, la Sagesse désespérée entonna encore une fois un hymne de détresse. Le Sauveur, alarmé en écoutant cet ultime message, quitta ses hôtes, pour lui venir en aide. Il vit la pauvre âme tenter encore une fois d'atteindre la Lumière, mais celle-ci se fit soudainement happer par Adamas le Tyran, venu s'allier aux démiurges. Ensemble, ils mirent tout en œuvre pour tenter de la perdre définitivement dans les mondes de l'oubli.
Alors, dans son habit éblouissant, le Sauveur créa le jour dans les ténèbres. Épouvantées par sa puissance divine, les forces obscures du néant s'enfuirent, en se vidant peu à peu des vertus qu'ils avaient dérobées à la Sagesse. Certains se repentirent. Mais le combat n'était pas encore terminé. Se remettant à chanter, la chère Âme clama à son Seigneur toute sa reconnaissance. Ainsi, la lumière du savoir de tous les savoirs, appelée "gnose", émanant de la tunique du Sauveur, se mit à aveugler de son éclat si puissant

le cosmos. Cette action transfigura sans plus attendre la Sagesse. C'est ainsi que tous les mystères volés par les forces maléfiques de la matière, les uns après les autres, furent restitués à l'Éden. Le Tyran, quant à lui, dépouillé de leurs vertus, fut condamné à errer pour l'éternité dans le grand vide abyssal du chaos.
La belle Âme, renaissant à elle-même, reprit possession de son bien et recouvrit, par là même, toute sa puissance.
Elle vit alors tomber, un par un, tous les voiles qui la séparaient de l'Éden. Accompagnée du Sauveur, la Sagesse du monde retrouva la place qui était la sienne, sur le trône de la Terre de Lumière.

Et, sur le mont des Oliviers, triomphant dans sa tunique éblouissante, le Sauveur reprit la place qui était sienne aux côtés de son Autre.

Puis vint le temps des adieux. Sur sa poitrine, il serra chacun de ses disciples.
Enfin, Marie-Madeleine s'avança dans sa robe immaculée, plongea son regard dans le sien, une dernière fois, en unissant leurs mains. Il la contempla, lui sourit, puis déposa sur sa bouche vermeille un long baiser. Alors la lumière qui émanait de lui l'enveloppa tout entière dans un halo d'amour. Leurs âmes s'épousèrent pour n'en former plus qu'une, au royaume de la complétude[8]. »

Après un long silence :

— C'est une belle histoire, mais un peu triste tout de même ! Que devient Marie-Madeleine ? Va-t-elle demeurer au mont des Oliviers ? Et « la Sagesse », a-t-elle vraiment existé ?

— Non pour votre première question, oui pour la seconde, ma chère. Sinon, je ne pourrais vous conter ce qui va suivre.

— Va-t-elle retrouver son Autre ?

---

8. Dominique VISEUX, *La Pistis Sophia et la Gnose*, Les éditions du Net, 2017.

— Je sens l'impatience vous gagner. Reprendrez-vous un verre de ce nectar ?

— Oui, oui, merci ! Vous voulez me faire languir, c'est ça ?

Il sourit, me regarde droit dans les yeux en me tendant ma coupe. Je lui rends son sourire, pénètre son regard à mon tour, en approchant le doux breuvage de mes lèvres afin de m'en délecter. Et le voilà qui reprend son récit :

« Après avoir quitté à son tour le mont des Oliviers, Marie-Madeleine décide de poursuivre sa quête et d'enseigner au monde le message de son doux Seigneur. Malheureusement, une femme qui possède le savoir et qui le transmet est et demeure, qu'on le veuille ou non, en ce temps-là, une prostituée. Alors, Pierre et ses compagnons, ne comprenant pas la hauteur de son message, se détournent d'elle pour s'en aller prêcher à leur tour la bonne parole. Comment peut-on transmettre un message d'amour dénué de tout jugement, dès lors que le sens même de ces deux actions nous échappe ? Pourtant, de ce pèlerinage naîtront peu à peu l'actuelle Église judéo-chrétienne et son Nouveau Testament.

Chassés de Palestine, au temps des persécutions qui suivirent l'Ascension du Sauveur, Marie-Madeleine et ses disciples vont être placés sur une embarcation de fortune dépourvue de voiles et de gouvernail. Elles dériveront ainsi jusque sur les rivages de Camargue, en Provence.
Alors, dans son habit étoilé, la belle apôtresse, tout comme l'avait fait son Autre, va semer chaque jour sur son chemin des graines d'amour. De jeunes pousses vont se mettre à germer. De ce tapis de verdure vont naître des boutons de roses incarnés par la conscience de l'âme. Le temps faisant son œuvre, ces belles, enfin épanouies, répandront sur les êtres de bonne volonté le subtil parfum de la connaissance : "Gnosis". »

— Voilà, Dame Sainterose !

— C'est magnifique, mais que devient-elle après ? Vous ne m'avez toujours pas parlé de la Sagesse !

Et en me souriant :

— Ce que femme veut, Dieu le veut !

« Après quelques années passées à enseigner, Marie-Madeleine se retirera pour vivre en ermite dans les montagnes perdues du Var. Arrivée à la fin de sa vie après des décennies de solitude, elle s'éteindra paisiblement. »

— A-t-elle retrouvé son Autre ?

— À cette question, très chère, vous avez déjà la réponse.

— Je veux croire que oui. Et la Sagesse, dans tout ça ?

— À vous de me le dire, Sophia, car vous portez son nom.

— Vous vous moquez de moi ?!

— Absolument pas ! Elle se nomme tout comme vous : « Sophia » ! Alors, dites-moi, quelle part d'elle se trouve en vous ?

— Vous voulez dire : où se situe la Sagesse en moi ? Chaos ou Éden ?

— Oui, c'est bien ça !

— J'espère de toute mon âme qu'elle chemine vers la Lumière.

— Je l'espère aussi, Sophia Sainterose, c'est le vœu que je formule pour vous !

Et, dans la nuit qui nous ouvre ses bras, nous rions beaucoup et buvons un peu trop.
Le temps file comme l'éclair. En désirant le suspendre, je demande à Andrey de me conter la suite de son récit. Heureux de me plaire, il s'exécute :

« À l'aube du douzième siècle va éclore une confrérie peuplée de bons hommes et de bonnes femmes, désireux de prôner

l'enseignement du Christ, celui-là même que la douce Marie-Madeleine a semé au vent de l'Occitan, mille ans auparavant.
La pauvreté était son lot, le labeur aussi, afin de vivre dignement. Cependant, ses adeptes, empreints de bonne volonté, au fil du temps, avaient oublié l'essence même de l'enseignement de l'Autre du Sauveur.
L'austérité s'est peu à peu imposée à eux. À l'encontre du message divin, la chair est devenue impure, l'amour charnel proscrit, et la procréation bannie à jamais. En offrant la consolation[9], ils se condamnèrent, sans le comprendre véritablement, au déclin.
Pourtant, à l'éclosion de ce courant, les adeptes se firent de plus en plus nombreux ; c'est pourquoi chaque famille pouvait désormais compter l'un de ceux que l'on nommait “Parfaits” au cœur de son foyer.
Mais voilà que, tapie dans l'ombre, se dévoila au sein du clergé une peur toute-puissante : celle de se voir dépossédé du pouvoir séculaire qu'il exerçait sur les hommes.
Les émissaires de Dieu, plus riches que l'État et remplis de concupiscence, se virent, à force d'abus, conspués par le peuple et ses maîtres.
Les bons hommes et les bonnes femmes ne se nourrissaient que de fruits et de légumes ; les hommes d'Église faisaient bombance. Vêtus de mises tissées de leurs mains, les miséreux vivaient, nomades volontaires, dans les bois ou dans quelques foyers accueillants – alors que ceux qui avaient fait vœu de pauvreté étaient parés de riches atours. Ils demeuraient dans des palais plus imposants que jamais, déchirant le ciel de leur puissance, afin d'asseoir leur domination sur l'ensemble du monde.
Le danger grandissant, les ambassadeurs de Dieu tentèrent d'amadouer le peuple à grand renfort de bonnes paroles, mais rien n'y faisait, car dans l'ombre des Parfaits ils finissaient.
C'est pourquoi, un jour, un moine missionné par un pape “Innocent”, imagina que, pour reconquérir le cœur et l'âme des hommes, il se devait de montrer l'exemple, celui-là même que l'Église foulait aux pieds. Une joute tout empreinte de spiritualité

9. Baptême des Parfaits.

naquit entre la sacro-sainte foi orthodoxe et celle des hérétiques "Parfaits".
Cependant, au sein de cette crise, un homme leur ouvrit les bras et s'exclama :

— *J'offre une ville, un toit, un abri, du pain et mon épée à tous les proscrits qui erreront bientôt dans la province, sans ville, ni toit, ni asile, ni pain.*

Cet endroit était Béziers ; et son seigneur, Raymond-Roger Trencavel.

Chaque homme et chaque femme y vivaient en paix, dans l'acceptation des convictions de l'autre ; c'est pourquoi la vie y était des plus clémentes.
Pourtant, sous le ciel d'opale de l'Agora flamboyante, l'orage n'allait pas tarder à gronder. Le maître des lieux, jugé trop tolérant, beaucoup trop riche et puissant, attisa la convoitise de l'Église, des rois d'Aragon, de France, des barons du Nord…

Sous les étendards féodaux, frappés par le vent, une armée de chevaliers, de Templiers et de brigands se leva, avec à sa tête le bras armé de la mort.

Tous conspirèrent, à grand renfort de fiel, pour tendre un piège des plus odieux au jeune vicomte. Celui-ci, noble et courageux, se rendit sans méfiance à un conseil de paix, afin de préserver sa province et ses sujets de la foudre. Seulement, ses hôtes, sans plus de cérémonie, le firent prisonnier.
Ils l'enfermèrent dans les geôles de son propre château de Carcassonne, afin qu'il y croupisse dans les pires conditions.
C'est ainsi qu'au pied de l'imprenable cité l'armée se posta.
Celui qui était à sa tête ordonna qu'on lui livrât tous ceux que l'on nommait "hérétiques", ce qui englobait les parfaits et les Juifs.
Mais le peuple, aussi digne que son maître, refusa de sacrifier les siens.
Fou de rage, le chef des envahisseurs décida que, pour faire un exemple, l'Agora serait investie le jour de la Sainte-Marie-Madeleine : le 22 juillet 1209.

La forteresse de Béziers, fièrement dressée dans l'azur, les portes closes, demeurait cependant inviolable.
Les soldats, les chevaliers et les brigands se préparant au siège, commencèrent à dresser leur camp. Derrière les remparts, au même instant, une poignée d'hommes, aussi sots que l'on puisse l'être, décidèrent de tenter une sortie afin de les tourner en ridicule. Ils entrouvrirent une porte, passèrent les fortifications de l'enceinte, et descendirent se poster à quelques pas du camp. Puis, sans attendre, ils se mirent à lancer des noms d'oiseaux à la face des brigands, pour enfin baisser leurs frocs, afin d'exhiber, au regard de tous, leur derrière.
En un éclair, les routiers se mirent à leurs trousses, pendant que les chevaliers, dans la panique générale, tentèrent d'enfiler leurs armures. C'est ainsi que nos fanfarons prirent leurs jambes à leur cou. Mais voilà qu'arrivés devant les portes de la cité ils se virent aussitôt encerclés, puis assaillis par les brigands qui les occirent sur-le-champ.
Ainsi, le sac de Béziers pouvait commencer. Rétribués sur les rapines, ces infâmes étaient libres de tuer à satiété, de voler les biens de leurs victimes, et de violer tout ce qui portait jupon. Au fil de l'épée, ils firent périr hommes, femmes, enfants, chrétiens, juifs et Parfaits sans distinction aucune.
Afin de rendre l'abominable spectacle plus attrayant, ils décidèrent de brûler l'église de la Madeleine, où s'étaient réfugiées les pauvres âmes traquées dans le but d'anéantir le dernier souffle de vie de la douce cité.
Lors de cette tragique journée, plus d'un millier d'individus furent anéantis. C'est pourquoi, désormais, dans chaque rue de l'Agora, sous chaque pavé, le sang de ceux qui sont morts pour la justice éclabousse de son histoire ceux qui en foulent le sol.
Quant aux soldats de Dieu, malheureusement, ils arrivèrent trop tard pour mettre fin au massacre. C'est ainsi que Béziers devint la première ville martyre de la croisade des Albigeois. Quelque temps plus tard allait être créé l'ordre de l'Inquisition, qui, lors de son règne de trois siècles, prendra plus de douze mille vies sur l'ensemble du territoire qui deviendra la France. »

— C'est une histoire épouvantable ! Qu'est devenu le jeune vicomte ?

— Il est décédé, dans d'atroces souffrances, d'une dysenterie, trois mois après son emprisonnement.

— Comme c'est triste et injuste ! Je ressens qu'il devait être une bien belle personne.

— Oui, en effet. Et c'était un jeune homme courageux et fort. Il était, paraît-il, également d'une grande beauté.

— En somme, il avait tout pour attiser la jalousie !

— C'est pourquoi on l'aurait aidé à trépasser.

— Qui aurait fait ça ?

— Il semblerait que ce soit Simon de Montfort, à qui ses terres et ses châteaux devaient revenir, sans oublier bien évidemment ses titres et quartiers de noblesse.

— C'est étrange… J'ai l'impression de connaître cet homme. Comme si lui et moi étions liés par un je-ne-sais-quoi d'indéfinissable.

— Auriez-vous perçu sa présence ?

— Ce que vous me dites me fait frissonner, comme une confirmation. Et s'il était celui qui se manifeste à moi ?

— Voilà qui devient de plus en plus intéressant…

— Vous savez, plus j'y pense, plus je me dis que, depuis que je suis arrivée dans cette magnifique ville, les phénomènes qui s'imposent à moi se sont tous produits dans des endroits que je suis certaine d'avoir connus en d'autres temps. Telle cette église de la Madeleine qui, je le comprends maintenant, est un lieu emblématique de l'Histoire. J'ai également vécu un épisode chez vous l'autre fois, puis dans la rue d'Envedel, le jour de mon arrivée.

— En effet ! Ça veut également dire que ce n'est pas près de prendre fin. Imaginons que l'âme qui s'impose à vous soit en effet Raymond-Roger Trencavel, cela voudrait signifier que vous êtes investie d'une mission. Reste à définir ce que cet homme attend de vous, très chère.

— Ce que vous me dites me fait un peu peur, je dois bien l'avouer. Car, si c'est le cas, suis-je réellement en mesure de pouvoir faire ce qu'il attend de moi ?

— Je crois que vous n'allez pas tarder à le savoir. Je pense également que vous risquez de vivre une accélération.

— Que voulez-vous dire par « accélération » ?

— Simplement que les choses vont s'amplifier de façon significative. Si vous êtes liée à cet homme, vous ne pourrez en aucun cas recouvrer votre liberté, dans l'immédiat. Les âmes sont, par nature, volontaires lorsqu'elles sont en demande. Alors, imaginez de quoi est capable un homme de la trempe de Trencavel, si par le plus grand des hasards vous lui étiez redevable de quelque façon que ce soit...

— Croyez-vous que je suis en danger ?

— Sincèrement, je ne le pense pas. Sa façon de se communiquer à vous est, il me semble, des plus délicates. Il serait intéressant d'essayer d'entrer en relation avec lui, afin de savoir quel rôle vous avez joué dans sa vie.

— Que sous-entendez-vous ?

— Je ne sous-entends rien, ma chère, je devine que, s'il s'agit bien de cet homme, et au vu de la façon dont il entre en contact physique avec vous, cela dénote bel et bien d'une façon intime d'attirer votre attention.

— Vous voulez dire que lui et moi... ?

— Et pourquoi pas ?

— Je crois que j'ai grand besoin d'un petit remontant !

Subitement, me voilà qui frissonne. Je suis vidée de toute mon énergie.

— Andrey, je me sens fatiguée, tout à coup. Voulez-vous bien me raccompagner ?

Mon hôte acquiesce :

— Il se fait tard, vous avez raison. Je sens que je vous ennuie avec toutes mes élucubrations sur le sujet, veuillez m'excuser. L'addition, s'il vous plaît !

— Mais non, Andrey, pas du tout ! dis-je en lui souriant.

Au moment où je m'apprête à me lever, je ressens que l'on dépose un baiser tiède comme une brise légère au creux de ma nuque. Je ne sais pourquoi, ma main, instinctivement, se pose à l'endroit même de la douce sensation, sans que l'idée de chercher sa provenance ne m'effleure l'esprit. Au même instant, la mémoire de ma chair tout entière s'éclaire, et tout m'apparaît soudainement évident. Je découvre, inscrit sur ma peau en lettres capitales, qu'il y a fort longtemps mon être tout entier s'abandonna corps et âme à la bouche gourmande qui en goûtait une parcelle à cet instant précis.

Et, comme transportés, sans même comprendre comment, nous nous retrouvons devant ma porte dans l'instant qui suit. Alors je m'aperçois, confuse, que je n'ai ni écouté ni même dit un traître mot à mon mentor depuis que nous avons quitté notre table.

— Très chère, j'espère que vous garderez un bon souvenir de cette soirée ; et ce, malgré mon discours un brin soporifique.

— Oh, Andrey, veuillez me pardonner ! Oui, il restera gravé en moi. Et encore mille mercis d'être aussi prévenant et généreux avec moi.

Me hissant sur la pointe des pieds, je dépose un baiser sur sa joue en guise d'au revoir. En écoutant ses pas s'éloigner dans le couloir, je rejoins ma chambre, afin d'y passer la première nuit de ma vie en apesanteur.

L'accélération

L'heure tourne. Je m'aperçois qu'il est grand temps d'aller rejoindre Andrey. Dans son SMS est écrit : « Retrouvez-moi devant la fontaine musicale. Merci. A. »

Je quitte la place des Halles et me dirige vers la cathédrale Saint-Nazaire. Arrivée sur la place où nous avions dîné le soir de mon anniversaire, je l'aperçois de dos qui contemple l'ancien palais des évêques. Je m'avance et lui signale ma présence d'une main que je pose sur son épaule. Il se retourne, m'observe un instant sans mot dire, esquisse un sourire sans oser bouger. Afin de mettre un terme à cette gêne, je lui dis, d'un air faussement enjoué :

— Bonjour, Andrey. Je suis venue aussi vite que j'ai pu ! Qu'avez-vous de beau à me montrer ?

N'étant pas dupe, il me salue en s'inclinant pour effleurer de son souffle léger ma main, puis m'invite à l'accompagner à deux pas de là, devant la façade d'un immeuble situé au début de la rue Fabregat.

— Mais n'est-ce pas un musée ?

— Non, ma chère, il a été fermé.

— Qu'est-il, à présent ?

— Plus rien.

— Alors que faisons-nous là ? dis-je, amusée.

— C'est vous qui allez me le dire.

— Comment ça ?

— J'aimerais que nous tentions une petite expérience. Pour cela, je vais vous demander de fermer les yeux, de faire le calme en vous, et de me décrire ce que vous ressentez.

— Rien que ça ?

— Oui.

Alors je me prête au jeu de bon cœur. Je ferme les paupières, je respire profondément, et fais le vide en moi. Puis quelques secondes s'écoulent, et je lui dis :

— Rien. Je ne ressens rien du tout !

Andrey, voyant mon incompréhension quant à l'effet désiré, me répond :

— Ma chère, « rien » ne veut rien dire ! Je vais vous demander de lâcher votre ressenti physique, afin de vous orienter vers quelque chose de plus subtil.

— Comment puis-je savoir ce que je dois ressentir, si je ne sais pas ce que vous désirez que je ressente ?

— Vous avez absolument raison. Vous serait-il possible de tenter une nouvelle expérience ? Une fois celle-ci réalisée, je vous promets de tout vous expliquer. Y consentez-vous ?

— Oui, oui, bien entendu. Que dois-je faire ?

— Je vais vous demander une nouvelle fois de fermer les yeux, et de poser votre main sur le mur du musée.

Un peu moqueuse et curieuse à la fois, j'obtempère. Mais, avant même que ma main touche la pierre, une sorte de flash bouscule ma vision et me fait découvrir un autre décor. Me voilà devant une grande tour carrée, avec derrière moi une muraille qui m'emprisonne. Je décide alors de longer la tour, ainsi que la longue bâtisse qui y est accolée. Je la parcours jusqu'à son angle, puis tourne le coin de la rue, poursuis mon chemin et me retrouve devant un portillon massif. J'aperçois, un peu plus loin, une grande porte tout aussi massive, ornée de renforts et de clous. Au-dessus est inscrit : « Geôles ».

J'entends alors un cliquetis imposant derrière moi. Je me retourne, et vois sortir à l'endroit du portillon un homme de haute stature, à la crinière abondante, blonde cendrée, les traits puissants, revêtu de ce qui me semble être une cotte de mailles, ornée d'un écu parsemé de petits radis. Voilà qui est amusant !

Puis je le vois qui s'arrête et se tourne vers moi. Je me surprends à détailler son visage remarquablement beau. Je vais pour m'avancer vers lui ; et, immédiatement, il me fixe droit dans les yeux. Je n'ose plus faire un geste. Mon souffle est en suspens. Je connais cet homme, sans aucun doute. À vrai dire, je me rends compte, sans vraiment comprendre ce qu'il est en train de se passer, que chaque parcelle de son être m'est connue. Toujours en m'observant, il se baisse, cueille avec délicatesse une marguerite solitaire, dressée entre deux pavés, puis s'avance vers moi le plus tranquillement du monde, et m'offre la fleur. Je veux la prendre, mais, hypnotisée par le sourire qu'il m'offre, je ne peux en détourner mon regard. Soudain, mon cœur s'emballe. Lorsqu'il s'approche très près de moi, je peux sentir son souffle sur ma peau. Nos deux corps s'effleurent. Alors sa main, comme une caresse, se pose sur mon cœur.
Je sens que je perds pied. Au moment où ma main vient se poser à son tour sur la sienne, j'entends :

— Très chère, ça ne va pas ?

Je sors alors de mon rêve éveillé, ma main toujours sur la poitrine, serrant le vide absolu. Et quelques secondes plus tard :

— Non, tout va bien, Andrey. Je viens de vivre quelque chose d'incroyable.

— Racontez, je vous en prie !

— Je viens de le voir. Je l'ai vu, je vous dis !

— Qui ça ? Trencavel ?

— Oui, comme je vous vois ! Suivez-moi…

Alors, sans même réfléchir, je lui attrape la main, que je serre fort dans la mienne. Dans un élan, je l'embarque avec moi, et lui montre tout ce que j'ai vu : la grande tour, la longue maison, le portillon et la grande porte cloutée, à l'endroit même où se dresse aujourd'hui une suite d'immeubles en pierre de taille.

— Voilà. Nous y sommes ! Ce que vous me décrivez là corrobore tous les événements que vous vivez depuis que vous habitez cette cité. Avez-vous eu un échange physique avec cet homme ?

— Oui !

Mais, n'osant pas tout lui relater, je lui narre l'essentiel de cette rencontre furtive, l'échange de nos regards, l'effleurement de sa main contre la mienne, mais rien d'autre. Pourquoi cette retenue soudaine de ma part ? Je ne le sais pas ; mais ce dont je suis certaine, c'est que, depuis le soir de mon anniversaire, je n'ai pas réussi à oublier le contact de sa bouche sur ma peau. Suis-je en train de devenir folle ?

Je sens qu'Andrey est dubitatif et qu'il a compris que je ne lui disais pas tout. Cependant, je le sais suffisamment délicat pour ne pas tenter d'en savoir davantage pour le moment.
En revenant sur nos pas, il me dit :

— Chère Sophia, savez-vous qu'à cette même place se trouvait le premier château des vicomtes de Trencavel ? Il se nommait « Château-Vieux ». À l'endroit même de la grande porte cloutée dont vous avez fait mention étaient construites les anciennes prisons de la forteresse.

Nous nous arrêtons à l'endroit où ma vision a eu lieu. Déconcertée par ce qui vient de m'arriver, avec à l'âme une profusion de doutes me faisant croire que je suis en train de perdre la raison, mon regard se pose sur le sol. Juste devant mes pieds, j'aperçois, délicate et frêle, une marguerite fraîchement cueillie.

Le lendemain, chez Andrey :

— « De drôles de petits radis sur sa cotte de mailles », dites-vous ? Ne serait-ce pas plutôt des hermines ? Car voyez-vous, les armoiries de Raymond-Roger sont représentées par un écu fascé de gueules et d'Hermines. Gueules rouges - symbole de courage, de pouvoir et de noblesse guerrière", puis, d'Hermines - fond blanc semé de mouchetures noires – emblème de pureté, de justice et de haute noblesse[10]. Ce qui veut dire qu'en effet le jeune vicomte s'est bel et bien communiqué à vous, sans erreur possible.

— Comment expliquez-vous que la fleur qu'il m'a offerte en 1209 se retrouve à mes pieds en 2025 ?

— Je ne suis pas en mesure de vous répondre. Nous ne pouvons pas prétendre avoir toutes les réponses à nos questions. C'est pourquoi les mystères de la vie sont si précieux.

— Non, c'est trop facile, Andrey ! Des réponses me sont nécessaires, si je veux avancer. Je suis certaine que vous avez une théorie sur le sujet.

— Peut-être bien. Mais alors, jouez franc-jeu avec moi, je vous prie.

— Je ne vois pas ce que vous voulez dire…

— Comprenez-moi bien : je ne peux vous aider ni éclairer votre lanterne, si vous me cachez des faits de la plus haute importance.

— Que voulez-vous entendre, à la fin ? Que cet homme se fait de plus en plus intime avec moi ? Qu'il m'a déjà embrassée sensuellement ? Que son âme connaît la mienne ? Que je connais chaque parcelle de son corps ? Que je ne peux plus le chasser de mon esprit et que j'attends, fébrile, le moment où il viendra de nouveau m'étreindre ? Est-ce cela que vous désirez entendre ?

— Eh bien, ma chère, vous perdez votre sang-froid, dirait-on ! N'oubliez pas : cet homme est, que vous le vouliez ou non, bel et bien mort ! Alors, même si vous vous êtes aimés en d'autres temps, cela n'est en aucun cas une âme qui pourra vous offrir ce que vous espérez d'une relation épanouissante, comme un homme fait de chair et de sang.

---

[10] Erratum ! Un changement a été apporté en juin 2025 à la description du blason ci-dessus dans ce livre, afin que celle-ci soit la plus juste possible héraldiquement parlant. Quant à "tranche et coupe", il s'agirait d'un sobriquet devenu avec le temps "Trencavel" illustrant leur bravoure au combat.

— Cessez, Andrey, vous dépassez les bornes !

Mais il ne m'écoute plus. Et il continue sur sa lancée :

— Oui, Sophia, un homme qui sache vous écouter, vous comprendre, et vous soutenir chaque jour que Dieu fait. Un homme qui vous serre dans ses bras, sans se transformer en fumée dans l'instant qui suit. Un homme qui ait envie de veiller sur vous.

— Comme vous, par exemple ?! dis-je, furieuse.

Au même instant, une évidence, une fulgurance, m'envahit. Je comprends soudain que, depuis le premier jour de notre rencontre, je n'ai d'yeux que pour lui.

Un silence assourdissant et interminable prend alors toute la place. Pour la première fois, nous nous disputons. Je devine au plus profond de moi que je viens de le blesser en plein cœur. Andrey, je le sais, m'aime. Non comme un mentor aime son élève, mais comme un homme aime une femme. Ce qui m'effraye encore davantage, ce sont les sentiments que j'éprouve également pour lui.

Mon Dieu, qu'est-ce que cela fait de moi ? Me voilà amoureuse de deux hommes. L'un est mort en 1209, et le second est de vingt-cinq ans mon aîné.

Désemparée, les yeux embués de larmes, sans attendre qu'Andrey dise quoi que ce soit, je le quitte sur-le-champ. Oui, je suis lâche, incapable de lui avouer tout l'émoi qui me submerge désormais.

Les jours passent, sans que je ne prenne ou n'aie de ses nouvelles. C'est le néant ! Mon vicomte ne donne plus signe de vie non plus. Mon existence est désormais si pathétique que j'ai une envie irrésistible d'en rire aux éclats et de pleurer à la fois. Heureusement, la médiathèque me permet de m'évader ; l'amitié d'Azaïs me fait du bien.

Je ne sais pas ce que je dois faire. Je n'ai pourtant qu'une seule envie : celle de rejoindre Andrey, afin de lui dire que son absence m'est désormais insupportable. Je veux qu'il sache que c'est lui que je choisis tout entier, et sans concession. Mais, dans l'instant qui suit, je pense à Raymond-Roger et à ce lien charnel qui nous unit. Alors, je ferme les yeux, et je nous imagine fiévreusement enlacés, abandonnés l'un à l'autre pour l'éternité.

La question qui ne cesse de me tarauder l'esprit, à m'en rendre chèvre, est inexorablement la même : quel est mon avenir avec ces deux hommes ? Aucun projet n'est concevable. Je me refuse à penser que plus jamais je ne pourrai bâtir quelque chose de solide avec celui que j'aime.
Comme la vie est étrange ! Quelle leçon dois-je encore en tirer ? Où cela va-t-il me mener ? Ai-je eu raison de venir m'installer à Béziers ? Et si je partais encore une fois ? Oui, si je fuyais à l'autre bout du monde ? Je laisserais derrière moi mes nouveaux amis, ma nouvelle famille et mes amours impossibles encore une fois. Oui, encore une fois !

Chaque jour, depuis notre expérience avec Andrey devant l'ancienne forteresse, je reviens poser mes mains sur le mur, en tentant de rétablir le contact avec celui qui fut mon amant en d'autres temps. Je ne sais pas ce que j'espère, ce que j'attends de lui et de ce qu'il pourrait en résulter. Les voix ont cessé de résonner dans ma tête, même dans les endroits les plus chargés. Chaque jour, je passe devant l'impasse de la Notairie, espérant en voir surgir mon mentor, afin que nous puissions nous retrouver comme avant. Pourtant, je sais pertinemment que cela n'est pas possible, que rien ne sera plus désormais comme avant.
Mon cœur pèse une tonne, tout comme le sien, je le ressens. Alors, je poursuis mon chemin, mes pas me conduisent vers la place Saint-Esprit. Je croise Pépézuc, prends la rue d'Envedel que j'aime tant, avec cette perspective éblouissante de l'église de la Madeleine qui s'offre à moi. Au moment de bifurquer sur la place, une bourrasque de vent, soudaine et brutale, me pousse de toutes ses forces en avant. Je trébuche et manque de tomber au moment même où, venus de nulle part, des bras solides me retiennent, et

se referment sur moi. Dans ce tourbillon infernal, je me laisse emporter par la toute-puissante destinée qui m'unit à celui que j'espérais. Mon visage enfoui dans le parfum d'amande et de citron de sa chemise, je le respire à pleins poumons, avant de lever mes yeux pour les plonger dans les siens. Pas un mot, pas un geste, rien ! Nous ne faisons rien qui pourrait briser cet instant sacré qui nous embrase pour la première fois. Ses lèvres dessinent alors sur son visage l'esquisse d'un sourire qui veut me dire : « N'aie plus peur, petite Sophia ; avec moi, tu ne crains rien. » Et, tendrement, son étreinte se resserre enfin pour me bercer amoureusement.

Oui, comme la vie est étrange ! Désespérée et baignée de doutes au point de perdre le goût d'exister et, dans l'instant qui suit, inondée de bonheur et le cœur rempli de l'autre, sans plus de place pour la peur et les doutes.

Comme la vie est magique, aussi !

Martine finit de dresser la table, suivie de Lilly, qui ne la quitte pas d'une semelle. Le parfum safrané de la paella embaume toute la maison. Éric ne devrait pas tarder à nous rejoindre… On sonne. Je file ouvrir la porte. Andrey apparaît, magnifique comme à son habitude, avec les bras chargés de roses délicates qu'il me tend, le regard malicieux. En les prenant, je ne peux résister à l'envie de l'embrasser. Après avoir regardé furtivement autour de nous, je me hisse sur la pointe des pieds et lui vole un baiser. Alors, je le vois qui fond de bonheur. Je suis heureuse. Je l'aime. Je prends sa main et l'invite à me suivre. Martine, aux anges, ouvre grand ses bras en disant :

— Peuchère ! Depuis le temps que tu le badais[11], ton mentor ! Comme vous êtes beaux, tous les deux ! À force de vous faire coufir[12] l'un et l'autre, j'ai bien cru que jamais vous n'y arriveriez !

11. Le verbe *bader*, en occitant, veut dire « admirer », « regarder », « rêver ».
12. Expression biterroise qui signifie « faire mijoter le ragoût ».

Andrey passe alors son bras autour de mes épaules, tout en inclinant la tête devant Martine, et lui offre un bouquet de fleurs. Il lui rétorque :

— Chère Martine, je suis on ne peut plus d'accord avec vous. Mais la patience, comme vous le savez, porte toujours ses fruits, en voici encore une fois la preuve.

Puis il dépose un baiser sur mes cheveux.

Et, tout en riant, j'ajoute :

— C'est ça, c'est ça, fanfaronnez !

Au même moment, la sonnette retentit, la porte s'ouvre en grand, Éric apparaît, les bras chargés de vin et de douceurs.

— Ah, enfin ! Vous y aurez mis le temps. Quel joli couple que voilà ! Vous allez espanter[13] tout Béziers !

Et Martine de répondre :

— Tissous[14] de mon cœur, arrête ! Tu vas nous les escagasser, pour finir.

Puis elle lui lance un clin d'œil, l'invitant à l'accompagner dans la cuisine.

Nous voilà seuls. Blottie tout contre son cœur, je lui dis :

— Andrey…

— Oui, Sophia.

— Vous savez, j'ai toujours à l'esprit cette question : comment la marguerite a-t-elle pu traverser le temps ?

Marquant une pause, il inspire puis expire longuement, avant de répondre :

— Comme j'ai tenté de vous l'expliquer par le passé, je ne possède pas toutes les réponses, douce Sophia. Cependant, je suis

13. « Épater », en biterrois.
14. Expression biterroise qui veut dire : « qui suscite une envie furieuse », et/ou « qui est de nature taquine et qui aime à chambrer l'autre ».

convaincu que, pour nos amis de l'après-vie, il ne s'agit en aucun cas d'une histoire de temps, mais tout bonnement d'émission de fréquences.

— Que voulez-vous dire, au juste ?

— Nous émettons tous des fréquences. Celles-ci sont liées à notre état émotionnel. Que nous soyons vivants ou morts, l'énergie qui nous constitue, elle, demeure immortelle. Celle-ci est animée de notre intention. Ce qui fait que la seule et unique chose qui nous sépare des défunts n'est rien d'autre que ce véhicule de chair que nous empruntons afin de vivre sur terre. L'énergie créant la matière, et le temps n'existant plus, faire voyager une fleur d'une époque à une autre n'est plus un problème pour nos hôtes. D'ailleurs, maintes expériences vécues par des tiers incarnés nous ont amenés à découvrir que, selon celui ou celle qui désire se communiquer à nous, tous les moyens sont bons afin d'y parvenir. Manipuler l'énergie en fait partie. Et selon la puissance des âmes en présence, le champ des possibles devient alors un véritable terrain de jeu.

— Cela veut dire que Raymond-Roger et toutes ces âmes qui se sont manifestées à moi sont passés maîtres dans l'art de la matérialisation ?

— Oui et non. Lorsque les âmes de la Madeleine ont communiqué avec vous, en vous attrapant aux chevilles par exemple, c'était davantage le désespoir qui les motivait, et non le désir de se faire reconnaître de vous, comme le vicomte de Trencavel.

— Que dois-je faire, Andrey ? Je suis perdue ! J'avoue que je crains sa réaction lorsqu'il comprendra que je ne désire plus lui appartenir.

— Ne vous laissez pas entraîner par la peur, elle est mauvaise conseillère. Ne supputez pas non plus quelle va être sa réaction, car vous ne pouvez le savoir.

— Mais, Andrey, imaginez qu'il devienne jaloux. Qu'il se sente rejeté par moi au moment où il a besoin de moi…

— Il était et demeure un homme bon, Sophia. Je le crois suffisamment intelligent pour comprendre l'improbabilité de la situation.

— Et ma mission ?

— Ne mélangez pas tout ! Vous savez que je suis là.

— Ça, je le sais depuis le premier jour, Andrey.

Toute l'intensité de ce qui nous lie nous enveloppe alors. Complices, nos regards se pénètrent.

Comme l'ouragan qui emporte tout sur son passage, Martine apparaît, les mains chargées d'un plateau garni de bouchées plus appétissantes les unes que les autres. Elle entonne : « Le graillou[15] est prêt ! » Le tout est accompagné du cliquetis joyeux des verres qui s'entrechoquent sur le plateau qu'apporte Éric, en attendant qu'Andrey débouche une bonne bouteille de sa réserve.

Entourée de ceux que j'aime, sans oublier bien sûr ma douce Lilly gourmande, je me surprends à faire des projets d'avenir, moi qui pensais naïvement que cela ne serait plus envisageable. Dans ce lointain lumineux, je nous vois, lui, moi, eux et nous, toujours aussi heureux de nous retrouver. Dans ce futur, le temps n'a pas la moindre emprise sur Andrey. Quant à moi, épanouie, je lui tiens la main, tout comme je le fais en cet instant. Quelle douce sensation !

Les jours passaient, paisibles et heureux, sans que plus rien ne se manifeste à moi. Doucement, je me surprenais à oublier mon passé, mes peurs et mes peines. Andrey me comblait chaque jour d'attentions. Notre relation pourtant, je dois bien l'avouer, n'avait pas évolué vers plus d'intimité, comme je l'aurais souhaité. Une sorte de retenue, de pudeur, s'était immiscée de façon insidieuse entre nous ; comme si tout devait se briser comme par enchantement si, par malheur, nous devions rendre charnelle

15. Expression biterroise qui veut dire « petit repas entre amis ».

notre histoire d'amour. La tendresse, la délicatesse et le respect qu'il me prodiguait me remplissaient… Du moins, c'est ce que je voulais croire.
Mais comment lutter, quand notre corps a faim de l'autre ? Le mien, frustré, ne pouvait s'empêcher de raviver encore une fois ce passé que je désirais tant effacer de ma mémoire. Je me revoyais avec cet homme que j'avais aimé passionnément, si fusionnels lors de nos joutes amoureuses. Je dois avouer qu'à cet instant même la morsure de ses baisers marquait encore ma chair. Mon être tout entier réclamait éperdument son dû de caresses, d'amour et de volupté. Or je ressentais désormais qu'Andrey n'était pas, ou plus, en mesure de me l'offrir. Je me retrouvais, encore une fois, face à une histoire d'amour improbable.

L'été incandescent du pays d'Oc marquait de son feu sacré ses hôtes au plus profond de leur chair. Le vent guerrier d'autan balayait tout sur son passage, tel un chasseur de nuages éclaboussant le ciel et la terre de son souffle puissant.

Ce soir, après avoir dîné en amoureux, Andrey me raccompagne comme à son habitude devant ma porte, m'embrasse avec tendresse sur le front, et nous nous quittons à regret. Frustrée, je rejoins ma chambre, prends une bonne douche fraîche et me couche. La chaleur est accablante. J'essaie péniblement de m'endormir, lorsqu'une étrange sensation d'odeur de brûlé imprègne peu à peu la pièce. En hâte, je me lève pour aller inspecter l'appartement, puis le palier, mais je ne vois rien. Je me penche à ma fenêtre afin de scruter les environs, mais le paysage de la nuit demeure paisible. Quelque peu rassurée, je décide de retourner me coucher. Impossible de m'endormir. Je fixe le plafond, me tourne et me retourne sans cesse, l'esprit submergé de pensées qui ne me mènent nulle part. Je suis épuisée. Je ferme les yeux encore une fois pour tenter de trouver le repos, et, sans m'en apercevoir, je me surprends à penser à Raymond-Roger. Je détaille ses yeux dorés aux longs cils de biche, sa bouche pulpeuse, les ondulations de ses cheveux. Je le vois qui s'avance vers moi, torse nu. Décidément, il est fait à la perfection. Voilà que l'attraction opère. Je n'ai plus qu'une obsession : goûter sa bouche. Mais, au même instant, il recule. Je remarque alors des larmes couler de ses yeux. L'odeur âcre du brûlé se fait de plus en plus forte, elle me brûle la gorge. Je regarde autour de moi, et remarque de la fumée. Je me retourne alors vers mon hôte, pour le voir disparaître dans les volutes grisâtres qui envahissent la pièce. Je crie et me redresse d'un bond. Toute en sueur dans mon lit, je comprends que je viens de faire un cauchemar. J'allume en hâte la lumière, observe la pièce dont le calme est absolu, et me lève pour me diriger vers la salle de bains afin de me rafraîchir. J'ouvre le robinet, tout en m'observant devant la glace : j'ai les traits tirés. Je m'asperge aussitôt le visage d'eau froide, afin de m'apaiser. Puis j'attrape une serviette moelleuse pour me sécher et m'enfouir dans sa douceur. Au moment où, enfin sereine, je m'apprête à quitter la pièce, un bruit étrange me fait me retourner. Je suis de nouveau face à moi, devant le reflet du miroir. Peu à peu, je remarque que quelque chose a changé dans ma physionomie. Je n'arrive pas à distinguer ce que cela peut-être. Intriguée, je m'avance lentement et me retrouve le nez quasiment collé à la glace. Je détaille chaque parcelle de mon visage ; stupéfaite, je m'aperçois que mes yeux ont disparu, que d'autres ont pris leur place. Seule, face à cet autre moi, je me surprends à plonger dans mon regard comme hypnotisée. Dans l'or de mes iris qui, je le comprends désormais, me sont tout sauf inconnus, je regarde l'eau claire et salée les submerger, pour enfin couler en cascade le long de mes joues. Le désespoir m'envahit. Raymond-Roger est en moi. Comme sa souffrance est immense ! Fascinée par mon reflet que je ne peux quitter des yeux, je le vois se métamorphoser peu à peu, pour enfin prendre l'apparence de mon amant. Je le vois désormais qui m'observe, à la fois matière et immatériel, son regard implorant me transperce, effilé et pointu comme la lame d'une épée. Je sens l'odeur du brûlé plus intense qu'auparavant envahir de nouveau l'atmosphère. L'instinct de fuite me submerge, et, sans plus réfléchir, je tente de quitter la pièce ; mais je ne peux bouger, je suis comme scellée sur place. De l'autre côté du miroir, je me dévisage, en larmes, à l'instant même où une fumée épaisse envahit tout l'espace qui nous relie l'un à l'autre. Mes yeux me brûlent, je ne peux plus respirer. Dans l'instant qui suit, celle-ci disparaît, pour enfin laisser place aux flammes. Sans plus attendre, je fixe le miroir dans l'espoir de voir réapparaître le reflet du Vicomte, qui soudainement s'impose à

moi. À cet instant même, envahie par l'horreur, je le regarde se déformer par la douleur, noircir, et, pour finir, disparaître dans le brasier infernal.
Hébétée par l'effroi qui me paralyse, je ne vois pas encore que la pièce est redevenue sereine comme avant. Je dois faire un effort surhumain pour sortir de mon état de sidération. Dans le reflet du miroir, je me retrouve, comme auparavant, face à moi, seule. Je me précipite vers mon reflet, pour tenter de passer dans sa dimension. Je caresse sa face lisse. J'implore de toute ma douceur, tentant d'apercevoir celui qui fut mon compagnon, mais je ne distingue que le néant. Désespérée, je le frappe de toute ma fureur avec mes mains, mes cris et mes pleurs… Sans rien comprendre à ce qu'il se passe, je vois mon visage se craqueler comme un puzzle, puis se défragmenter, pour subitement exploser à travers toute la pièce. Et là, je découvre médusée tout autour de moi, incrustés dans chaque mur comme une mosaïque, des iris couleur d'airain me suivre du regard.

La première idée qui me vient à l'esprit est d'aller rejoindre Andrey. Je m'enfuis au beau milieu de la nuit, pieds nus, à peine vêtue, et me retrouve devant sa porte. Décontenancé de me découvrir ainsi, il me prend dans ses bras. Je parle trop vite, je sanglote, je respire mal. Il tente de m'apaiser en me serrant contre lui. J'essaie de lui expliquer ce qui vient de m'arriver, mais, épuisée, je me réfugie au creux de son cou, afin d'y trouver refuge et de m'y abandonner. Doucement, il me guide à travers l'entrée et le salon, puis enfin vers la chambre. Il m'aide à me coucher et, délicatement, me recouvre d'une étoffe de laine légère. Je le vois qui s'apprête à partir. Alors, dans un élan désespéré, je le retiens en prenant sa main, pour l'inviter à venir me rejoindre. Non, je ne veux pas rester seule, j'ai besoin de lui plus que jamais. Ainsi, lentement et sans mot dire, il vient s'allonger près de moi. Et, pour la première fois, je me blottis tout contre son corps qui a si peur d'aimer et de se donner à nouveau. Pour la première fois, il s'offre à moi… sans pouvoir pourtant m'offrir ce que j'espérais tant de lui. Je me sens anéantie dans ma chair de femme, et, enfin, je sombre dans le sommeil.

Il est tard, le soleil inonde la pièce. Sur le lit défait, un plateau d'argent garni de porcelaines fines, de thé parfumé et de croissants dorés m'attend. Et sous une rose pâle, un « Je t'aime » tracé à l'encre lapis-lazuli, puis, telle une imploration : « Pardon pour cette nuit d'amour manquée ». En colère, je déjeune en quelques minutes, saute du lit afin de m'en aller. Au même instant, Andrey arrive avec une robe et quelques effets m'appartenant, afin que je puisse faire une toilette. Je m'avance vers lui lentement ; il a les yeux baissés à la façon d'un enfant que l'on aurait pris en faute, il se penche doucement vers moi et dépose un baiser sur ma joue, afin de se faire pardonner… Il me dit :

— Mon ange, tu es ma providence et ma résurrection.

Le cœur lourd et léger à la fois, je m'avance vers lui afin de lui rendre son baiser, de la façon la plus fraternelle qui soit.

« Ma pitchoune, tu as les yeux qui brillent ! » sont les premiers mots de Martine, en me voyant franchir le seuil de la porte.

— Je ne te pose même pas la question : « Est-ce que c'était bien ? » Ça se lit en lettres capitales dans tes yeux !

— Oh, Martine ! Comment peux-tu me dire des choses pareilles ?

— Quoi, ma pitchoune ? Je suis une femme suffisamment jeune pour parler de ces choses-là avec toi, sans que tu fasses ton effarouchée. Allez, va faire une sieste, tu en as besoin.

Un sourire aux lèvres, je l'embrasse sur la joue, puis obtempère. Mais, avant de retrouver mon lit, je me précipite dans la salle de bains, où plus rien des événements de la nuit ne subsiste. J'observe mon reflet dans la glace : sa surface est identique à une mer d'huile calme et sereine. Ai-je rêvé tout cela ? À l'instant même où je me dis que je perds la raison, mon regard se retrouve comme attiré, tel un aimant, par un petit morceau de glace incrusté dans le mur.

Les jours passent, et tout s'amplifie. Les voix ont repris de plus belle. Elles se bousculent dans ma tête, au point que je n'arrive plus à trouver le sommeil. Des plaintes, des cris, des questions, tous me parlent en même temps. Les scènes se répètent, terrifiantes. Les enfants sont tellement nombreux que la peur m'envahit. Ils sont bel et bien morts ; pourtant, je demeure effrayée à l'idée de ce qu'ils vont subir encore et encore. Je cherche des réponses, mais me retrouve le plus souvent confrontée au néant. Andrey est et demeure mon ange gardien. À chaque instant, il est là pour moi. Lorsque je me débats au beau milieu de l'obscurité, il m'ouvre ses bras et son cœur.

— Ma chérie, mon amour, n'aie plus peur, je suis là, tout près de toi ! Ce sont des enfants perdus, des âmes de souffrance… Ne crains pas de leur venir en aide, car tu es leur chance, leur délivrance. Je t'aiderai à accomplir ta mission, je te le promets.

— Tu resteras toujours près de moi, n'est-ce pas, Andrey ?

Ne désirant pas me mentir, il me dit, dans un souffle tiède :

— Douce Sophia, n'attends pas de moi que je te promette l'impossible dans le monde des vivants. Nous savons, toi et moi, que notre idylle ne durera pas éternellement sur terre. Je suis un vieil homme ; toi, mon printemps. Un jour viendra où je devrai partir. Mais je te fais la promesse solennelle, mon ange, de te quitter bien avant cette déchéance de la vieillesse qui sait si bien torturer les âmes. Ainsi, nous nous retrouverons de l'autre côté de la vie. Alors, et seulement, je pourrai te faire cette promesse sans y faillir jamais.

La tête posée sur son épaule, je pleurais en silence. Tout ce qu'il me disait, je le savais déjà. Je savais depuis le début que notre temps était compté. Quelques mois, un an ou deux…, peut-être davantage. Mais qui pouvait le prédire ? C'est pourquoi je désirais éperdument tout partager avec lui, ou presque.

L'enfer

Ainsi, pour tenter de ne pas le faire souffrir à travers mon calvaire, il m'était soudain devenu difficile de lui raconter que, chaque nuit, j'assistais impuissante au supplice de ceux qui se manifestaient à moi. Je les entendais pousser des cris déchirants, lorsqu'ils m'imploraient de leur venir en aide avant de périr dans la fournaise, où je brûlais par le cœur avec eux. Nauséabonde, l'odeur de leurs chairs calcinées me coupait le souffle, jusqu'à ce que, enfin, l'instant tant espéré arrive : celui où soudain le silence de la mort prend toute la place.

Sous un soleil de plomb, je me dirige vers l'église de la Madeleine. Le vent, impatient, me pousse de toutes ses forces vers la porte rouge délavée qui s'ouvre à moi.
Avant de quitter l'hôtel de la Notairie, j'ai laissé un mot disant à Andrey où je me rendais. Je voulais qu'il sache où me rejoindre, s'il devait m'arriver quelque chose.
Déterminée à trouver des réponses quoi qu'il m'en coûte, j'avance désormais vers l'imposant édifice ; et pour la première fois je n'ai pas peur.
L'endroit est déserté. Me voilà rendue en son cœur. Je le balaye du regard, afin de voir si par hasard une âme ou l'autre ne s'y trouve pas. Mais non, il n'y a personne. Je décide de m'asseoir sur un banc et d'attendre. Les minutes s'écoulent, longues et silencieuses, mais rien ne se passe. Alors, n'y tenant plus, je décide d'invoquer mes hôtes invisibles :

— Vous pouvez venir, je vous attends ! Parlez-moi, dites-moi comment je peux vous aider, car désormais je ne vous crains plus.

Mais le temps s'écoule, et le silence demeure.

À bout de patience, je m'emporte :

— Non et non ! C'est trop facile ! Vous ne pouvez pas venir à moi seulement lorsque vous le décidez. Je ne suis pas à votre disposition !

Assourdissant, après l'écho de ma voix qui se propage, le silence continue de régner en maître.

— Puisque c'est ça, je m'en vais ! Ne cherchez plus à rentrer en communication avec moi, ce n'est plus la peine !

Le cœur rempli de colère, je me dresse sur mes jambes, décidée à tout balayer d'un revers de main, quand, dans l'instant qui suit, quelque chose d'inattendu se produit. Mes oreilles se mettent soudain à résonner au rythme des cloches. Un vacarme de plus en plus fort envahit l'espace, pour laisser place à une tempête animée de centaines de voix, emportant tout sur son passage. Je décide de me diriger vers la sortie, pour voir ce qu'il se passe sur le parvis. Je tire alors la porte, et, sans même avoir le temps de comprendre ce qui est en train d'arriver, je me vois violemment repoussée à l'intérieur par la foule qui force le seuil de la Madeleine.

Je regarde, stupéfaite, une vague humaine, venue d'une époque qui n'est pas la mienne, déferler sur moi. Des hurlements à n'en plus finir résonnent dans l'édifice pris d'assaut par des centaines d'hommes, de femmes et d'enfants me bousculant et m'emportant avec eux. Tout d'abord, ils envahissent le transept, puis vont se réfugier derrière l'autel. La place se faisant de plus en plus rare, les bancs et les chaises sont renversés par le flot incessant de ceux qui viennent se réfugier sous la divine protection du Seigneur. Dans les contre-allées, des femmes portant des enfants dans leurs bras chutent sur d'autres corps déjà étendus sur le sol glacé. J'essaie de me dégager, afin de leur venir en aide. Mais, au même moment, je suis poussée si fort que je bascule entre deux bancs qui se referment sur moi. Je ne vois plus rien, sinon des pieds par dizaines passer par-dessus mon corps et faire trembler la mince protection de bois qui me recouvre. Les enfants pleurent de peur et de douleur. J'entends une femme hurler : « Mon enfant ! Où est mon enfant ? » Les hommes crient, essayant de donner des directives afin que chacun recouvre son calme pour que l'on puisse aider ceux qui sont à terre et qui se font piétiner. Mais rien n'y fait. C'est le chaos le plus total.

Je n'arrive plus à discerner si je vis ces événements dans un rêve ou si c'est bien la réalité.

Impossible de me dégager, je suis bel et bien prisonnière. Noyée dans les pleurs, les cris et les lamentations, je commence à perdre mon sang-froid, je sens à mon tour la peur me gagner. Je pousse de toutes mes forces les parois de ma cage, afin de m'en extirper. Le bois commence à bouger, je m'aide de mes genoux pour faire levier, et pousse encore plus fort. Ça y est, le banc cède enfin ! Je me glisse dans l'ouverture, je suis presque dégagée. Autour de moi, c'est l'enfer ! Sidérée, je ne peux plus bouger, et je regarde cette scène irréelle. Une seule question me vient à l'esprit : mon Dieu, qu'attends-tu de moi ? Au cœur de la bousculade, je baisse les yeux, pour découvrir, étendu à mes pieds, le corps sans vie d'une femme serrant dans ses bras un nourrisson. Le visage trempé de larmes, il me regarde. Pauvre petite âme. En douceur, je le prends des bras de sa mère pour le serrer contre mon cœur. Je l'embrasse doucement et lui chante des mots d'amour au milieu du rugissement de la mort. Il n'y a plus un espace de libre pour bouger, dans la maison du Seigneur ; encore moins pour respirer. Il faut à tout prix que nous sortions d'ici. Les événements qu'Andrey m'a relatés me reviennent tous à l'esprit. Si nous restons ici, nous sommes tous perdus. Je me hisse comme je peux, pour tenter de gagner de la hauteur au beau milieu de l'impensable. Je commence à hurler pour que l'on m'entende :

— Écoutez-moi ! Écoutez-moi, s'il vous plaît, pour l'amour de Dieu ! Il ne faut pas rester ici, nous devons sortir pour notre salut à tous.

À vrai dire, je suis surprise d'être entendue, et une réponse arrive soudain à mes oreilles :

— Femme, tu dis n'importe quoi ! Nous sommes sous la protection du Seigneur, dans cet endroit béni. Ici, nous ne craignons rien.

— Non ! Bien au contraire, nous sommes tous pris au piège, c'est déjà le chaos. Je vous conjure de m'écouter.

Alors la division par la peur se crée, puis des murmures s'élèvent au milieu des pleurs. Les femmes protégeant les enfants décident de se regrouper pour certaines, entourées de leur frère, de leur mari ou de leur père, le regard tourné vers moi. Mais la discorde se met peu à peu à gronder. Du regard, je les implore de me suivre. Un petit groupe se détache et m'emboîte le pas. Nous tentons d'avancer entre les corps de ceux qui sont morts, ou de ceux qui sont seulement évanouis et que nous essayons d'aider. Enfin arrivés devant la porte principale, sous la désapprobation grandissante de ceux décidés à rester sur place, deux hommes se mettent à la pousser. Au moment où celle-ci commence à s'entrouvrir, une résistance se fait sentir de l'autre côté.

— Impossible de l'ouvrir ! Venez tous pousser avec nous ! dit un gros homme à la barbe drue.

À cet appel, le groupe grandissant fait soudain corps, et, de toutes ses forces, tente de libérer le passage. Rien n'y fait.

— Nous sommes pris comme des rats !

Un meneur de l'autre groupe se met à clamer haut et fort :

— C'est la volonté de Dieu. Il désire que nous restions ici pour notre protection. Prions mes frères, prions !

— Non ! Nous pouvons sortir ! Mais, pour ça, il nous faut livrer les hérétiques.

Une protestation s'élève soudain :

— Comment peux-tu dire ça ? Tu veux livrer nos familles et nos amis aux mains de ceux qui veulent les anéantir ?

Un courant de désapprobation envahit les lieux. Et, sans plus attendre, je tente d'intervenir afin de leur faire entendre raison.

— Ne comprenez-vous pas ce qui va arriver ? Ne voyez-vous pas ce qui se prépare ? La ville est assiégée. Et bientôt nous serons anéantis, tous sans exception. Je vous implore encore une fois de m'écouter. Faisons corps tous ensemble pour sortir de cet endroit maudit.

Et le meneur de dire :

— Cette femme est une envoyée du diable. Le jeune vicomte va venir tous nous sauver. Ici, nous ne risquons rien.

Je crie alors :

— Trencavel ne viendra pas !

Un souffle d'effroi et d'incompréhension envahit tout l'espace.

— Blasphématrice ! Menteuse ! N'écoutez pas cette femelle et ses divagations. Tiens ta langue, femme, avant que l'un d'entre nous te la coupe.

Au même instant, un bruit venant de l'extérieur résonne à l'endroit de la porte. Et tout le monde fait silence.

Dehors, on entend, au milieu des cris de terreur :

— Prenez tout ce que vous pourrez à ces diables d'hérétiques. Et surtout ne faites pas de quartiers. Tuez-les tous !

— Mais, le Boucher, y'a aussi des chrétiens !

— Dieu fera le tri, là-haut !

Alors la panique reprend de plus belle. Une grande bousculade commence. Chacun tente de gagner la porte. Et, emportées par la terreur, des personnes trébuchent, s'écroulent et se font piétiner. Et celles qui piétinent tombent à leur tour, pour subir le même sort. Ce qui se passe sous mes yeux est effrayant, je ne sais que faire. Je serre fort le bébé contre ma poitrine, pour lui apporter un peu de réconfort. Sent-il les battements de mon cœur qui s'affole ?

Des bruits de chaîne se font alors entendre. Ça y est, ce que je redoutais arrive : on nous cadenasse. Anéantie, je regarde, en larmes, le nourrisson blotti contre mon sein. Puis je lève la tête et les vois fondre sur moi, tous ceux encore debout et vaillants qui se précipitent vers l'impossible issue. Je ferme les yeux et prie pour notre salut. Comme désincorporée, je nous observe nous faire engloutir par ce tsunami, et m'étonne, après son passage, d'être toujours debout. Chaque parcelle de l'église tremble ; mais la porte, elle, ne bouge toujours pas.

« Non nobis, domine, non nobis, sednomini tu da gloriam[16]. »

— Commandeur, comte de Villeponce, les routiers sont partis assiéger la cité. Ils sont en train de massacrer tout le monde.

— Qui leur a donné cet ordre ?

— Un dénommé « Folquet », qui est à leur tête.

— Qui est cette crapule ?

— Un homme de la pire espèce, qui se fait appeler « le Boucher ». C'est un assoiffé de sang, qui vit de crimes et de rapines.

— Partons sur-le-champ ! Il faut arrêter ce bain de sang à tout prix.

— Oui, immédiatement ! Le temps que les hommes revêtent leur armure.

— Vous n'y pensez pas ! Lorsque tout le monde aura péri de la main de ces vilains, croyez-vous que je pourrai justifier ce qui arrive en n'exprimant que nous, le bras armé de Dieu, n'avons pu intervenir parce que nos hommes étaient plus intéressés par leur mise que par le fait de sauver des chrétiens ?

— Non, commandeur.

— Préparez immédiatement ma monture, et gagnons ensemble la citadelle.

Une dizaine de chevaliers armés se mettent alors en route, au galop, depuis les arènes. Ils labourent la pierre puis la terre battue de la Cantarelle qui n'en finit pas de monter, avant qu'un petit chemin baptisé « Cantarellette », menant au sommet de l'Agora, les conduise à l'actuelle porte des Templiers, à quelques pas de la cathédrale Saint-Nazaire.

Bientôt arrivés sur la place, la terre rougie par le sang fait hennir et se cabrer les chevaux. Les hommes se voient épouvantés par le

---

16. Devise des Templiers : « Non pour nous, Seigneur, non pour nous, mais pour la gloire de ton nom. »

spectacle qui s'offre à leurs yeux. Tous s'immobilisent pour prendre la mesure de ce qu'il vient de se produire.

Au sol gisent ensanglantés, démembrés ou découpés, des corps à perte de vue, tous passés par le fil de la lame ou fracassés et broyés par divers outils. La scène est tellement épouvantable que certains soldats vomissent du haut de leur monture. Humains et animaux sont ainsi mêlés, créant d'improbables créatures « humanimales ». Des pieds encore chaussés, à la place des sabots. Des têtes d'enfants arrachées, à la place de celles des adultes pour la plupart énucléées, créant ainsi des êtres effrayants. Pour rendre le tableau plus atroce encore, des chiens éviscérés, offrant leurs intestins en guise d'écharpes à ceux portant encore une tête, s'étalaient écartelés, pour servir de couverture aux martyrs étendus sous un ciel de lit bleu.

Une fois franchi le seuil de l'épouvante, les croisés se remettent en mouvement. Attirés par les cris venant du parvis de la cathédrale, ils n'ont d'autre solution que de traverser le funeste parterre. Les remparts entourant l'édifice religieux se sont effondrés, à certains endroits. Le château vicomtal leur fait face, sans défense. Quant à la majestueuse cathédrale, elle se consume inexorablement. À l'instant où ils décident de s'octroyer un passage afin de gagner le centre de la cité, un de ses pans s'effondre brusquement, emportant avec lui un morceau de celui de la forteresse, bloquant ainsi le passage. Ils n'ont plus d'autre choix que de rebrousser chemin. Les chevaux deviennent difficiles à contenir. La peur les rend nerveux et imprévisibles. Le passage est tellement étroit qu'ils doivent s'en retourner à reculons. La chaleur de l'été, mêlée à celle des flammes, fait des lieux un véritable four. Les cris de la population résonnent à l'infini.

— Nous ne pouvons pas reculer indéfiniment ! Tant qu'à être pris au piège, autant avancer et tenter de se frayer un chemin. Logaret, prenez la moitié des hommes avec vous, gravissez les éboulis pour passer de l'autre côté, et commencez à les déblayer, ordonne le commandeur, comte de Villeponce.
Quant à vous, suivez-moi. Nous allons en faire autant de notre côté.

Aussi brûlantes que des pierres de lave, les caillasses marquent de leur empreinte les mains désormais ravagées des envahisseurs. Celles-ci, brûlées à vif, poursuivent l'ingrate besogne, jusqu'à ce que le passage cède enfin. À cet instant précis, relevant la tête, ils comprennent qu'il est trop tard. Le râle de la mort désormais plane sur la ville. Reprenant leur monture en pénétrant dans la cité, ils contemplent l'horreur qui ne cesse de grandir. Des centaines de corps sont enchevêtrés, comme le seraient les écheveaux d'un tapis écarlate, déroulé en leur honneur, afin de les mener devant la Madeleine. Ainsi, portées par le vent déchaîné, les dernières plaintes de terreur des agonisants leur parviennent. En hâte, ils se dirigent vers l'église, afin de tenter de leur venir en aide, mais celle-ci est en flammes. La porte est condamnée par de lourdes entraves de métal incandescent, évoquant la fin du calvaire des suppliciés…

À l'aube, au moment où point le soleil, devant le chaos, les soldats de Dieu s'agenouillent pour prier. Puis, dans un craquement décomposé, une partie des murs attenants aux portes du sépulcre s'effondre, offrant ainsi aux regards une ouverture béante sur les affres de l'enfer.
L'odeur de chair calcinée qui s'en échappe est nauséabonde. Déchirant les pans de leur tunique pour en faire des masques, ils décident de pénétrer dans l'enfer. Pas un mot ne s'échappe de leurs lèvres. La gorge nouée, les larmes aux yeux, ils avancent. Il fait encore sombre, la fumée et les cendres envahissent tout l'espace. Sous leurs pas, une étrange sensation d'inconfort se fait ressentir. Celle d'une résistance que l'on broie à l'instant même où l'on en foule la surface. Puis, dans un ultime fragment de nuit, situé entre chien et loup, le jour s'invite enfin. Percée de part en part, la Madeleine, endeuillée, lève son voile sur la folie des hommes.

— Mon Dieu ! Combien sont-ils ?

— Des centaines.

— Retrouvez-moi ce Folquet !

— Oui, Maître !

— Logaret, ne le ramenez pas en homme libre.

— Bien, commandeur, je ferai selon vos désirs.

L'or du ciel pénètre enfin l'édifice, pour éclairer de toute sa lumière la mort qui règne en maîtresse absolue. Et, comme pour rendre un dernier hommage aux victimes, il arrête un instant sa course pour envelopper de son châle scintillant une femme serrant sur son cœur un nourrisson. C'est ainsi que, dans le souffle du vent d'autan, il les emporte dans son linceul.

Comme dans un songe, je distingue le visage d'Andrey penché sur le mien. Je le vois qui me parle, mais je ne comprends pas ce qu'il me dit, je devine qu'il est inquiet. Il me caresse le visage et les cheveux. Cette sensation de douceur me fait du bien. Puis je remarque des inconnus qui se penchent sur moi. Eux aussi me parlent, mais je n'entends toujours rien. Alors, sans trop comprendre comment, je suis soulevée de terre, et me retrouve la tête posée sur l'épaule de mon mentor, qui me serre par la taille pour m'emporter vers la sortie. La porte s'ouvre soudain devant moi. Immédiatement, je suis éblouie par la blancheur minérale et aveuglante de la place de la Madeleine. Aussitôt, je porte ma main devant les yeux afin de me protéger de sa violence, puis la voix d'Andrey me parvient :

— Tout va bien, ma chérie, tout va bien ! N'aie plus peur, je suis là.

Peu à peu, je recouvre mes esprits ; du moins, c'est ce que je crois. Nous nous arrêtons. Je remplis mes poumons d'air frais par crainte d'être asphyxiée encore une fois, puis me retourne pour contempler le désastre. Dans l'instant qui suit, tout me revient en mémoire. Affolée, je cherche contre ma poitrine l'enfant… Où est-il ? Il a disparu ? Désespérée, je tente d'expliquer à Andrey qu'il faut que nous retournions dans l'église, qu'il m'attend et qu'il est en danger.

— Mais de qui parles-tu, voyons ?!

— De l'enfant, je parle de l'enfant !

Afin de me rassurer, il me prend par la taille, et nous revenons sur nos pas, à l'endroit même où j'étais étendue.

— Regarde par toi-même, Sophia, il n'y a personne.

En effet, le chaos avait bel et bien disparu, tout était blanc et vide. Comment était-ce possible ? Je sais que je n'ai pas rêvé. Je ressens encore toute l'horreur de ce qu'il s'est passé. Non, ce n'était pas un rêve, ni même un cauchemar – mais l'effroyable destinée de mon passé.

Depuis l'épisode de ma mort, les jours et les nuits défilaient sans qu'aucun incident ne se reproduise. Cette pause dans mon existence ne me rassurait absolument pas, je dois bien l'avouer. Au vu des incidents passés, la question qui me taraudait de façon incessante était : que va-t-il encore me tomber dessus ? Tous ces événements se produisaient et s'enchaînaient par paliers, pour devenir de plus en plus puissants et incontrôlables. J'avais encore du mal à ne pas revivre la scène de l'incendie, à ne pas ressentir la présence du petit tout contre moi.

Au fil des jours, je sentais également mon amour pour Andrey se modifier. Non pas que je ne l'aimais plus, bien au contraire, mais cette envie de lui qui me dévorait l'esprit et le corps se transformait peu à peu en amour fraternel. Que je le veuille ou non, ma vie sentimentale était, une fois de plus, devenue un véritable fiasco !

Notre journée à la médiathèque s'est terminée de bonne heure. Nous décidons, avec Azaïs, d'aller prendre un verre en terrasse, et par la même occasion de mettre, en ce qui me concerne, un peu d'oxygène entre Andrey et moi. Le temps était encore magnifique, en ce mois de septembre.

Tout en flânant, nous choisissons de nous installer sur les allées, plongées toutes les deux dans une discussion légère qui me fait le plus grand bien. Après quelques instants, je regarde mon amie me faire signe des yeux, en m'indiquant de regarder à côté de moi, au-dessus de mon épaule. Je me retourne, et quelle surprise : je découvre l'Irlandais avec lequel nous avions passé, mes amis et moi, une si belle soirée peu de temps après mon arrivée à Béziers. Sans vraiment savoir pourquoi, je sens l'émotion me gagner, et la chaleur me monter aux joues. Souriant, il s'adresse à moi, me disant bonjour, essayant de partager quelques mots en semi-français. Il m'explique combien il est content de me revoir et quelle soirée inoubliable il a passé en notre compagnie. De mon côté, tant bien que mal, je tente de baragouiner quelques mots en anglais, lui expliquant que le plaisir est tout partagé. Azaïs, maîtrisant beaucoup mieux que moi la langue de Shakespeare, nous regarde d'un air amusé et, il faut bien l'avouer, moqueur aussi. Dans ce méli-mélo incompréhensible, avec l'aide de mon amie, nous parvenons tout de même à nous mettre d'accord afin de nous réunir tous ensemble autour d'un verre. Nous sommes mercredi, notre rendez-vous est fixé à vendredi soir. Il nous salue, nous échangeons un regard furtif tout empreint de trouble. Il s'en retourne ensuite rejoindre sa table où un ami l'attend.

— Mais, dis donc, qu'est-ce qu'il est craquant ! Dis-moi, tu as l'air de drôlement lui plaire ! me lance Azaïs.

— Tu crois vraiment ?

— Ma petite chérie, soit tu es aveugle, soit tu le fais exprès. Et puis zut à la fin ! Tu dois également penser à toi. Tu sais combien j'aime mon oncle, combien également je suis heureuse que vous ayez tissé ce lien, « ma tante », me dit-elle en me faisant un clin d'œil. Mais que tu le veuilles ou non, tu demeures une femme, et à ton âge tu as besoin d'avoir un homme vigoureux sur tous les plans dans ta vie, si tu vois ce que je veux dire…

— Oui, tu as raison ! Mais tu sais, j'aurais l'impression de trahir Andrey en me laissant aller à aimer un autre homme. J'avoue que je ne sais plus trop où j'en suis. Je l'aime de tout mon cœur, pourtant, je ressens au plus profond de mon être, que rien d'autre qu'une relation désormais platonique ne peut ressortir de notre union. Comment faire pour ne pas le blesser ou l'anéantir ?

— Si tu laissais tout simplement la vie reprendre les rênes. Tu veux contrôler une situation qui t'échappe, au bout du compte, c'est ça qui te fait peur, pas d'anéantir Andrey.

— Ce que tu dis est cruel, Azaïs !

— Non, ce n'est pas cruel, Sophia, c'est juste la vérité que tu refuses de regarder en face.

— Tu as raison, je suis perdue, j'ai besoin d'aide. Le seul qui m'a toujours soutenu véritablement dans la vie est cet homme que je m'apprête à trahir.

— Sophia, tu ne t'apprêtes pas à le trahir, tu l'as déjà fait. Cet Irlandais n'a jamais quitté ton cœur depuis le jour où tu l'as rencontré. Ose me dire le contraire.

— OUI ! Oui, tu as raison ! Alors que dois-je faire, d'après toi ?

— Ouvre-toi à Andrey.

— Mais enfin, tu n'y penses pas !

— Si, bien au contraire ! Car par amour pour toi, il sera prêt à faire toutes les folies pour que tu sois heureuse, même celle de te perdre.

— Non, je ne veux pas ! C'est au-dessus de mes forces. Je n'irai pas à notre rendez-vous, comme ça, je ne serai pas tentée de m'abandonner à cet homme, si tel était mon désir.

— N'essaie pas de lutter contre la force du destin, et encore moins contre toi-même, car à ce jeu, encore une fois, tu perdras.

— Oh, Azaïs, je sais que tu as raison ! Tout mon être me crie que tu as raison. Mais j'ai l'impression de m'être fait prendre au piège.

— Autorise-toi le bonheur, une fois dans ton existence. Et laisse-toi porter par la vie, tout simplement.

— Et Andrey, dans tout ça ?

— Laisse mon oncle où il est, crois-tu qu'il n'ait pas réfléchi à la situation ? À votre différence d'âge ? À tes envies et tes besoins de femme ? Pour lui, chaque moment est compté. Lorsqu'il me parle de toi, de vous, il n'a aucune peine à évoquer la fragilité de ce que vous vivez. En revanche, sur la relation et les convictions qui vous relient tous les deux, il est absolument inébranlable. Car son amour pour toi va bien au-delà d'une relation amoureuse. J'espère que tu en es consciente.

Au moment où je m'apprête à parler encore d'Andrey, celui-ci se présente devant nous. Triste et à la fois heureuse de le voir, je l'invite à nous rejoindre et l'embrasse sur le coin de la bouche. Je ressens qu'il ressent mon trouble et l'espace qui s'est insinué entre nous, tellement nous sommes connectés ! Pour dissiper notre gêne, il part sur un mode de conversation plus léger et nous dit :

— Saviez-vous, belles Damoiselles, qu'aujourd'hui j'ai rencontré un ami ? Il est arrivé d'Irlande ce matin même. Je voudrais vous le présenter, c'est pourquoi j'ai invité Etan à venir dîner ce soir.

Surprise et totalement déstabilisée, je ne peux m'empêcher, au même instant, de me retourner pour voir si l'objet de mon désir est toujours assis derrière nous. Mais non, la table est vide !

Azaïs et moi nous regardons. Elle avec dans les yeux, un « Tu vois ! » Et moi, un « C'est bon, j'abandonne ».

Le dîner

Le soir venu, dans le royaume de mon mentor, sur fond de Jean-Sébastien Bach, une table des plus élégantes est dressée. Une nappe d'un rouge profond recouvre de sa superbe la grande table ovale, avec, couché dessus, comme une seconde peau, un châle de brocard en soie rose poudré, orné de deux cascades de franges scintillantes. Imposants, du haut de leur majesté, s'élèvent deux splendides flambeaux, girandoles de bronze et de cristal, qui me toisent en exécutant des arabesques, avec ces flammes que l'on aime voir danser les jours de fête. Au milieu, déposé comme une pierre précieuse dans son écrin, trône un surtout garni de roses anciennes délicieusement parfumées. D'un rose profond, elles sont ornées par-ci par-là de quelques branches d'eucalyptus. Blanches à filet d'or, marquées du chiffre des Erimboldi-Curtis, de superbes assiettes encadrées de couverts vermeils frappés de même attendent leurs hôtes. Comme un rideau de lumière prêt à se lever sur cette scène féerique, une corolle de verres en cristal flamboyant nous invite à venir nous asseoir pour festoyer.

— Comme c'est beau, Andrey ! dis-je en pénétrant dans les lieux.

J'avoue, une fois de plus, être sous le charme de son élégance. On peut dire que c'est un homme raffiné. Dans la pièce, les lampes posées sur les meubles apportent un éclairage des plus sensuels. Toute tamisée d'or et de pourpre, l'atmosphère qui règne ici est incroyable. Encore une fois, le temps est suspendu.

Andrey m'observe, avec un petit air satisfait de l'effet que sa splendide mise en scène produit sur moi. Je le regarde avec un sourire attendri, et il me lance avec cette désinvolture maîtrisée dont il use si souvent :

— Très chère Sophia, je suis votre obligé !

Pour la première fois depuis longtemps, je l'entends qui me vouvoie, avec cette distance des premiers jours de notre rencontre. Mon Dieu, serait-il possible qu'il ait compris ? Qu'il ait deviné ce qui me tourmente ? Cet homme sait lire en moi comme dans un livre ouvert. Y a-t-il une seule parcelle de mon être qui lui soit encore inconnue ?

Je me racle la gorge en tentant de me ressaisir, puis lui réponds d'un air qui se veut badin :

— Je n'en attendais pas moins de vous, mon ami !

Comme deux gamins, nous partons dans un éclat de rire et nous tombons dans les bras l'un de l'autre. Comme j'aime sa force, sa tendresse ! Pourquoi cela ne me suffit-il pas ? Pourquoi ai-je encore tant d'appétit pour les choses de l'amour physique ? Comme je me déteste ! Mon estomac se noue à l'idée qu'il puisse percevoir les émotions si je venais à croiser le regard d'Etan. Il est encore temps, je peux renoncer à cette rencontre. Revenir sur mes pas et réapprendre à aimer Andrey sans cette dimension physique qui n'a au fond que peu d'importance. Non ! Je ne supporterais pas de le perdre. Ni de perdre son amitié. Mais voilà, je suis faible. Je me noie de plus belle dans ma folie et me dis que je pourrais, si je le voulais, posséder ces deux hommes. Là, peut-être, serais-je totalement comblée. Je me reprends en me surprenant moi-même de penser à des choses aussi peu en accord avec mes valeurs morales. Andrey sent que je me tends, alors il s'écarte un peu de moi, me regarde droit dans les yeux pour tenter de comprendre ce qui ne va pas.

— Qu'y a-t-il, mon ange ?

— Rien, Andrey, rien du tout.

Afin de me faire plaisir, sans insister, il fait semblant de croire ce que je lui affirme. Il s'avance doucement pour me baiser les lèvres, mais avant de pouvoir les effleurer, la sonnette retentit.

C'est là que la belle Azaïs, en poussant la porte, pénètre dans les lieux, vêtue d'une robe de cocktail de satin de soie vert amande, ornée d'un collier de perles et de boucles d'oreilles assorties, avec dans les cheveux un bandeau vert tendre, mettant son chignon banane en valeur. Une paire de salomé noires vernies lui épousent les pieds à la perfection. On la croirait tout droit sortie d'un magazine de mode des années soixante. Qu'elle est belle !

— Mon oncle, décidément, tu es vraiment le roi de la réception !

Dans le sillage de son parfum fleuri, Etan se dessine soudain, paré d'une chemise bleu pâle, rentrée dans un jeans bleu ajusté à larges revers, laissant apparaître une paire de richelieus aussi lustrées que la surface d'un miroir. À l'instant même où nos regards se croisent, je perds pied ! Je tente de me reprendre le plus vite possible, afin que personne ne voie mon trouble. Mais Andrey croise mon regard, qui le conduit immédiatement à celui d'Etan, qui n'a d'yeux que pour moi. Le temps s'arrête. Et, pour la première fois, je vois danser dans les prunelles de mon mentor les flammes écarlates de la jalousie. Oui, il est bel et bien jaloux ! Avec Azaïs, nous avions évoqué bien des aspects que cette situation pouvait déclencher, mais en aucun cas cette dimension-là. Je regarde mon amie, inquiète, nous observer, ne sachant trop comment agir. C'est alors qu'Etan, tout enrubanné de son accent, lance un « bonne soir » des plus charmants à notre hôte, ce qui fait sortir Andrey de sa stupeur. Je le vois qui se ressaisit en un fragment de seconde pour afficher son plus agréable sourire à celui qui vient de devenir le temps d'un regard, son rival.

Sur la table basse en acajou des Indes que le maître des lieux nous invite à rejoindre sont disposées des coupes anciennes en cristal, un seau en argent, une bouteille plongée en son cœur, ainsi qu'un plateau garni de petits fours. Deux grands canapés en velours pourpre se font face – avec, de chaque côté, une marquise des plus délicates, tapissée d'or et d'arabesques vert empire – sur lesquels dorment les deux fauves de la maison. Tout naturellement, Azaïs et moi décidons de nous asseoir l'une à côté de l'autre sur l'un des canapés. Mais voilà qu'Andrey en décide autrement, en m'ordonnant, sur un ton glacial pour la toute première fois, de bien vouloir échanger nos places afin que je me retrouve aux côtés d'Etan. À cet instant précis, j'ai la désagréable sensation de me sentir comme une enfant que son père gourmande. J'obtempère sans piper mot. Après un sentiment de tristesse, je sens peu à peu la colère s'emparer de moi. Je dois absolument me maîtriser. N'est-ce d'ailleurs pas là tout l'objet de mon travail ? Apprendre à maîtriser les émotions qui me submergent ? Au moment même où je tente de me recentrer, de me détendre en m'enfonçant dans le canapé, je ressens une sensation étrange que j'essaie de définir.

Alors, se dessine sur ma peau une main, qui se met à glisser dans mon dos et remonte doucement le long de ma nuque jusqu'à la racine de mes cheveux. À cet instant précis, une angoisse s'empare de moi. La première chose qui me vient à l'esprit est : « Mon Dieu, il est de retour ! » Il ne manquait plus que cela au tableau, non pas un, mais bel et bien deux de mes « amants » présents pour pimenter la soirée, qui à première vue ne l'était déjà pas assez. Connaissant Raymond-Roger, je savais d'ores et déjà qu'il ne s'arrêterait pas à ces effleurements discrets. Qu'allait-il encore bien pouvoir se passer, ce soir ? Sortie de ma torpeur, je relève la tête et me retrouve, yeux dans les yeux, avec Andrey qui m'observe avec dureté, mais aussi avec inquiétude. Il a compris que quelque chose n'allait pas, il me fait signe afin que je le suive. Je ne cherche même pas à discuter, l'instant est trop grave. À peine installés, nous nous levons d'un même élan, et quittons Azaïs et Etan quelques instants. Mon amie me regarde pour savoir si tout va bien, je la rassure en hochant la tête, et, imperceptiblement, mes yeux glissent sur cet Irlandais qui me sourit et qui, sans le savoir, est en train de mettre le feu aux poudres. À peine nous retrouvons-nous dans la cuisine qu'Andrey tente de m'attraper par les épaules, mais trop énervée, je me dégage aussitôt…

— Qu'y a-t-il, Sophia ? À quel jeu joues-tu avec moi ?

— Il est revenu !

— Oui, en effet, il est bel et bien là ! Tu es sa maîtresse depuis longtemps ? Depuis combien de temps dure cette mascarade ?

Imperceptiblement, le ton se met à monter.

— Mais enfin, tout ça, tu le sais déjà. Je te dis qu'il est là ! Raymond-Roger vient de se manifester à moi.

Alors, méchamment, il réplique :

— En voilà un tableau charmant ! Combien d'hommes à tes pieds te faut-il pour te sentir comblée ?

Je n'écoute plus Andrey, trop intriguée de voir une étrange buée sortir de sa bouche pendant qu'il me parle. Un frisson m'envahit.

— Vous pourriez avoir l'obligeance de m'écouter, Madame, lorsque je m'adresse à vous !

— La buée ! Andrey, la buée ! Regarde-la qui s'échappe de ta bouche.

— La buée ? Mais de quoi parlez-vous ?…

Avant même d'ouvrir la bouche à nouveau pour me décocher une parole cinglante, il s'immobilise, en voyant qu'une forte condensation enrobe mes mots.

— Vous avez raison, très chère, nous ne sommes pas seuls !

La température de la pièce se met alors à baisser fortement. J'ai froid. Aussitôt, Andrey se dirige vers la fenêtre, pour l'ouvrir afin de laisser entrer la forte chaleur de septembre qui nous terrasse encore ; mais rien n'y fait, elle est coincée. Je rejoins alors la porte de la cuisine pour tenter de l'ouvrir, mais celle-ci est comme scellée. Je cogne, je crie à l'aide, mais personne ne vient. Je me retourne, au bord des larmes, et vois l'inquiétude submerger mon mentor. Le masque de la douceur reprend soudainement sa place sur le visage de celui qui veille sur moi depuis le jour de notre première rencontre. Il m'ouvre ses bras, et je me précipite dedans. Après les avoir refermés sur moi, afin de me réchauffer et de me réconforter, il embrasse tendrement mes cheveux, puis s'adresse à Raymond-Roger de sa belle voix profonde et rassurante :

— Que voulez-vous, vicomte ? Ici, il n'y a plus rien pour vous. Votre règne a expiré, il y a bien longtemps, laissez Sophia tranquille !

Nous nous retrouvons plongés dans le silence le plus total. Andrey pose son regard sur moi. Je vois de nouveau l'inquiétude l'envahir. Avec la plus grande des douceurs, il me dit :

— Tes lèvres, mon ange, elles sont toutes bleues.

— Les tiennes aussi.

Je sens alors nos deux corps trembler, son étreinte se resserrer encore et encore sur moi. Puis, je plonge mon visage dans son cou, qui se veut à cet instant dur et froid comme la pierre ; et je laisse mes larmes s'échapper.

Les minutes passent sans qu'un seul mouvement ne vienne troubler notre fusion. Mais quelque chose d'étrange se produit soudain.
Collée contre le corps de mon protecteur que je connais si bien, mince et encore athlétique, je perçois un changement. Un je-ne-sais-quoi d'inhabituel qui me fait me mettre sur mes gardes. Ses bras longs et fuselés se mettent à prendre du volume, et sa cage thoracique s'élargit de plus en plus. L'étreinte douce et rassurante dans laquelle je me trouvais il y a encore de cela quelques secondes vient de se transformer en un étau d'acier. Lentement, je redresse la tête pour regarder Andrey, puis, horrifiée et fascinée à la fois, sans plus de volonté, je me laisse happer par le hideux spectacle qui s'offre à moi, celui de la profondeur de ses orbites énucléées, formant deux immenses cratères sans fond, dont la noirceur lui dévore peu à peu le visage. La pénombre envahit les lieux, et, sans que je puisse faire un mouvement pour m'échapper de cet infernal carcan, ayant franchi le seuil de l'horreur, je le vois se dissoudre, se disloquer sous mes yeux, pour enfin se répandre sur moi, glacé et visqueux. À cet instant, Andrey a cessé d'exister. Je suis recouverte de lui, toute pétrifiée, anéantie, seule au monde. Cette chose, cette créature répugnante et brutale, revenue des profondeurs de l'oubli, vient de me prendre l'un des êtres que j'aime le plus au monde. Je hurle de toutes mes forces, je hurle à n'en plus finir, je hurle à en perdre l'esprit. Et, dans la déchirure de mon cri, j'entends celui de la créature l'imprégner à l'unisson. Je vois le son gicler comme des pleurs de la béance de sa face tout entière – comme si son visage était une bouche immense, et ses commissures des yeux en épicanthus. De cette plainte inhumaine, je perçois des spasmes de peur et de tristesse. Alors, à cet instant, sans savoir exactement pourquoi je repense au Tyran, ce fils maudit que la sagesse engendra dans ses rêves, et qu'horrifiée elle abandonna, après qu'il eut fait naître le chaos en créant le monde de la matière. Son engeance, qui par vengeance mit tout en œuvre pour la chasser du paradis. Je devine à cet instant, le cœur rempli de joie, qu'Andrey est toujours à mes côtés. Soudain, le mot « hymne » repasse en boucle dans ma tête. Je comprends que ma peur me fait perdre foi en moi, et qu'elle m'éloigne d'autant de la sagesse du monde vers laquelle je désire tendre depuis si longtemps.

Je perçois que lui et moi formons un duo, pas une dissonance. Ce n'est pas un cri, non, que nous poussons, mais bel et bien un hymne que nous entonnons. Alors, du plus profond de mon âme, je décide d'aller puiser au cœur de l'énergie universelle ce souffle divin qui nous relie tous les uns aux autres, afin de la propager autour de moi. Pour la première fois, je comprends tout ! Le sens réel de cette gratification qui m'a été offerte, ainsi que la symbolique des mots que cette femme m'a dits par le passé :

« La mort vous accompagne depuis le jour de votre naissance, elle vous accompagnera votre vie durant ! N'essayez pas de lui échapper, car à ce jeu vous perdrez. Tôt ou tard, elle vous rattrapera et vous invitera à la seconder, afin que ceux qui viennent à vous sortent de l'errance pour atteindre l'autre côté. Car vous êtes passeuse d'âmes. »

Me voyant me perdre à mon tour dans les abysses infernaux de l'enfer, je décide de reprendre le contrôle, de rediriger mon intention vers le centre du ki. Puis, comme si je maîtrisais cette action depuis la nuit des temps, aussi limpide que cela puisse être, je visualise l'énergie créatrice en entraînant dans une course folle sa roue chakrique. Je me surprends à la canaliser sans aucun effort, afin de faire passer son émanation par la déchirure de mon cri. Sans plus attendre, celui-ci, empreint de terreur, se transforme instantanément en fréquence vibratoire suraiguë. La force centrifuge du ki se répand pour prendre toute la place ! C'est alors que, dans la fulgurance de cet instant, je sens la cage d'acier qui m'emprisonne s'étioler, pour enfin me libérer. Face à moi, je vois reprendre peu à peu forme humaine, cette ombre du démiurge qui a englouti mon ami. En une fraction de seconde, je découvre son autre visage, les traits marqués de cicatrices d'un homme brun au regard sombre. Le voilà qui s'estompe et qui disparaît aussitôt afin de rendre sa place à celui d'Andrey. Me voilà de nouveau dans ses bras.

Épuisée, à bout de nerfs, désorientée, je me mets à pleurer, tentant de lui expliquer en même temps, avec des mots entrecoupés de sanglots, mon désespoir au moment où je l'ai vu mourir dans mes bras. Il me rassure comme il sait si bien le faire, m'embrasse comme jamais auparavant, si passionnément qu'étonnée et étourdie je chavire. C'est au moment de rouvrir les yeux pour les plonger dans les siens que je comprends que je suis en train de me noyer dans un océan d'or. Me revoilà dans les bras de mon vicomte. Pour boucler cette ronde étourdissante de douceur après avoir vécu l'horreur, moi, Sophia, spectatrice et héroïne du film de ma vie, je regarde, interdite, un océan d'or se faire engloutir par le bleu du ciel qui reprend soudainement tous ses droits. Sur mes lèvres, enfin, tel un effleurement, la bouche d'Andrey, bien vivant, finit de me bâillonner tendrement.

Comment pourrais-je expliquer ce qu'est perdre le nord, le sud, l'est et l'ouest en même temps ? C'est en ouvrant les yeux que nous découvrons Etan et Azaïs stupéfaits de nous trouver si tendrement enlacés. Ce que nous ne savions pas encore à cet instant, c'est que cet événement inattendu allait marquer de son sceau le tournant qu'allaient prendre nos existences.

Etan vient de comprendre qu'Andrey est mon amant. Je le vois se décomposer devant moi, pendant que mon mentor, lui, sourit triomphalement en me serrant de plus belle dans ses bras.

La soirée se passe dans une ambiance étrange, toute brodée de demi-silences, de déception pour l'un, de soulagement pour moi, d'incompréhension pour l'une, et de plénitude pour l'autre. Etan et Azaïs n'ont rien entendu de ce qu'il s'est passé, ils sont venus nous rejoindre au vu du temps qui s'écoulait, privés de notre présence. Bien entendu, nous pouvons difficilement évoquer ce qui vient de nous arriver, hormis une dispute d'amoureux. Ce qui est certain, c'est que cette mésaventure a tout remis en question. J'ai compris, lors de ce cauchemar, que j'étais viscéralement amoureuse d'Andrey, que mon attirance pour Etan était certes des plus romantiques, mais peut-être davantage encore physique. Je ne savais donc plus vraiment ce que j'éprouvais pour lui. J'avais envie de cet homme pour combler mes appétits charnels, oui, mais au fond de moi, sans vouloir me l'avouer, je savais qu'il y avait plus que cela – bien plus.

La soirée touche à sa fin, mais je ne veux pas rentrer chez moi. Je croise le regard d'Andrey, qui répond au mien en me disant : « Reste avec moi ! » Nous raccompagnons jusqu'au bout de l'impasse Azaïs et Etan. Au moment de nous dire au revoir, je me rends compte que nous sommes enlacés, tous les deux par la taille. Ce geste d'amour finit de faire perdre tout espoir à ce bel Irlandais qui troubla mon cœur une année durant. Puis la nuit les emporte. Andrey me prend alors par la main et m'invite à le suivre. Nous parcourons le chemin qui nous ramène à la Notairie. Sans nous en rendre compte, nous gravissons l'escalier, passons la porte pourpre, traversons le salon féerique, pour enfin nous retrouver dans la chambre de Jouy bleue. Sans me lâcher, de peur de me perdre, Andrey ferme la porte et se retourne vers moi. Ses belles et longues mains viennent soudain cueillir mon visage. Je le regarde s'approcher et m'embrasser. C'est alors que quelque chose d'inattendu se produit. Du velours habituel et rassurant de ses lèvres, le feu se met à jaillir comme d'un volcan en éruption. Alternant douceur et piment, je me vois dépassée et submergée par sa fougue. À qui ai-je affaire ? À Andrey ? À mon vicomte ? Après tout, je m'en fiche ! Quelle importance ? J'aime le feu ! Une joute amoureuse s'engage entre nous. Comme deux scorpions, nous nous envisageons, nous nous enlaçons tendrement et violemment à la fois. Mes doigts maladroits tentent de déboutonner sa chemise, mais, n'allant pas assez vite à son goût, il l'arrache, et, sans plus attendre, m'attire contre son torse. Ses muscles félins viennent épouser mon corps à la perfection, comme si nous étions les pièces d'un même puzzle. Le voilà qui me brûle le cou, les épaules, de ses baisers et morsures, puis, d'une infinie sensualité, il dégrafe ma robe lentement pour se frayer un chemin jusqu'à la pointe de mes seins, qu'il redessine entre ses lèvres. Suis-je en enfer ou au paradis ? Je n'ai plus qu'un seul souhait : qu'il me possède dans l'instant ! Et c'est à ce moment précis que ma robe s'évanouit, et que, nue, je m'abandonne corps et âme à sa fougue.

Mon Autres

J'ai mal partout ! Me voilà percluse de douleurs d'amour. J'ai envie de hurler de bonheur. C'est le cœur de la nuit, mon Autres dort à côté de moi, paisible. Je le regarde, il est nu sur les draps, offert à mon désir. J'ai encore envie de lui, je sais désormais que j'aurai envie de lui jusqu'au bout de ma vie. Le temps file tellement vite, je ne veux plus rien perdre de ce que nous pouvons partager tous les deux. Avant que la vieillesse ne me le prenne, je veux l'aimer à m'en couper le souffle, encore et encore. Comme guidée par l'émanation d'Éros, mon âme gourmande se dépose légère sur son corps, tel un voile, pour laisser ses mains indisciplinées s'aventurer là où personne d'autre que moi n'aura désormais accès. Dans un frisson de volupté, je le vois qui se dresse enfin, mon splendide sybarite, fier et vigoureux, n'ayant désormais qu'un seul et unique dessein, celui de combler tous mes plaisirs.

Hors du temps ! Depuis cette fameuse soirée, tout s'est révélé à moi, comme si coupée de l'ensemble de mes sens ils avaient repris vie brutalement en se décuplant à l'infini. Jamais, je n'ai rien ressenti de la sorte. Jamais non plus je n'ai éprouvé cette sensation pour un homme – même pas pour celui qui m'a brisé le cœur, dix ans auparavant. Connectés l'un à l'autre, il n'est pas un instant qui ne se passe sans que je ressente les battements de son cœur épouser les battements de mon cœur. Comme une évidence, nous sommes désormais le tenant de l'autre. Comment exprimer ce qu'est vivre sans attente ? Ce que je désire, il le sait, tout autant que je devine au fond de moi ce qui va le rendre heureux. Tous deux identiques et pourtant si différents, comme les faces d'une seule et même médaille, nous voilà désormais – que nous le voulions ou non – le plus et le moins, le jour et la nuit, le chaud et le froid, la guerre et la paix… et, bien au-delà des mondes, la joie et l'amour. Tout ce que j'ai rêvé, il me l'offre chaque fois qu'il ouvre ses bras pour m'envelopper dedans.

Oui, tout a changé ! Je ne ressens plus, désormais, cette attente affective qui n'en finit pas, ce besoin diabolique d'être avec l'autre. Cette peur de sombrer, si un jour il n'était plus là. Non ! Car dorénavant je sais qu'à jamais nous sommes alliés. Ici ou ailleurs, dans cet univers ou dans un autre, chez les vivants ou chez les morts, dans cette vie ou dans les autres, qu'importe, jamais rien ni personne ne pourra briser cela.
En équilibre entre deux époques, j'aime un homme qui désormais n'est plus seul, car investi par le vicomte de Trencavel. Le projet de Raymond-Roger est très clair : terminer avec nous sa mission, et, pour finir, rejoindre les plans de lumière. Qui pouvait-il choisir de plus impliqué qu'Andrey pour mener cette opération avec intelligence et spiritualité à mes côtés ?
Quel étrange trio, nous formons là ! Et pourtant… Tous les deux auprès de moi, j'aime à penser que je ne risque plus rien au royaume de la vie après la vie. L'un incarné, l'autre désincarné, ils veillent sur moi comme en d'autres temps on a veillé sur le Saint Graal. Pour la première fois de mon existence, j'ai le sentiment d'être précieuse. Quelle douce sensation ! Mais quelle responsabilité aussi ! Qu'arrivera-t-il lorsque le moment sera venu d'aider mon vicomte à passer dans l'autre dimension ? Andrey, dépossédé de sa présence, perdra-t-il par là même cette fougue qui coule désormais dans ses veines ? Comment savoir à quel point ils sont liés ? Mais je dois cesser de me poser autant de questions, les réponses arriveront en temps voulu.
Je descends les allées pour me diriger vers le plateau des Poètes, puis me retrouve soudain nez à nez avec Etan. Arrive ce que je voulais à tout prix éviter : il s'arrête et me salue, je me sens embarrassée par la situation. Je ne sais pas quoi lui dire, je ne trouve pas les mots. Alors, spontanément, il me dit :

— *Sophia, I love you!*

Et sans réfléchir, je lui déclare à mon tour :

— Oh, Etan, je vous aime également ! Mais je suis amoureuse d'Andrey. Comprenez-vous ? Je suis amoureuse de vous deux !

— *I understand. But I don't want to lose you.*

À cet instant précis, la barrière de la langue m'est insupportable.

— Je ne comprends pas.

D'un geste doux, il me prend la main, se penche contre mon oreille et me dit :

— Je vous attendre, my heart, the temps it will take. Do not forget me…, ne m'oubliez pas… S'il te plaît !

Et, au moment de lui répondre, le voilà qui me vole un baiser fugace, avant de s'en aller.

— Un jour, mon amour, je ne serai plus ! C'est Etan qui prendra alors soin de toi.

— Que racontes-tu là ? À quoi ça rime de me dire des choses pareilles ?

— Mais, mon ange, il ne sert à rien de se battre contre la vie, car c'est elle qui décide. Elle est trop bien faite et beaucoup trop intelligente pour que nous puissions nous jouer d'elle de la sorte. Laisse les choses se faire !

— Eh bien, je pensais que tu m'aimais un peu plus que ça ! Au bout du compte, ça ne te dérange pas que je te dise que je suis amoureuse d'un autre homme ? Si j'avais su, je l'aurais invité à rester avec nous !

Tout en riant, avec malice, il me dit :

— Mon tendre amour, si tu savais à quel point je t'aime. C'est justement pour cette raison que je désire le meilleur pour toi. Cet homme, ma chérie, est mon prolongement. Il t'aime et ferait n'importe quoi pour toi. Je l'ai lu dans ses yeux.

— Andrey, pourquoi me parles-tu ainsi ? Pourquoi évoques-tu constamment ta mort prochaine ? JE NE VEUX PAS, TU M'ENTENDS ? JE NE VEUX PLUS EN ENTENDRE PARLER, JAMAIS !

Et, au moment de m'en aller dans un coup d'éclat, je le vois qui vacille et qui se tient la poitrine. En panique, je me précipite auprès de lui pour le prendre dans mes bras.

— ANDREY ! Andrey, mon chéri. Pardon ! Je t'aime ! Je ferai tout ce que tu veux, mais, s'il te plaît, ne meurs pas, pour l'amour de Dieu… et de moi !

Alors, sans lui laisser reprendre son souffle, j'embrasse, comme on picore, ses mains, son cou, son visage, comme si je ne voulais pas en perdre une seule miette, puis enfin sa bouche. Dans l'instant qui suit, sa langue soyeuse vient se mêler à la mienne pour nous faire frissonner, et nous emporter l'un et l'autre dans un tourbillon des plus gourmands.

Après l'amour, couchée tout contre lui dans les draps soyeux, je suis la courbe de son front, de son nez puis de sa bouche avec la pointe de mon index, afin de ne jamais oublier la perfection de son profil et la sensualité de ses lèvres charnues. Je poursuis ensuite le chemin qui mène à son menton, glisse vers sa pomme d'Adam discrète, pour enfin laisser mes doigts se prendre dans les ondulations de sa toison argentine.

— Tu m'as fait peur, tout à l'heure ! Que t'est-il arrivé ?

— À vrai dire, je ne sais pas. Depuis quelque temps, je ressens de drôles de sensations ; comme si deux cœurs battaient en moi. L'un robuste et jeune, et l'autre vieux et déréglé, comme le serait une vieille pendule.

— Est-ce que c'est lié à l'autre soir ?

— Oui ! Je crois bien que oui.

— Je dois faire quelque chose !

— Quoi donc ?

— Je dois faire partir Raymond-Roger de toi.

— Que dis-tu là ? Tu sais bien que c'est impossible, du moins pour le moment. Nous devons accomplir ensemble ce pour quoi nous avons été réunis.

— Oui, mais s'il te faisait du mal ?

— Je pense, encore une fois, que tu le connais trop bien pour l'imaginer faire une telle chose.

— Peut-être, mais les faits sont là !

— Ma petite fée, lorsque tu as décidé, furibonde, de t'en aller tout à l'heure, je crois bien que tu nous as blessés tous les deux. N'oublie pas, mon amour, que lorsque tu es dans mes bras tu es également dans les siens. Il t'aime tout autant que moi.

— Oui, mon chéri, mais la seule différence, c'est que lui ne ressent plus rien de physique, ce qui est loin d'être ton cas ; car lui est *mort* et toi bien *vivant*, je te le rappelle. IL DOIT, DE CE FAIT, TE MÉ-NA-GER, dis-je à l'attention de mon vicomte, en haussant le ton, UN POINT C'EST TOUT !

— Et voilà ce que c'est que d'être un vieillard aimé d'une jeunesse ! Désormais, je me fais gourmander par elle ; et bientôt je n'aurai plus voix au chapitre ! Qu'en penses-tu, Trencavel ? Allons-nous nous laisser faire de la sorte ?

Alors, de la bouche d'Andrey retentit un « CERTES NON ! » ne lui appartenant pas.

Et, davantage agacée qu'étonnée, je rétorque :

— Pavoisez ! Oui, pavoisez, Messieurs les jolis cœurs, mais vous ne vous en tirerez pas par une pirouette !

D'un geste brusque, je balaye les draps qui me recouvrent, et, nue, je me lève pour me diriger vers la salle d'eau, et entendre ni une ni deux :

— Oui, mon cher, vous avez tout à fait raison ! Il serait vraiment dommage, au vu du tableau qui s'offre à nos yeux, que nous nous en retournions si prématurément, vous et moi, dans les plans de lumière, n'est-il pas ?

Sentant d'un coup les résistances de mon être fondre comme la neige au soleil, je ne peux m'empêcher, un sourire aux lèvres, de faire volte-face. Et ondulant comme le ferait une chatte du haut de sa superbe, de revenir à pas de velours me lover, nonchalante, contre les cœurs vrombissants de mon amour.

L'intrication

Une accélération du temps s'est produite, ces derniers mois. Impalpables, les jours ont filé comme l'éclair jusqu'à aujourd'hui.
Après un hiver brûlant passé dans les bras de mon Autres, et un printemps parfumé de jasmin et d'amour, le vent de l'été a fait son grand retour.
Tout au long de cette période, Andrey et Raymond-Roger sont devenus de plus en plus « fusionnels », à tel point qu'il me devenait difficile de les différencier l'un de l'autre. C'est comme si la matière de mon mentor et l'immatérialité de mon vicomte tentaient de s'intriquer l'une dans l'autre en permanence, dans l'unique but de se recomposer, atome après atome, en un seul et même être. Deux âmes distinctes réunies dans un seul corps ! Mais voilà, cela ne se peut ! Une âme et un corps, c'est tout ce qui nous est permis d'unir, ni plus ni moins. Nous ne pouvons expérimenter en tant qu'incarnés que dans le véhicule terrestre que nous nous sommes choisi avant notre réincarnation.
Ce qui cependant demeure significatif, c'est que la puissance de mon vicomte, augmentant à chaque instant, élève par là même celle de mon mentor. C'est donc bel et bien au niveau physique et subtil que cette transformation a lieu, par la force de la dimension aurique. Leur champ énergétique est en pleine transmutation. La question que je me pose désormais est la suivante : où vont-ils chercher ce surplus d'énergie ? Hormis les âmes des plans supérieurs, qui, elles, ne se rabaissent pas à venir se coller aux incarnés, il n'y a que les âmes venues des plans inférieurs pour être aussi puissantes. Je ne peux pas croire que Raymond-Roger vienne du bas astral. Non ! Ou Trencavel n'est pas le seul à l'investir !
D'un seul coup, cette idée me glace le sang. Qui ? Qui a pu se joindre à eux ?
Le cœur prêt à imploser, je tente de me ressaisir. Je dois absolument faire quelque chose. Dans un premier temps, il faut

que je scanne Andrey. Et la question que je me pose dès lors est : pourquoi ne l'ai-je pas déjà fait des mois auparavant ?
Il faut que je me calme à tout prix, que je reprenne possession de tous mes moyens. En douceur, je décide de faire le vide afin de me recentrer. En respirant profondément, je demande le concours de ma famille d'âmes, guides et anges gardiens. Puis, j'ouvre délicatement ma colonne d'énergie, qui, je le ressens, s'harmonise peu à peu. Ainsi, je déploie les racines contenues à la base de mon centre chakrique dédié, afin qu'elles s'infiltrent profondément dans la terre en partant de la plante de mes pieds. Ma couronne béante en fait tout autant, avec ses branches majestueuses perçant l'océan du ciel. L'énergie me traverse de part en part. De bas en haut et de haut en bas, elle navigue dans chaque parcelle de mon âme, de mon être, de ma chair, comme la sève de la création se mêlant à l'oxygène de mon sang. L'énergie universelle m'enveloppe dans sa grande cape de l'unité. Je suis prête.

Les yeux fermés, je visualise Andrey. Son aura ressemble à un feu d'artifice. Toutes les couleurs de la création y sont. Du violet à l'endroit de sa tête, du bleu de Ceylan à l'endroit de son troisième œil, jusqu'au lagon à l'endroit de son larynx, en passant par le rose et le vert à l'endroit de son cœur, et puis de l'or, encore et encore, tel un voile de lumière dansant avec une étoile carmin, située au lieu-dit du ki. Soudain, l'orage éclate. Derrière son masque sombre, il plane au-dessus du soleil. Le voilà, l'intrus ! Il me faut entrer en connexion avec lui. J'augmente ma vibration. Mon énergie se dilate jusqu'à repousser vers l'extérieur de son habitacle les parois de ma cage thoracique. L'énergie de mon ventre tourne à plein régime comme une turbine. Maintenant, j'interpénètre le champ aurique de mon Autres, afin d'attraper dans les filets de ma fréquence celle du passager clandestin. Mais voici qu'au moment où je tente de me connecter à lui, pétrifiée par la peur, je reconnais l'individu furtivement rematérialisé qui, il y a de cela quelques mois, m'emprisonna dans les bras d'Andrey, tout en le vidant de sa substance de vie. Je dois me ressaisir ! Je me concentre puis me recentre instinctivement sur la fréquence que nous chantâmes alors à l'unisson, l'espace d'un instant ce soir-là. Je le vois surpris qui se cabre, qui me fixe intensément. En une fraction de seconde, il abandonne le corps d'Andrey pour fondre sur moi. Mon hymne, à cet instant, quitte la dimension subtile, pour prendre vie dans ma gorge sous la forme d'un cri cristallin. C'est au moment même où il tente de me pénétrer par le cœur que mon hurlement le repousse violemment. Si violemment d'ailleurs que je le vois se défragmenter devant moi, pour se transformer en brume grisâtre et légère, et ainsi continuer de planer dans l'atmosphère. Dans un dernier souffle, je le propulse vers la dimension qui est la sienne : celle du bas astral. La pièce, enfin, retrouve son calme.

Je suis épuisée ! Sans plus de force, je m'écroule sur le canapé. J'ai froid, je grelotte et me recroqueville, malgré la chaleur suffocante qui pénètre par les murs et les fenêtres. C'est à ce moment précis que la belle Orphée vient se coucher tout contre moi, afin de m'offrir sa douceur féline. Je la prends tendrement dans mes bras. Sur mes pieds glacés, le magnifique Horus, qui n'y tient plus, vient s'allonger à son tour. Dans un concert de ronrons, quelques instants plus tard, réchauffée, je m'endors enfin.

Il fait nuit, lorsque je me réveille enveloppée dans les draps de notre lit. Je me lève en hâte afin d'aller voir si Andrey est à la maison. L'odeur de son tabac à pipe hollandais me chatouille les narines le plus agréablement du monde. Je m'approche à pas de loup de son fauteuil qui me tourne le dos, puis, tout doucement, je fais glisser mes mains autour de ses épaules pour l'envelopper et l'embrasser dans le cou. Heureux, il ôte ses lunettes, les dépose sur son livre qu'il a refermé, pour m'accueillir dans ses bras grands ouverts. Dans l'instant qui suit, je me retrouve sur ses genoux dans la position du fœtus, tout contre son cœur.

— Que t'est-il arrivé, ma petite fée ? Nous t'avons retrouvée toute recroquevillée sur le canapé.

— Qui ça, « nous » ?

— Trencavel et moi, voyons !

Voilà encore une nouveauté à laquelle j'avais du mal à me faire. Depuis quelque temps, mon mentor parlait de lui à la première personne du pluriel : « nous ». Alors je lui réponds : « Évidemment ! » Et j'embraye sur un : « Justement, comment allez-nous ? »

Ne pouvant s'empêcher de sourire après ce léger trait d'humour agacé, il me dit :

— Pourquoi me demandes-tu ça ? Il s'est passé quelque chose que je ne sais pas encore ?

Voyant mon teint plus pâle qu'à l'accoutumée, et le temps que je prends pour répondre, il se redresse, me décolle légèrement de lui afin de pouvoir me regarder droit dans les yeux. Il me demande :

— Dis-moi tout, mon ange. Qu'est-il arrivé de si grave pour te mettre dans cet état qui ne te ressemble guère ?

— Oh, mon chéri, si tu savais contre qui je me suis battue aujourd'hui !

À cet instant précis, je le vois changer de physionomie, ses yeux passant du bleu à l'or et de l'or au bleu, comme si l'eau de son regard se préparait à accueillir la tempête ; puis soudain, le masque de l'inquiétude prend toute la place. Les voilà à l'écoute. Un œil azuréen, l'autre mordoré, comme des siamois, ils me fixent. Je leur narre ma mésaventure dans les moindres détails. Pour la première fois, je surprends une transformation encore plus étrange que celles dont j'ai désormais l'habitude. Une mutation curieuse est en train de se produire sur le visage d'Andrey, tellement impressionnante d'ailleurs que je ne peux retenir un mouvement de recul. Dans l'instant qui suit, debout face à lui, j'observe son beau faciès se métamorphoser. Métaphoriquement, je pourrais comparer la chose à des mains invisibles tentant de malaxer deux physionomies afin de n'en former plus qu'une, avec des bouts de face glanés par-ci par-là, et n'allant pas du tout ensemble. Brrrrrrrr !

Sincèrement, je commence à trouver la journée un peu longue ! Alors, sans plus attendre, je balance tout de go la question qui me démange :

— NOM D'UN P'TIT BONHOMME, MAIS VOUS ÊTES COMBIEN LÀ-DEDANS ?

Et le visage d'Andrey se fige. Je détaille alors celui qui se présente à moi, c'est un inconnu. Éberluée, je ne peux détacher mon regard de cette créature qui a pris possession de « mon Autres ». Je lui demande :

— Pouvez-vous me dire qui vous êtes ?

Et la voix qui me répond n'est autre que celle de mon mentor, parsemée de quelques intonations appartenant à mon vicomte.

— N'aie pas peur, mon aimée, ce n'est que nous !

Ce ne sont pas les mots d'Andrey, mais bel et bien ceux de Raymond-Roger. Inquiète, j'ajoute :

— Où est Andrey ?

Et, dans une autre intonation, la créature répond :

— Je suis là, ma petite fée, ne crains rien ! Il faut que tu nous racontes tout.

Pendant mon récit, mon Autres, tel un lion en cage, fait les cent pas dans le salon.

— Je pressens qu'il va se passer quelque chose, le 22 juillet. Je ne sais pas encore ce que c'est, mais Doña, ma mie, tu risques d'en être l'une des victimes.

— Nous ne pouvons pas rester comme ça, les bras croisés, à attendre que notre Sophia fasse le jeu de cette crapule.

— J'ai réussi à le renvoyer dans le bas astral. Mais, malheureusement, il n'y restera pas longtemps. Sa puissance et sa malveillance lui donnent énormément de pouvoir. Je ne sais pas si je serai capable d'en venir à bout toute seule, le moment venu.

— Cela n'arrivera pas, Doña, nous veillerons sur toi, ma mie.

— Oui, mon amour. Désormais, nous ne te quitterons plus d'une semelle !

— Je sais que vous voulez prendre soin de moi, et je vous en remercie infiniment. Vous savez combien je vous aime. Mais cette créature était sur vous, et vous ne vous en êtes même pas rendu compte. Pas même au moment où je l'ai expulsée de votre biochamp ; qui nous dit qu'elle ne va pas recommencer afin de m'atteindre à travers vous ?

— Que nous proposes-tu de faire ?

— De votre côté, pas grand-chose pour le moment, sinon de demeurer en éveil en surveillant vos comportements. Essayez d'être en conscience le plus possible afin de pouvoir déceler des façons d'être qui ne vous appartiendraient pas. En ce qui me concerne, je vais procéder à des scans de nos auras chaque jour, afin de ne rien laisser au hasard. Puis, je ferai le nécessaire, s'il y a lieu. Le moment venu, nous aviserons, tout bonnement ! Car je ne possède pas le pouvoir d'accompagner, dans les plans de lumière, les âmes qui ne désirent pas les rejoindre, même en tant que passeuse d'âmes !

— Oh, ma pitchoune ! Comme je suis contente de te voir. Tu as du courrier qui t'attend. Je te garde pour le déjeuner, et c'est sans discussion !

D'un pas léger, je me dirige vers la lettre qui m'est destinée, croque dans un gâteau moelleux que je viens de piquer sur la table, et embrasse les joues bien rondes de mon amie. Lilly, quant à elle, me fait la fête. Je lui donne un bout de gâteau avec une grosse caresse en prime, et l'invite à me suivre dans ma chambre, en criant à Martine, la bouche pleine :

— Oui ! Oui, je reste avec toi !

C'est alors que je surprends le regard humide de ma Lilly me fixant l'air triste. Je rectifie aussitôt ma phrase après mille excuses :

— JE RESTE AVEC VOUS !

Allongée près de mon amie qui bat la mesure avec sa queue, je regarde attentivement le tampon de la Poste. Je découvre que le cachet « Ireland » y est tamponné. Je décachette en toute hâte l'enveloppe et la donne à mon assistante qui la renifle méticuleusement. Les quelques mots tracés à l'encre bleue sont des plus élégants. Il les a écrits en franglais. Je trouve l'attention délicate.

« My sweet heart,
Comment vous dire à quel point tu me manques ?
I never stop d'être torturé by the distance et space-time qui nous séparent, et qui sont so many obstacles to our love story.
Je suis maintenant un homme more... than déchiré.
Sweet Sophia, please, donne-moi un peu d'espoir.
Est-ce que tu m'aimes encore ?
I steal a long kiss from you.
Etan. »

Après les avoir relues, ses phrases résonnent en boucle dans ma tête...
Déchiré ? Tout comme moi, désormais. Est-ce que je t'aime encore ? Oui ! Mes sentiments pour toi n'ont pas changé, tout comme ceux que je porte à Andrey et à mon vicomte « par procuration », dont tu ne connais pas l'existence. Quant à l'espoir... Que puis-je te répondre, mon bel Irlandais ? Que je n'ai pas envie de t'en donner, car cela voudrait dire que j'espère la fin de mon histoire d'amour avec mon Autres, ou pire encore... Cela, je ne le voudrais pas pour tout l'or du monde. Pourtant, j'aimerais te donner toutes les espérances du monde qui vibrent en moi, si la concrétisation de cet amour n'avait pas pour enjeu une fin qui serait au-delà de ce que je pourrais supporter. C'est pourquoi tes mots resteront sans réponse de ma part. J'espère que tu me pardonneras.
Lentement, je range ma lettre dans une boîte qui se trouve dans le tiroir de ma table de nuit. Je n'en soufflerai pas mot à Andrey, même si je devine ce qu'il me dira. Car je sais que, malgré ses certitudes sur l'avenir et sur sa « relève idéale », l'idée de me savoir dans les bras d'un autre lorsqu'il ne « sera plus », lui est, j'en suis intimement convaincue, insupportable.

Il est temps de rejoindre Martine, qui nous attend impatiemment, pour lui raconter ce qu'elle brûle de savoir... Les derniers potins du jour, et, bien plus encore, des confidences d'alcôve sur Andrey et moi, que je classe en partie à son grand désespoir dans la catégorie « secret-défense ». Arrivée au terme du repas, Martine se lève, file dans sa chambre, réapparaît au bout de cinq minutes dans une robe couleur de soleil, magnifique !

— Ma chérie, ce n'est pas le tout, mais je vais être en retard à mon rendez-vous !

— Je peux t'accompagner, je n'ai rien à faire aujourd'hui ?

— Ma pitchounette, une autre fois je t'aurais dit oui avec plaisir, mais là vois-tu c'est impossible.

— Nonnnn ! Te rendrais-tu par hasard à un rendez-vous galant ?

Et se retournant vers moi, les poings sur les hanches, avec le rouge aux joues, elle me dit :

— Moi aussi, j'ai une vie amoureuse, peuchère !

Histoire de l'agacer un peu, je réplique :

— Éric serait-il dans les parages ?

Mais, avant même que j'aie terminé ma phrase, elle me sifflote en me faisant un clin d'œil :

— Ma tourterelle, moi aussi, j'ai mes secrets !

Heureuse à l'idée qu'elle aille retrouver Éric que j'aime tant, je ne peux retenir ma joie. Sans qu'elle n'ait eu le temps de dire ouf, je lui saute au cou pour embrasser gloutonnement ses bonnes joues appétissantes ; ce qui la fait rire. Lilly, n'y tenant plus, se met à exécuter une drôle de danse autour de nous, tout en jappant aux éclats.

Mon Dieu, si tous ces événements étranges n'impactaient pas ma vie et celle des hommes que j'aime, je crois bien que je serais la femme la plus heureuse au monde.

La force de l'obscur

Poussée par je ne sais quelle force, je descends l'escalier, franchis la grille et, de la place Saint-Esprit, me dirige vers la rue Trencavel. Je traverse la rue de la République et laisse mes pas me guider rue Française. Sous le soleil ardent, je file sans connaître ma destination. La rue aux boutiques somnolentes me mène place de la Mairie. Je passe sous les parasols des terrasses, puis me dirige rue Viennet. Me voilà devant chez Andrey. Je fais une pause en regardant son hôtel, remonte vers Saint-Nazaire. La locomotive du petit train apparaît soudain devant moi pour s'engouffrer avec son lot de touristes dans la rue du Général-Crouzat. Il me freine dans mon élan, mais la place des Bons-Amis m'ouvre ses bras, et me voici face à l'imposante cathédrale.
Je sens, sous chacun de mes pas, les braises incandescentes du passé. Dans un jeu d'ombre et de lumière, je me retrouve devant le Château-Vieux des Trencavel, que je longe pour la centième fois. Je pense que je suis arrivée à la fin du chemin, mais non ! La rue Auguste-Fabregat met tout en œuvre pour m'attirer jusqu'à l'hôtel Berger. La chaleur est suffocante, dans les petites rues étroites de l'Histoire. Le vent fébrile souffle de temps à autre sur ma peau, comme pour m'accompagner dans mon échappée. Je prends, sur ma droite, le passage de Cantarelle et me retrouve sur la place Canterellette, d'où je balaye l'horizon des yeux. C'est alors que mes pas me guident vers sa rampe aux pavés glissants, que je dévale. J'entends des bruits de pas et dc sabots. Instinctivement, je me colle contre la muraille pour regarder et laisser passer l'équipage, et me rends compte, interdite, qu'il n'y a personne d'autre que moi, seulement des sons d'autrefois qui remontent le temps.
Je reprends mon chemin, trop pressée, je cours, trébuche et tombe sur le granit effilé qui recouvre le sol. La paume des mains et les genoux égratignés, j'ai mal. Pourtant, je dois impérativement poursuivre ma route. Vite, je me relève, pour lire sur le mur devant moi : « la Porte cathare ». Sur le chemin qui serpente, comme une récompense, l'ombre et le vent m'enveloppent

soudainement. Je me ressource, l'espace d'un instant, et, dans la seconde qui suit, je me retrouve bousculée par une bande d'individus furieux venus d'une autre époque et, courant après eux, une horde de créatures dénuées d'humanité, avec à leur tête un homme à l'aspect sanguinaire. Des suppliques, des cris, la peur, le silence... Puis plus rien. Je poursuis ma descente aux enfers...
La rue de la Cantarelle s'impose à moi, elle surplombe la bastide. Contre le vent, je la dévale. Je continue de tourner le dos à l'Acropole pour descendre les marches qui mènent vers le Pont-Vieux. Puis, d'un bond, lui et moi enjambons l'Orb. Me voici rendue à la croisée des chemins, où une coquille montre la voie qui conduit à Saint-Jacques-de-Compostelle. Devant mes yeux se dressent, imposants, un camp, des étendards, des hommes en armure... L'un d'eux regarde alors dans ma direction. Je prends peur et me cache en m'accroupissant derrière le muret du pont.

— Mon Dieu, est-il possible qu'il m'ait vue ?

Je ne fais plus un geste, je n'ose même plus respirer. Puis, au moment où je m'apprête à reculer afin de me mettre plus à couvert, je me retourne, le nez collé sur l'entrejambe démesuré d'un individu campé solidement devant moi. Dans un mouvement de repli incontrôlé, accompagné d'un cri, je perds l'équilibre et m'étale sur le sol. À l'aide de mes pieds et de mes mains qui battent la terre, je recule à toute vitesse afin de m'écarter le plus possible de cette vision d'horreur. Le soleil brillant pleins phares à m'en brûler les rétines, je porte aussitôt ma main sur mon front, en guise de visière ; je tente de dévisager cet énergumène afin de savoir à qui j'ai affaire. Je distingue alors la silhouette massive d'un homme brun, dégarni, au visage buriné par le soleil et défiguré par d'affreuses cicatrices. Son visage ne m'est pas inconnu ! Dépenaillé à souhait, ses frusques d'un autre temps sont maculées de graisse et de traces de sang. Je perçois ses intentions abjectes. L'air content de lui, il mâchouille, entre ce qui lui reste de dents, une pauvre marguerite. Je distingue, solidement arrimées sur ses hanches, deux paluches tentaculaires et crasseuses à souhait, créées juste pour tuer. La peur, à cet instant, me tenaille le ventre comme le jour de l'incendie à la Madeleine, ou encore celui où Andrey mourait dans mes bras.

Expulsant la fleur de sa bouche dans un crachat glaireux, il éructe enfin :

— Arrive un peu pour voir c'que j'viens d'trouver, le Fol !

À cet instant précis, je relie sa voix et son visage, comprenant à qui j'ai affaire. La panique me coupe le souffle. C'est lui ! C'est le monstre qui me hante depuis des mois – le mal incarné !

Au même instant, sortant de nulle part, une voix lui répond après un long sifflement :

— Dis donc, le Charron, j'espère que tu as l'intention d'partager ton p'tit trésor.

L'autre lui répond :

— N'y compte pas !

— Comment ? C'est comme ça qu'tu causes à un ami ?

— Ce qu'il y a entre cette donzelle et moi, c'est pas ton affaire !

Alors, comme pour le défier, l'autre s'avance droit dans ma direction. J'essaie désespérément de reculer, mais je ne peux pas, je suis le dos collé au muret. Épouvantée, je sens que mes pires cauchemars ne sont rien à côté de ce que je vais vivre maintenant.

— Gare à toi, le Fol, fais un pas d'plus, et j'te tue !

D'un air provocateur, l'autre lui répond :

— Essaie voir un peu, le Charron !

Et, le défiant du regard, il s'avance vers moi en le bousculant de l'épaule au passage, se penche vers mon visage, en se passant la langue sur les lèvres, tout en déboutonnant sa culotte.

Je suis sur le point de vomir quand son froc, offrant une ouverture béante sur son appendice en rut, tombe à terre. Il s'approche et se baisse pour attraper mes jambes et me tirer à lui. Je me débats de toutes mes forces, en lui donnant des coups de pied, mais c'est peine perdue. Il me soulève de terre comme un fétu de paille, retrousse ma robe en prenant le temps d'examiner, tout déconcerté, ma mise ; avant de m'écarter les cuisses afin de me prendre et de me fourrager. Mais, au moment de s'introduire en

moi, je le vois qui se fige, droit comme une statue, ses membres devenus durs comme de la pierre. Je ne comprends pas encore ce qu'il se passe, je comprends que quelque chose de providentiel vient de se produire. Je fixe son visage, remarque une légère moue de surprise se dessiner sur ses lèvres, et, dans la seconde qui suit, je regarde interdite sa tête se détacher de ses épaules, tomber par terre et rouler jusqu'à ses pieds.
Tel un geyser écarlate surgissant de son cou, son sang inonde mon visage ; je hurle de terreur. Encore emprisonnée dans ses bras, je suis emportée dans sa chute. À peine ai-je le temps de me dégager de son étreinte macabre, que le bourreau de mon bourreau m'attrape par la taille pour me soulever de terre. Me voilà de nouveau la captive d'autres bras.
Pressée contre lui, son visage collé au mien, de sa main libre, il tente de m'ôter le masque de sang laissé par son défunt acolyte. Comme pour fignoler le travail, il me lèche la joue goulûment, avant de me fourrer sa longue langue dans la bouche. N'ayant d'autres armes que mes mâchoires, sans plus réfléchir, je lui attrape la langue entre leur cisaille. Alors, un hurlement surgit de sa gorge. De toutes mes forces, je resserre ma prise, et, après quelques secondes d'effort, sa langue finit par céder, pour se retrouver toute molle et gluante dans ma bouche. Tout s'accélère. Il me jette violemment au sol pour poser ses mains sur sa plaie ruisselante, grognant et pleurant de douleur, en exécutant une danse ridicule de pantin désarticulé. Le sang n'en finit pas de couler. Au même instant, étalée sur le sol aux côtés de l'homme sans tête, je me mets à ramper vers l'épée qui a servi à le décapiter, la saisis tant bien que mal, me redresse sur mes jambes qui flageolent, et, dans un effort surhumain, je me mets à courir dans sa direction pour fendre l'air de toutes mes forces jusqu'à son abdomen. Alors, l'immonde marionnette, dans un réflexe de défense, les yeux exorbités, agrippe la lame entre ses mains, afin d'en freiner la course. Peine perdue ! Celle-ci continue de glisser inexorablement entre ses doigts, qu'elle tranche un à un pour enfin atteindre son cœur. Sur les genoux, embroché, il me regarde hagard, sans vraiment comprendre ce qui vient d'arriver. Je

plonge mes yeux dans les siens, reprends mon souffle et lui projette au visage sa langue, que je serrais encore entre mes dents.

LA SAGESSE

DEUXIÈME PARTIE

La traque

Le capitaine Logaret et ses hommes sont sur les traces de Folquet.

— Où est-il, manant ? Parle, avant que je te tranche la gorge !

— Pi-tié, Monseigneur, pitiéééé !

— Vas-tu parler ?

— À la citadelle, Monseigneur. Je l'ai entendu dire qu'il se rendait au Château-Neuf. Ne me tuez pas, pour l'amour de Dieu.

— Toi, tu en as eu de l'amour pour ces pauvres gens ?

Avant que l'homme ait eu le temps de répondre, la lame aiguisée de l'épée lui tranche net la gorge.

— Vous avez entendu ? Rendons-nous au château de la citadelle. Finissons-en avec ce démon de Boucher !

Au galop, les Templiers quittent la rue Canterelle, poursuivent leur course rue des Arènes, rue Estève et débouchent place de la Citadelle, devant les remparts du Château-Neuf. La porte d'accès y est grande ouverte.

— Je veux quatre hommes en faction devant cette entrée. Interdiction à quiconque de sortir, ou de pénétrer dans les lieux sans ma permission.

— À vos ordres, mon capitaine !

Après que chacun en a pénétré le seuil, avec, gravée dans les esprits, l'horreur du spectacle de la Madeleine, rien d'autre ne peut être ressenti qu'une douleur accablante. L'endroit est jonché de corps sans vie et de blessés. Pleurs et plaintes accompagnent le triste spectacle qui s'offre à eux. Sur les coursives et sur le sol recouvert de terre battue et de lambeaux de chair, on peut voir les étendards des Trencavel, ces étoffes chatoyantes ornant au quotidien la belle cité, déchirés, gisant à terre, souillés par la fumée et le sang, certains recouvrant les morts ou étanchant les plaies des moribonds. Les chevaliers, en silence, poursuivent leur chemin, afin d'accéder à l'entrée principale de la demeure vicomtale. Abandonnant leur monture, épée à la main, ils entrent par la grande porte de la bâtisse. Une pièce carrée de taille imposante s'offre à eux : tout y est sens dessus dessous. Tables, bancs, vaisselle…, tout est renversé et sent la mort. Au fond, plongé dans l'obscurité, de chaque côté de la pièce, se trouve un escalier taillé dans la pierre, permettant un accès à l'étage supérieur. À côté de celui de gauche, une porte dessert la prison. À proximité de celui de droite, une autre, plus grande, débouche directement sur les cuisines. En chuchotant, Logaret ordonne :

— Demeurez en faction devant les portes, pendant que nous allons explorer les geôles. Frère Simon, prenez cinq hommes avec vous, et allez visiter la salle de service.

Les hommes se séparent en deux groupes. Celui de Logaret allume des torches et s'enfonce dans les profondeurs du château. Malgré la chaleur terrassante de l'été, le chemin qui mène aux cellules est glacial. Une odeur nauséabonde plane dans l'air, mêlée d'urine, d'excréments et de vomi, avec en prime le délicat parfum de la charogne. Condamnés au mur – la pire sentence qui soit –, deux hommes enchaînés face à la pierre, sans possibilité de s'asseoir ou de s'allonger, sont en train d'agoniser. Quant aux minuscules cellules, elles sont vides. Dans l'une d'elles se trouvent les restes de ce que devaient être les geôliers, avant d'avoir été occis par la faux, et laissés sans vie, les tripes à l'air.

— Il n'y a rien à faire, ici. Condamnons l'endroit, et partons fouiller les étages supérieurs.

Au moment de partir, une plainte moins forte qu'un souffle retient les pas du capitaine. Il fait demi-tour, pour s'approcher de l'un des prisonniers :

— Pour l'amour du Christ, je vous en supplie, mettez fin à notre souffrance.

Logaret demande alors :

— Êtes-vous des hérétiques ?

— Oui, nous sommes des Parfaits !

— Savez-vous pourquoi on vous a laissés en vie ?

— Oui. Après nous avoir battus à mort, l'homme se faisant appeler « le Boucher », nous a fait enchaîner, afin que nos souffrances ne cessent pas jusqu'au trépas, et au-delà.

— Avez-vous reçu le consolamentum ?

— Non. Nous n'en avons pas eu le temps, ni la force.

Sans plus attendre, se faisant aider de ses hommes, il les détache et les fait allonger sur le sol, puis il donne l'ordre qu'on les couvre de couvertures.

— Dieu vous bénisse !

— Que pouvons-nous faire pour vous ?

— Plus rien, mon ami. Je vais dire les paroles sacrées pendant qu'il me reste assez de force. Une fois fait, vous pourrez nous ôter la vie.

— Êtes-vous certain de vouloir ça ?

— Par la grâce de Dieu, oui !

C'est dans un presque râle que l'hérétique Parfait balbutie les mots salvateurs, en tenant la main de son compagnon. Une fois fait, son regard implorant et reconnaissant, uni à celui de Logaret, lui fait signe, dans un ultime clignement de paupières, de les délivrer. Alors, garde haute et à regret, il va se placer au-dessus du premier gisant, lui fait un signe de tête, et après une courte hésitation abat sa lame à l'endroit même du cœur de cet inconnu, qui lui inspire le respect. Sans plus attendre, il en fait de même avec son compagnon. Puis, il range son arme au côté, se recueille, et se signe pour finir. Ses hommes le regardent, sans véritablement comprendre ce qui est en train de se passer. Il le devine à leur trouble et leur dit : « Tous ces morts, toute cette souffrance, cette intolérance me soulèvent le cœur. Je ne pense pas que ce soit l'enseignement du Christ qui nous ait menés à tout ce gâchis, c'est la soif du pouvoir de quelques hommes cupides, sans cœur, dénués d'humanité et prêts à toutes les folies pour atteindre leur but. Maintenant, c'est à vous de décider en votre âme et conscience si vous êtes contre moi ou avec moi ? »

À ce moment précis, une vague d'émotion le submerge. Dans cet instant de tristesse infinie, il se croit subitement abandonné de ses hommes. C'est alors que, dans un fracas de métal, chaque chevalier présent tire son épée du fourreau, pour la planter à terre et s'agenouiller devant leur frère. Face à ce spectacle inattendu, la force et l'espoir le réinvestissent ! Le visage presque impassible, il dit :

— Avec moi, chevaliers !

Quelques instants plus tard, après avoir recouvert les deux dépouilles, ils quittent les lieux.

— Pas de trace de Folquet dans les cuisines, mon capitaine, seulement des cadavres.

Au moment où Logaret veut donner l'ordre d'investir les deux escaliers afin d'explorer la partie supérieure de la bâtisse, dans le plus grand silence, des pleurs et des cris se font subitement entendre. Sans plus attendre, les croisés gravissent les marches tant bien que mal, en évitant de piétiner les corps obstruant l'étroite montée. Arrivés sur la coursive, ils constatent que l'infâme boucherie se poursuit. Femmes et enfants en sont les principales victimes. Le spectacle est insoutenable. Les hommes atteignent enfin une porte en bois imposante : certainement l'entrée des appartements du vicomte. Un cri de nourrisson, puis un hurlement déchirant… et, pour finir, un rire tout droit venu des ténèbres. Dans la seconde qui suit, Logaret tente d'actionner la poignée, mais sans succès. Un des frères vient lui prêter main-forte. Après avoir pris du recul, ils se jettent ensemble de toutes leurs forces, épaules en avant, sur l'immense bouclier, qui finit par céder.

Un homme au crâne lustré les observe en souriant, un couteau à la main. Sa chemise rendue écarlate par le sang, goutte encore. À ses genoux, agrippée par la chevelure, une belle jeune femme, à moitié nue, pleure à n'en plus finir. Par terre, sous son regard anéanti, gît un nourrisson égorgé : son enfant. Après un bref moment d'effroi, la colère des hommes reprend soudainement le dessus. Logaret intime à l'homme qui se trouve devant eux de lâcher sur-le-champ sa malheureuse otage. Mais celui-ci n'obtempère pas.

— Je te jure, devant l'Éternel, que si tu lui fais quoi que ce soit, je te ferai mourir dans les pires souffrances qui soient.

Et, dans un éclat de rire :

— Pour ça, il faudrait déjà que tu puisses me mettre la main dessus.

C'est à ce moment que les hommes se mettent en mouvement afin d'encercler le criminel.

— Faites encore un geste, et j'envoie cette gueuse rejoindre son rejeton dans le trépas ! dit-il en resserrant sa prise.

Ce qui fait crier la jeune femme de douleur.

— Tu ne pourras pas t'en tirer, manant, tu es fait comme un rat !

L'homme se remet alors à rire, resserre son emprise de plus belle, puis à reculons se dirige vers la fenêtre, en traînant la jeune femme au sol. La pauvre, anéantie par le chagrin mêlé à la force de survivre, tente désespérément de griffer la main qui l'empoigne, mais le monstre ne ressent rien. Le voilà arrivé à la fenêtre, qu'il enjambe sans lâcher sa prise. Le groupe d'hommes se précipite sur lui, tentant de le retenir ; mais celui-ci saute, sans lâcher la chevelure de sa victime. La femme est entraînée avec lui. Logaret, suivi par l'un de ses hommes, se précipite sur elle afin de lui éviter la chute. Elle pousse des hurlements à n'en plus finir, suspendue dans le vide jusqu'aux cuisses, retenue par les jambes, avec le meurtrier de son enfant toujours agrippé à ses cheveux. L'homme est à moins de trois mètres du sol. Il regarde les chevaliers qui mettent tout en œuvre pour sauver la malheureuse, qui leur échappe un peu plus à chaque instant. Il sourit en se laissant glisser peu à peu le long de la belle cascade d'ébène. La fenêtre est trop étroite pour qu'un troisième homme attrape le fuyard, ou ne tente quoi que ce soit. Il n'y a plus de doute possible : il va sauter d'un instant à l'autre. Il se sait perdu, et ne reste suspendu que pour le plaisir de faire souffrir sa proie. Déjà trois hommes sont partis rejoindre la cour, afin de l'appréhender avant qu'il ne tente de s'enfuir. En un éclair, il regarde le Templier, qui comprend immédiatement ce qui va se passer.

À peine a-t-il le temps de hurler : « Non, ne fais pas ça ! » que le Boucher, à l'aide de son couteau, commence à trancher lentement et méticuleusement la base du crâne de sa victime, entaillant dans le système nerveux la naissance de ses cheveux. Le corps de la jeune femme est soudain pris de soubresauts. Elle hurle une ultime fois, pendant que le Boucher, dans un mouvement répétitif, continue de la scalper. Dans un déchirement presque imperceptible, la peau du crâne de la malheureuse se détache jusqu'à la base de sa colonne vertébrale, dénudant ainsi la surface de sa boîte crânienne, ainsi que le creux de sa nuque. À cet instant, le monstre libère sa proie et saute à terre. Les deux hommes impuissants sont aussitôt projetés au sol, entraînant avec eux le hideux spectacle de la beauté ravagée. Une fois dégagés du fardeau de l'horreur, ils transportent le corps de la défunte, l'allongent sur le lit avec la plus grande des douceurs. Après lui avoir rendu sa grâce d'autrefois, il lui ferme les yeux, pendant que l'un de ses hommes lui apporte le nourrisson enveloppé dans son lange. Sur son sein, il le dépose et le recouvre des bras de sa mère – ultime étreinte, comme si elle s'apprêtait à le bercer. Après un dernier élan du cœur, un adieu miséricordieux baigné de larmes, ils s'en retournent.

Sur le pas de la porte, le Boucher, sous bonne garde, l'air amusé, toise du regard Logaret et ses hommes, en insultant la mémoire de la femme et de l'enfant. Au même instant, l'un des chevaliers lui saute à la gorge afin de l'étrangler. Mais le capitaine intervient :

— Non, mon ami, lâchez prise ! Cette fine souffrance serait lui faire trop d'honneur. Mettons-le au mur, sans eau ni nourriture ; nous verrons comment il sourira d'ici quelques jours.

Sous bonne garde, ils l'emmènent dans les entrailles du château, prendre la place des Parfaits qu'il avait pris plaisir à torturer quelques heures auparavant.

La vengeance

L'escadron du capitaine Logaret est resté sur place. La cité ne considère pas ces hommes comme ses ennemis, même si ce sont les envahisseurs. Ils leur sont reconnaissants de faire ce que personne n'aurait fait à leur place : combattre et éradiquer le vice au sein de leur propre armée afin d'honorer les morts. Un respect réciproque s'est installé entre les Biterrois et les Templiers.
Le commandeur, comte de Villeponce, vient d'arriver dans l'enceinte de la ville. Il veut rencontrer ce fameux Boucher, avant de l'expédier en enfer. Il est également intrigué par les desseins de Logaret visant à détruire le monstre qui est actuellement détenu dans les geôles du château, là, juste sous ses pieds.
Cinq jours ont passé depuis l'emprisonnement de Folquet, après qu'il a été roué de coups. L'homme est d'une résistance peu commune. Il donne l'impression que rien ne peut l'atteindre. Tout juste affaibli par son traitement : plaies et côtes cassées, pataugeant dans ses immondices, le ventre vide sans possibilité de se reposer. Il continue de cracher son venin et d'énumérer toutes les horreurs qu'il a fait subir à ses victimes. La souffrance des autres le faisait jouir, surtout lorsqu'il s'agissait d'agneaux.

Béziers, en deuil, ne cesse de pleurer ses morts. Les cimetières débordent, on doit creuser des fosses dans les rues afin d'en faire des charniers. Personne n'ose plus sortir à l'extérieur des fortifications, de peur de se faire attaquer par les routiers une nouvelle fois. On doit à tout prix éviter les épidémies, avec la chaleur caniculaire qui règne jour et nuit. Heureusement, les puits ne manquent pas, et l'eau y est en abondance.

Nous voilà maintenant rendus au huitième jour de supplice du Boucher. Enfin, celui-ci vacille ! Il s'est efflanqué, son visage s'est émacié de façon spectaculaire, il porte désormais le masque d'un spectre. Il est affamé, assoiffé, pétri de douleur et de fatigue. La peau déchirée par le poids des fers qui lui cisaillent les clavicules, le cou, les poignets et les chevilles. Le voilà plongé

dans l'enfer de la vengeance. Logaret a concocté une fin des plus atroces pour cet homme, qu'il hait au-delà de tout. Depuis une semaine interminable, il ne cesse de se battre contre lui-même, afin de ne pas entamer ce capital patience qu'il a su faire fructifier tout au long de sa vie, comme savent le faire les hommes de foi et d'expérience arrivés à l'âge de « la sagesse ». Une seule chose l'anime, désormais : celle d'être l'auteur des dernières heures du diable. Il ne ferme presque plus l'œil, depuis le jour du massacre de Béziers. Comment imaginer que l'horreur puisse atteindre un tel niveau ? Il en avait vu de toutes les couleurs, sur les champs de bataille. Il y avait passé presque toute sa vie. Mais jamais, jusqu'à aujourd'hui, il n'était parvenu à pénétrer l'intimité de ceux qui agonisaient ; du moins, pas de cette façon. Jamais un lien sacré ne s'était créé. Jamais ses larmes n'avaient coulé. Peut-être devenait-il plus sensible avec l'âge ? En écoutant cette créature sans âme – avec, gravés dans le reflet de sa mémoire, les visages de ces hommes et femmes de bien –, il comprenait qu'il devenait plus humain ! Pourtant, il pressentait que, bientôt, il allait devoir se comporter comme un monstre. Qu'en ce faisant, il se rabaisserait au même niveau que ce diable de Boucher. Il savait aussi, avec certitude, qu'il finirait dans les ténèbres et, inévitablement, qu'il y affronterait encore et encore ce démon. Mais, au fond de son être, il était intimement convaincu qu'un jour viendrait où son cœur, éclairé de paix, retrouverait, dans les strates de lumière, ce Parfait avec qui il échangea quelques mots, entouré de deux beaux anges – une mère et son enfant – que Dieu, rempli d'amour, avait mis sur son chemin.
La roue ? L'écartèlement ? L'éviscération ? Le dépeçage ? Le bûcher ? La noyade ? La pendaison ? La décapitation ? Le pal ? Le mur jusqu'à la fin ? Non, trop singulier ! Logaret désirait ardemment que cette souffrance infligée soit douloureuse, mais, davantage encore, avilissante, afin qu'elle ôte à cette créature tout semblant de dignité.

— Détachez-le du mur ! ordonne-t-il.

À peine ses hommes ont-ils le temps de s'exécuter que celui-ci s'écroule dans un fracas de chaînes. Étalé de tout son long dans ses déjections, il se recroqueville sur lui-même instantanément, sans plus de contrôle, plonge sa langue dans le sol afin d'y laper les résidus vieillissants de son urine brunâtre presque gélifiée, mêlée à la bouillasse infâme de ses fientes piétinées. À peine les a-t-il avalés qu'il vomit tripes et boyaux.

Et Logaret de dire :

— Alors, le Boucher, tu fais dans la délicatesse ?!

Plusieurs de ses hommes, le cœur au bord des lèvres, sortent pour vomir à leur tour. La scène est cruelle. Pourtant, leur maître ne fléchit pas. Le commandeur, comte de Villeponce, a juré sur l'honneur de ne jamais interférer entre le Boucher et son bras droit, il tiendra parole.

— Logaret !

— Oui, Monseigneur ?

— Je ne veux pas en voir davantage. Vous me ferez votre rapport sans fioritures, en allant droit au but, une fois ce mécréant effacé de la surface du monde des vivants.

— À vos ordres !

En le regardant droit dans les yeux, il lui dit :

— Commandeur..., merci !

Et, avec gratitude, il s'incline profondément devant lui.

De Villeponce lui fait un bref signe de tête, pose un instant son regard sur le mort en sursis, puis, d'un air désapprobateur, regarde une dernière fois Logaret, avant de s'en retourner.

— Tu dois avoir faim et soif, Boucher ? Comme j'apprécie ta compagnie et que je suis un hôte réputé pour son hospitalité, je vais faire penser tes plaies, et nous allons t'apporter un bon repas chaud. Profites-en, je suis d'humeur badine aujourd'hui.

— Lavez notre invité !

Quelques instants plus tard, un homme arrive avec un seau d'eau et lui en balance le contenu en pleine face, afin de le décrasser un peu. Puis, ils l'allongent sur un lit de vieille paille et le revêtent de nippes fraîches. La pièce est nettoyée à son tour, après qu'on a eu pris soin de rassembler les déjections du Boucher dans un plat.

Pendant ce temps, en cuisine :

— Ce ragoût de sanglier m'a l'air excellent ! Mêlez-y une fricassée de salsifis bien rôtis, et quelques branches d'épinards. Ce bougre d'ordure va bien se régaler !

Et, juste avant d'emporter le plat, Logaret saisit un petit miroir, le place dans un réceptacle aux bords larges, puis, à l'aide d'un pilon le brise en mille morceaux. Quelques instants plus tard, une poudre grossière et tranchante de minuscules débris de verre est réalisée. À l'aide d'une cuillère, il en saupoudre légèrement le plat, qu'il prend soin de bien mélanger.

Quand il entre dans la cellule, il dit :

— Vois un peu ce que j'ai fait préparer pour toi, Boucher.

Il lui passe alors le plat sous le nez.

— Renifle-moi ça, petit veinard. J'ai goûté ce ragoût, je peux te dire que je n'en ai pas mangé un aussi bon depuis bien longtemps.

Le prisonnier se redresse afin d'attraper sa pitance, mais Logaret lui retire dans l'instant.

— Non, mon ami, tu es bien trop faible. C'est moi qui vais te donner à manger.

Le prisonnier le regarde d'un air méfiant.

— Si, si, j'insiste !

Il attrape alors une cuillère, la trempe dans le plat afin d'attraper un peu de nourriture, puis la fait passer sous le nez de l'affamé pour la lui faire humer. Celui-ci ne résiste pas, et ouvre grand la bouche. Il mâche à peine et avale tout rond sa becquée. Il souffre trop de ses multiples blessures pour ressentir la légère brûlure que subit sa trachée.

« Encore, encore… » sont les premiers mots qui sortent de sa bouche depuis qu'il a été détaché.

Logaret savoure ce moment. Il est désormais le maître ; et la chose immonde qui se trouve devant lui, sa marionnette.

— Oui, oui, voilà !

Folquet se jette sur la seconde bouchée, qu'il mastique davantage cette fois-ci. C'est à cet instant qu'il ressent, entre ses dents, une substance désagréable qu'il n'arrive pas à identifier. Puis une nouvelle sensation douloureuse l'envahit peu à peu. Sa langue, son palais, ses gencives, ses joues ne sont plus désormais que piqûres et brûlures. Sa gorge s'enflamme, ainsi que son œsophage. Il comprend qu'il vient d'absorber quelque chose de certainement mortel, mais il n'arrive pas encore à détecter ce que c'est. Il regarde alors son bourreau d'un air crédule, esquisse un léger rictus :

— Tu veux que je crève comme un chien, n'est-ce pas ?

— Non, mon ami. Jamais je ne ferais à un chien ce que je vais te faire endurer, j'ai bien trop de respect pour eux !

Dans un semblant de râle hoqueteux, il lui répond :

— Tu es pire que moi, charogne !

Il lui postillonne à la face des gouttelettes de salive rose clair. C'est à cet instant qu'il comprend :

— Qu'as-tu mis dans ma nourriture, vile ordure ?

Après un long moment de silence – afin de mettre la patience de sa chose à l'épreuve, et de l'observer –, il s'essuie le visage lentement à l'aide d'un mouchoir immaculé, qu'il exhibe avec désinvolture devant ses yeux, et lui répond :

— Du verre pilé.

— C'est bien ce que je disais : tu es pire que moi, charogne !

— Oui, bien pire !

La résilience

J'ai dans la bouche le goût de mon ennemi. Ma robe est maculée de terre et de sang, je suis écorchée à différents endroits du corps. Quelques passants, inquiets, s'approchent de moi pour savoir si je vais bien. Je les remercie et leur dis que oui. Peu convaincus, et surtout impuissants face à ma détermination, ils poursuivent bon gré mal gré leur chemin. Ce ne sont pas des mensonges ! Curieusement, je n'ai mal nulle part. Je me sens survitaminée, mon taux d'adrénaline est à son maximum. Que m'arrive-t-il encore ? Tout est normal autour de moi. Une fois de plus, je me retrouve au centre d'un théâtre paranormal où se passent des événements d'une violence inouïe, dont je suis – j'en ai bien peur – le facteur déclenchant. Je ne sais pas… Je ne sais plus ! Je viens encore d'assister aux prémices de ce qui aura été le sac de Béziers dans toute son horreur. Pour la seconde fois, j'ai été confrontée à cette créature du diable. Pour la seconde fois, j'ai remporté la victoire. Mais pour combien de temps ? Il faut que je rejoigne Andrey, que je lui raconte ce qui vient d'arriver. Avant, je dois aller chez Martine, car s'il me voit dans cet état, il va s'affoler. Quant à mon vicomte, il va immédiatement lever une croisade.

J'essaie tant bien que mal de me fondre dans le décor. Je marche vite et baisse la tête afin que l'on ne me reconnaisse pas, ou, pire encore, que l'on m'interpelle. Ça y est, je suis arrivée place Saint-Esprit. Les volets sont fermés, comme à l'habitude, afin de conserver la fraîcheur matinale absorbée par les pierres. Je me faufile dans l'escalier, glisse ma clé en silence dans la serrure, entre sur la pointe des pieds. Heureusement, aucune trace de Lilly ni de Martine. L'une comme l'autre, en me voyant, aurait fait une syncope. Je file dans ma chambre, ôte mes vêtements, puis me glisse sous la douche. L'eau tiède sur le froid vient nettoyer mon corps souillé. J'observe l'eau se teinter peu à peu, mêlée aux stigmates du combat acharné que j'ai dû mener. Je revois toute la scène dans ma tête. Comment ai-je pu lui résister de la sorte ?

Comment ai-je eu assez de force pour venir à bout de ces deux monstres ? Y avait-il quelqu'un, un ange gardien, une âme bienveillante pour veiller sur moi ? Puis tout, d'un coup, j'entends les joyeux aboiements de ma Lilly, qui me sortent de mes réflexions.

— Tu es là, ma pitchoune ? Viens vite, je vais préparer le goûter. Je viens de rapporter une tarte aux figues. Tu m'en diras des nouvelles ! J'en prépare une part pour Andrey, le pauvre, il ne faudrait pas l'oublier, peuchère !

Puis, elle se met à chanter. Je file dans ma chambre, me revêts de frais. Ça va. Je pensais que ce serait pire. On ne peut se douter de rien, curieusement ; j'ai même bonne mine. Ma tendre boule d'amour me suit partout, droite et fière, la langue pendante entre ses dents blanches, elle bat la cadence avec sa queue.

— Ah ! Ce n'est pas trop tôt ! J'ai cru que j'allais devoir la manger toute seule, cette tarte. Goûte-moi ça, ma tourterelle. Et n'oublie pas d'en donner un morceau à Lilly.

La bouche pleine de réconfort, je croque à pleines dents, encore et encore. Ma douce Lilly me regarde, avec des yeux de merlan frit. Je ne peux m'empêcher de rire aux éclats. Je suis heureuse d'être là…, tellement heureuse !

— Tiens, ma chérie adorée, regarde ce que j'ai pour toi… Un gros morceau de plaisir.

Elle se jette dessus, gourmande qu'elle est. En la regardant, je m'aperçois, amusée, que ma bouche est aussi remplie que la sienne. Nous mastiquons toutes les deux avec la même avidité. Nos regards complices se croisent, et la voilà qui me sourit. Je ne peux m'empêcher de la serrer dans mes bras et de l'embrasser fort. Dans un élan irrépressible, je bondis en direction de Martine, que je prends à son tour dans mes bras, longuement, très longuement. Je l'embrasse de toute ma tendresse. Le souffle coupé par l'émotion, Martine, les prunelles humides, se laisse faire sans dire un mot.

Il se fait tard. À contrecœur, je dis au revoir à mes deux amies, vais chercher mes affaires dans ma chambre, et m'apprête à rejoindre la Notairie…

Au beau milieu d'un songe…

Le temps est tellement agréable. La chaleur s'est adoucie, le soleil s'est endormi, et, sous le ciel de porcelaine, au cœur de l'heure bleue, je vais rejoindre celui que j'aime.
Comme je l'avais pressenti, je raconte ma mésaventure à Andrey, en essayant de passer sur les détails les plus indigestes, mais celui-ci a du mal à garder son calme. D'habitude, si serein dans les situations les plus problématiques, je le sens cette fois envahi par l'inquiétude. Trencavel le fait tourner en rond, comme un lion dans une cage. Mon Autres se sent impuissant, et ça le rend fou furieux.

— Désormais, nous t'accompagnerons sous bonne escorte où que tu ailles ! Il est hors de question qu'un événement de la sorte se reproduise. Je ne comprends d'ailleurs pas comment il se fait que l'on puisse te mettre en danger de cette façon. C'est absolument inadmissible ! VOUS ENTENDEZ, LÀ-HAUT ? C'EST I-NAD-MI-SSIBLE !

— Cessez de vous énerver, tous les deux ! J'ai déjà enduré suffisamment d'épreuves aujourd'hui pour vous entendre rugir ainsi plutôt que de me réconforter. J'ai besoin de douceur et de tendresse, je me sens à présent fourbue.

— Tu as raison, nous sommes impardonnables ! Tu dois être éreintée, après tous ces périples. Tu as besoin de repos, maintenant.

Dans la salle de bains, je commence à me dévêtir. Je vois le regard d'Andrey qui se pose sur moi. Impuissant, sans oser dire quoi que ce soit, il souffre en silence de me voir ainsi écorchée. Il ravale un sanglot irrépressible, me cache ses yeux bien trop brillants, puis se dirige vers le lit, qu'il me prépare afin que je puisse me reposer. À cet instant précis, ce ne sont nullement mes blessures qui meurtrissent ma chair, mais, plus que jamais, la souffrance de ces deux hommes qui m'aiment corps et âme.

Quelques jours ont passé, sans qu'aucune manifestation des plans intermédiaires ne se produise. Seulement des paroles de la part de mes guides, des mots destinés à m'encourager dans ma mission :

— *« N'aie crainte, nous sommes tout près. Laisse ta peur de côté ! Tu es là où tu dois être. Aie confiance en toi, douce Sophia... Aie confiance en toi. »*

Quelques jours plus tard, m'arrive un message subtil, auquel je ne m'attendais pas :

— *« Prépare-toi, Sophia ! Prépare-toi... »*

Spontanément, je pose cette question :

— Me préparer à quoi ? S'il vous plaît, répondez-moi. À quoi dois-je me préparer ?

Je reste un moment à attendre la réponse, mais rien ne vient. Le silence est total. Affolée, je quitte la chambre en courant vers le salon, afin de rejoindre Andrey et mon vicomte. L'inquiétude doit tellement se lire sur mon visage que mon Autres se lève d'un bond en me voyant. Je leur exprime tout à trac ce que je viens de percevoir ; et, dans mon esprit, des mots en relief se détachent soudain de notre conversation : *« Un homme en armure va venir à toi »*...

Et je m'éveille enfin.

Quelques jours plus tard, chez Martine, Lilly est étalée de tout son long à mes côtés, et je triture dans tous les sens une enveloppe venue tout droit d'Irlande. Cela fait deux jours qu'elle m'attend ! Que dois-je faire ? Dois-je l'ouvrir ?
Si je l'ouvre, n'est-ce pas une façon de trahir Andrey ? Je vais la brûler. Non, je ne peux pas faire ça ! Je vais la lire, puis je la montrerai à Andrey. Non ! je ne peux pas faire ça non plus, car, s'il évoque la première lettre qu'il m'a envoyée dans celle-ci, cela voudra dire que je lui ai menti, la première fois ! Oh, et puis zut ! Je vais l'ouvrir et la lire, un point c'est tout ! Je la rangerai avec

l'autre. Je n'ai pas répondu à sa première lettre, donc, techniquement, je n'y suis pour rien s'il m'écrit. Si j'avais répondu, on aurait pu voir cela comme un encouragement, mais il n'en est rien ! Etan est un homme bien ; cela me coûte de le laisser sans aucune nouvelle. Je sais que je lui fais de la peine. Il n'y a rien de pire que de décevoir ceux qu'on aime. Bon. Se poser cinquante mille questions ne fera pas avancer les choses. Je l'ouvre et j'aviserai après.
Au moment où je déchire l'enveloppe, Lilly redresse la tête pour observer tous mes faits et gestes. Je la lui confie, afin qu'elle l'examine sous toutes les coutures pendant que je déplie la lettre.

« My sweet heart,
Mon cœur saigne pour toi. It is too much pain, il pleure. Je ne savais pas that you were so cruel. Pourquoi tu ne réponds pas ? What have I done except love you ? If what you felt about me was true. Console ma peine, s'il te plaît, and dry my tears which have flowed too much.
A man lost without you.
Etan »

Et voilà que tout vient s'emmêler dans mon esprit : la tristesse, la colère, la fatigue… Que dois-je faire ? Je peux lui répondre. Lui dire en douceur de ne plus m'écrire. Mais est-ce que je le désire vraiment ? La réponse qui me parvient instantanément est un « NON » sonnant et trébuchant. Est-ce mon cœur ou ma tête qui réagit ? Quel est le message ? Que dois-je encore apprendre de tout cela ? Est-ce une épreuve de plus au palmarès de mon expérimentation sur terre ? Ce faisant, est-ce l'ombre ou la lumière que je nourris ? Et si Andrey avait raison ? Si cet homme était bel et bien mon avenir ? Toutes ces questions vont me rendre folle !
Je me remémore soudain ce qu'il me disait : « Sophia, que tu le veuilles ou non, tu n'auras jamais toutes les réponses à tes questions. »
Ça ne peut plus durer, je vais lui écrire ! Je me lève, attrape le bloc-notes, le stylo qui l'accompagne, et m'étale sur le lit à côté de Lilly, qui ne me quitte plus.

Je réfléchis plus que jamais à la tournure que je souhaite donner à ce courrier.

« Cher Etan ». Non, ça ne va pas du tout ! Je déchire la feuille et la roule en boule pour l'envoyer valser dans un coin de la pièce. « Mon cher Etan ». Ce n'est pas mieux ! Rebelote. « Mon tendre ami ». Pffffff ! Et je me dis tout haut : RI-DI-CU-LE ! « Etan ». Oui, je pense que c'est un bon début.

« Etan,
Je ne sais pas par où commencer. Il y a eu beaucoup d'événements qui se sont produits, depuis ton départ. Des choses que je ne peux t'expliquer. Seul Andrey me comprend. C'est pourquoi notre complicité est plus forte que tout.
Je ne veux pas te mentir ! Tu n'as quitté ni mon cœur ni ma tête. Seulement, j'aime Andrey. Je l'aime comme je n'ai jamais aimé. J'ose sincèrement espérer que tu comprends mes sentiments, car toi aussi, tu l'aimes, n'est-ce pas ? Il est ton ami.
Nous vivons quelque chose d'incroyable, lui et moi. C'est pourquoi je ne veux pas que quoi que ce soit, ou qui que ce soit, vienne briser cela. Pas même toi, darling. Il est donc préférable que tu m'oublies. Nous n'avons pas d'avenir ensemble.
Sache néanmoins que les choses auraient été différentes si je n'avais pas rencontré Andrey. Je ne t'aurais jamais laissé repartir seul. Mais la vie est ainsi faite.
Je t'envoie un dernier baiser, my sweet heart. Prends bien soin de toi.
Sophia »

Un peu plus tard, sur le lit où Sophia s'est endormie, l'or du soleil couchant la recouvre légèrement, ainsi qu'une feuille de papier couverte d'encre. Sans bruit, Andrey approche, en faisant un « chut » muet à Lilly. Il s'assied à côté d'elle, se penche afin de lui caresser les cheveux, puis se fige en découvrant par hasard l'en-tête de la lettre adressée à Etan. Il détourne les yeux afin de ne pas être indiscret, mais il a besoin de savoir, c'est plus fort que lui. Il avance alors sa main, qui tremble légèrement,

agrippe entre l'index et le majeur ce courrier qui ne lui est pas destiné.
Après avoir remis la lettre à sa place, en observant sa douce Sophia, il se dit que, s'il devait mourir maintenant, il serait le plus heureux des hommes. Au moment de se lever, il dépose sur le bout de ses doigts un baiser, qu'il laisse s'envoler dans un souffle, afin qu'il vienne effleurer le sommeil de celle qui bouleverse désormais sa vie, puis s'en retourne à la Notairie.

— Andrey ! Pardonne-moi, mon chéri, je me suis endormie.

Je me jette dans ses bras et l'embrasse avec faim. Mon Autres, après ce doux moment de partage, reprend son souffle…

— Ne t'inquiète pas, ma petite fée, Martine m'a dit que tu étais en sécurité, sous la bonne garde de Miss Lilly.

— Tu sais, je crois bien que, désormais, il me serait impossible de vivre sans chacun de vous. C'est un peu comme si vous étiez mon sang et ma chair.

— C'est joli, ce que tu dis !

Je lui souris tendrement et lui demande :

— Mon vicomte est-il présent ?

— Oui, ma mie, toujours à tes côtés.

— Alors, je vais vous relater ce qui m'est arrivé hier. Je vous demanderai d'accueillir tout cela dans le plus grand calme. J'ai vraiment besoin de votre sérénité.

Je devine mon Autres perplexe, voire inquiet. Je le rassure, l'entraîne sur le canapé, m'assieds à côté de lui, me cale comme à mon habitude au creux de son épaule, pour entamer enfin mon récit. Une fois celui-ci terminé, Andrey et Trencavel me regardent ébahis, comme si j'étais l'héroïne d'un roman d'aventures.

Andrey et Etan

Mon frère,

J'ai beaucoup réfléchi avant de coucher les mots que voici sur cette feuille, qui te parviendra dans quelques jours, si Dieu le veut.

Par où commencer ? Peut-être par te présenter mes excuses pour mon comportement lors de cette dernière soirée, que nous avons partagée avant ton départ. J'étais jaloux et en colère contre toi, alors j'ai laissé mes passions prendre l'avantage sur mes convictions les plus profondes. En tant que rose-croix, j'ai failli devant des sentiments que je n'avais jamais éprouvés encore ; un amour exclusif et éperdu pour cette femme dont tu es également tombé amoureux. Comment, par ma seule faiblesse égotique, ai-je pu t'en vouloir à ce point ? Je pourrais te dire que c'est parce que je suis un homme, tout simplement. Mais, au vu du cheminement qui est le mien, que tu ne connais que trop bien, cela n'aurait jamais dû être. Je suis coupable d'avoir trébuché par manque de confiance en moi. Je suis tombé à genoux devant la beauté de cet être singulier. Je me suis effondré, lorsque j'ai ressenti que celui-ci pouvait m'échapper à jamais, afin de s'offrir corps et âme à toi. Encore une fois, toutes mes convictions étaient anéanties. Car on ne possède pas l'autre dès lors qu'on l'aime, non ! Lui rogner les ailes afin de le garder pour soi est le pire acte de cruauté et de désamour qui soit. Libre ! Nous devons le rendre libre, heureux d'être et d'aimer. Rien ne peut nous grandir davantage que cela.

Mon frère, mon ami ! J'ose t'appeler encore ainsi, si, bien entendu, tu l'acceptes, car pour moi rien n'a changé.
Si tu es toujours amoureux de Sophia, comme je le pense, il est important que je te dévoile certains aspects de l'histoire qui nous lie, elle et moi. Comme tu as certainement dû le comprendre, son sang désormais coule dans mes veines, c'est pourquoi je donnerais ma vie pour elle. Mais rien n'est éternel, en ce monde.

Je ne vais pas en rajeunissant. Comme tu le sais, une grande différence d'âge nous sépare, elle et moi. C'est pourquoi je veux pouvoir compter sur toi, s'il devait m'arriver quelque chose, afin que tu veilles sur elle comme je le fais à présent.

Je t'écrivais que Sophia était un être singulier. Lorsque je t'exprimais cela, ce n'était pas uniquement pour te parler de sa beauté, de son charme et de toutes les qualités qui la caractérisent, non. Certains aspects de son être, qui font entièrement partie de sa personne ainsi que de son univers, pourraient te surprendre, voire te déconcerter. C'est pourquoi il est impératif que je te les dévoile. Je tiens à préciser que Sophia n'est pas au courant de ma démarche. Si tu le veux bien, j'aimerais que cela reste entre toi et moi. Je précise que ce que je vais te dire n'est en aucun cas une intrusion dans son intimité, ni dans la nôtre, mais simplement un acte d'amour qui vous est dédié à tous les deux.

La première fois que j'ai rencontré Sophia devant les grilles de la Notairie, quelques jours après mon séjour en Irlande passé à tes côtés, je suis immédiatement tombé amoureux d'elle. J'ai ressenti dans mon âme que cela allait bien au-delà de l'attraction qu'un homme pouvait éprouver pour une femme. Dans ma chair, j'ai senti la morsure de son regard. Ses grands yeux vert émeraude venaient de percer mon cœur à jour. J'ai tout de suite compris qu'elle aussi était tombée amoureuse de moi. Seulement voilà, elle ne le savait pas encore. Je n'avais plus qu'un objectif en tête : l'aider à se révéler à elle-même. Chaque jour, elle venait me retrouver. Nous partions dans des discussions élevées, touchant à la religion, à la métaphysique, à la psychologie, à l'éthique, à l'hermétisme, à son mysticisme, à la spiritualité, à la médiumnité, à la mort... Enfin, au paranormal. Il circulait en elle une vivacité, une ouverture d'esprit tellement incroyable pour une non-initiée. C'est pourquoi d'ailleurs je m'étais posé cette question qui ne cessait de me tarauder l'esprit, je peux bien te l'avouer, moi qui ai été ton maître : à quoi m'avaient servi toutes ces décennies vouées à gravir les échelons de cette fraternité que j'aimais tant, au point d'en devenir un jour l'Imperator, et de me voir submergé en un instant par l'immatérialité de Sophia ? Or j'ai vu danser devant moi le soleil et les étoiles, l'ombre et la lumière, l'air et la terre, l'eau et le feu, les rires et les joies, les peines aussi. J'ai vu l'innocence, le courage et la persévérance. J'ai vu la volonté de s'élever, la peur de ne pas y arriver… Oui, pour la première fois, cet homme aveugle que j'étais a vu en elle tout ce qu'il avait désespérément désiré être tout au long de sa vie d'initié. Désormais, c'est elle qui devenait mon maître.

La plus large tolérance dans la plus stricte indépendance.

Tout prenait véritablement sens !

Une autre dimension totalement inattendue s'est imposée à moi. Celle d'assister à l'éclosion d'une psychopompe en train de se révéler à elle-même. J'étais en plein rêve éveillé.
C'est alors que des événements étranges se sont dévoilés à nous. Des choses d'un autre monde que bon nombre ne sont pas en mesure ni de voir ni de comprendre.

Tu me connais, mon frère : je ne suis pas homme à délirer. Je suis quelqu'un de rationnel. Certes, j'ai la tête dans les étoiles ; comment pourrait-il en être autrement pour un féru d'astronomie ? Mais j'ai également les pieds sur terre, avec des racines profondément ancrées. C'est pourquoi je te demanderai de ne pas me prendre pour un fou, lorsque tu prendras connaissance de la suite de ce courrier, d'ici quelque temps, si, bien entendu, tu me considères toujours non pas comme celui qui t'a initié, mais tout simplement comme ton ami.

Affectueusement.
Andrey

Mon Maître, mon ami,

Tu ne peux pas savoir à quel point je suis soulagé et heureux de te lire. Le chagrin de notre séparation m'a meurtri. Ce soir-là, j'ai cru perdre définitivement la personne qui a le plus compté pour moi dans la vie, ainsi que la femme que j'aimais.

Oui pour tout, Maître ! Oui pour te serrer à nouveau dans mes bras fraternellement. Oui pour veiller sur Sophia, bien évidemment. Mais sera-t-elle disposée à ce que ce soit moi qui m'en occupe, si malheureusement tu venais à disparaître ? Je n'en suis pas certain.

Elle m'a écrit, tu sais ! Ne plus avoir de nouvelles de vous deux m'était devenu tout simplement insupportable. Alors j'ai voulu tenter une approche. Elle n'a pas répondu à ma première lettre. Désespéré, je lui ai écrit une seconde fois. Je voulais savoir si elle avait encore quelques sentiments pour moi. Je voulais également qu'elle sache que je n'avais pas cessé de l'aimer, même après nos adieux glaciaux.

En recevant sa réponse, je m'en suis voulu. J'ai eu la triste sensation de te trahir. Ce n'était pourtant pas là mon but. J'étais juste aveuglé par mon amour pour elle. Je veux que tu saches que je n'étais pas au courant de votre liaison. Je te jure sur mon honneur que si cela avait été le cas, je n'aurais jamais osé poser les yeux sur cette femme qui nous relie tous les trois malgré nous. Dans ma folie d'homme anéanti par le chagrin, j'ai voulu tenter une dernière fois ma chance. Sois-en persuadé, ni toi ni personne au monde n'aurait pu m'empêcher d'aller jusqu'au bout de ma démarche.

Il faut que je sache exactement ce que tu attends de moi. Quel rôle désires-tu que je joue dans notre histoire ? Celui de l'homme de l'ombre qui rejaillira des ténèbres lorsque tu ne seras plus ? Un peu comme un opportuniste, une sorte de pansement sentimental ?

Sophia t'aime inconditionnellement. Je ne peux qu'être heureux pour vous. Tu es un homme comblé. J'avoue honteusement que je donnerais tout pour être à ta place. Mais vous êtes également les deux êtres qui comptent le plus pour moi. Suis-je un homme damné, pour vivre cela ?

Dans sa lettre, Sophia m'a dit adieu. Cela veut dire qu'elle tire un trait définitif sur notre relation. C'est pourquoi j'attends que tu m'éclaires, mon ami.
Azaïs et moi n'avons pas été dupes, cette fameuse soirée. L'atmosphère qui régnait à la Notairie était très pesante. D'un seul coup, pendant votre absence prolongée, elle est devenue tout

simplement glaciale. Nous avons tout de suite compris que quelque chose d'anormal était en train de se passer. Lorsque la porte s'est ouverte et que nous vous avons retrouvés si étroitement enlacés, mon cœur a cessé brutalement de battre. Il s'attendait à tout, mais pas à cela.

Pour ce qui est de Sophia et de sa singularité, j'ai tout de suite ressenti que quelque chose de particulier l'animait. Un je-ne-sais-quoi d'impalpable, de mystérieux. Peut-être par pudeur, je ne lui ai jamais posé de questions. Je dois avouer qu'elle ne s'est jamais ouverte à moi non plus. Tu vois, ce lien si fort qui vous unit ne s'est encore jamais tissé entre nous.

Je suis impatient de lire ce que tu désires me confier, quant aux événements insolites qui vous sont arrivés. Tu sais combien mon esprit est ouvert. Donc, même si je ne suis pas encore en mesure de tout comprendre, je peux tout accueillir.

À bientôt, mon ami.
Etan

Mon ami,

Comme je te l'ai promis, voici la suite de ce qui nous préoccupe désormais.
Il faut que je te parle d'un personnage des plus importants, dont nous t'avons caché l'existence, par la force des choses. Il s'agit du vicomte Raymond-Roger Trencavel. Il est mon hôte, ainsi que l'amant de Sophia.

Je devine avec amusement – j'espère que tu me pardonneras mon côté espiègle – l'atterrement s'afficher sur ton visage ; ce qui semble, ma foi, fort compréhensible. C'est pourquoi il faut que j'éclaire ta lanterne au plus vite, afin de dissiper cela. Cet homme n'est plus fait de chair et de sang, au sens propre du terme, depuis fort longtemps, car il est d'une autre époque que la nôtre. Pour faire simple, c'est un haut personnage qui a marqué de son empreinte l'histoire de l'Occitanie au treizième siècle. Je sens ton soulagement transpirer jusque dans cette pièce. Mais, afin d'être le plus transparent possible, je ne peux faire autrement que de

t'inviter à le modérer. C'est cet homme qui va fort probablement causer ma perte l'un de ces jours prochains. Mais, si tu le veux bien, nous allons aborder, dans un premier temps, ce qui se rattache à Sophia.
Par où commencer ? Je crois que je vais tout simplement te parler de sa reliance à Béziers, ainsi que de ses capacités extrasensorielles.
Pourquoi certains endroits nous attirent-ils plus que d'autres ? Pourquoi, dès lors que nous battons le pavé d'un lieu que nous avons la certitude de connaître sans y avoir jamais été, cela fait ressurgir de la terre les entrailles de notre histoire ? Pourquoi Sophia, en foulant le sol de Béziers, s'est-elle retrouvée confrontée à l'impensable ? Pourquoi celui qui l'a aimée jadis a-t-il resurgi d'outre-tombe pour la reconquérir à nouveau ? Pourquoi sommes-nous désormais liés, cet homme et moi, comme des frères siamois ? Pourquoi la destinée nous a-t-elle réunis tous les trois – toi, moi et Trencavel – autour de cette femme ? Pourquoi ?

À peine Sophia avait-elle franchi le seuil de la vieille ville que des phénomènes étranges ont commencé à se produire. Ses capacités ultrasensibles étaient en effervescence. Le Moyen Âge, désormais, devenait omniprésent ; plus précisément, la période à laquelle a eu lieu le sac de Béziers. Décors et individus se manifestaient à elle, n'importe où, sans prévenir. C'est alors que Trencavel a fait son apparition. Tout a commencé par une sensation d'être observée, puis, petit à petit, cette sensation est devenue tactile. Et c'est au moment où nous avons commencé à nous rapprocher, Sophia et moi, que Raymond-Roger est devenu plus précis dans ses attentes. C'est ainsi qu'une double relation amoureuse était en train d'éclore. Puis le vicomte a pris vie physiquement, presque aussi matériellement que toi et moi. Mon frère, tu dois me prendre pour un illuminé ? Et pourtant, je peux t'assurer que j'ai gardé raison.

C'est ainsi qu'une série de manifestations des plus violentes a eu lieu sous le regard désarmé de la femme que nous aimions. Désormais, le passé et le présent se confondaient étroitement, prenant pour otage notre Sophia.
Puis, un autre personnage est apparu. À l'inverse de Raymond-

Roger, qui était là pour veiller sur celle qu'il aimait, le nouveau venu était arrivé pour tenter de nous détruire, elle et moi. C'est lors de cette fameuse soirée, où nous étions réunis, qu'il a fait une première tentative, mettant tout en œuvre pour m'anéantir, pour que je ne puisse plus venir en aide à ma protégée. Par je ne sais quel miracle, Sophia m'a sauvé de ses griffes. C'est là que vous êtes arrivés, toi et Azaïs, après le calvaire que nous venions de partager – enlacés et plus reconnaissants que jamais d'être en vie. Lors de cette soirée après votre départ, le vicomte m'a incorporé. C'est pourquoi désormais lui et moi ne formons plus qu'un seul et même être.

Surtout, mon ami, ne va pas croire que cette situation nous est insupportable, Bien au contraire ! C'est d'ailleurs ce qui nous pose problème, désormais. Car, lorsque Sophia aura mené sa mission jusqu'au bout, je t'en reparlerai dans une prochaine lettre. Notre aimée psychopompe devra raccompagner notre Autre, le vicomte, dans les plans de lumière, si celui-ci le lui demande. Mais nous ne savons pas, en faisant cela, ce qu'il va advenir de moi. C'est pourquoi je te disais que cet homme fort et vigoureux, à la droiture sans faille, qui vit en moi désormais, risque probablement, sans le vouloir, de causer ma perte.

Mon cher Etan, je devine l'état dans lequel je te laisse. J'espère que tu me pardonneras, et, plus encore, que tu conserveras ta foi en moi, malgré ce que tu dois prendre pour des élucubrations de vieillard.

Je t'embrasse comme je t'aime, du fond de mon cœur.

Ton ami dévoué.
Andrey

Andrey,

Je suis assommé par ce que je viens de lire. Comment tout cela peut-il être ? Bien entendu, je ne remets pas en question ce que tu m'as raconté, ni même ton équilibre psychique, même si… tout cela est tout de même difficile à croire pour le cartésien que je suis.

Pardonne-moi, mais je ne saisis pas cette phase d'incorporation. Comment ce vicomte peut-il se retrouver en toi ? Comment un mort peut-il ressusciter ? Surtout, comment peut-on tomber amoureux d'un mort ? Je suis dépassé par les événements. Les questions que je voudrais te poser sont : où est ma place, dans votre trio infernal ? Comment peux-tu savoir que lorsque cet homme aura « quitté ton corps » tu ne lui survivras pas ? Comment cet homme, ce Raymond-Roger Trencavel, interagit-il avec toi au quotidien ? Sort-il également de ton corps pour rejoindre Sophia ? Chacun son tour, pour un moment de plaisir avec elle ? Rien que cette pensée m'horrifie et me dégoûte !

Toi, mon ami, mon frère depuis toujours, comment peux-tu accepter cette mascarade, si ce que tu me dis est bien réel ? Et Sophia, que je croyais irréprochable ! Ah, ah ! Comme je me suis fourvoyé ! Quel imbécile je suis !
Tu l'auras sans doute compris : j'ai besoin de temps pour réfléchir. Je croyais être un homme suffisamment ouvert d'esprit, mais, à cet instant précis, je comprends que je ne le suis pas du tout.
La question qui me vient à l'esprit est : si toi tu n'es pas fou, alors peut-être est-ce Sophia qui t'entraîne dans sa démence ? L'amour est, paraît-il, aveugle ; alors quoi de plus naturel que de suivre l'être aimé dans ses errements par pure fidélité ? Je t'en supplie, mon ami, reviens à la raison !

Sache que si tout ceci est une farce, je rirai de bon cœur avec toi, avec vous. Et si ce n'est pas le cas ?...

Mais, pour le moment, je ne peux faire autrement que de prendre du recul.
Je ne te dis pas à bientôt. S'il te plaît, ne m'écris pas, car je ne suis pas d'humeur à te lire.

Etan

Andrey, mon frère,

Je te demande, non, je te supplie de bien vouloir pardonner mon comportement, ainsi que tout ce que j'ai pu t'écrire de vil, la dernière fois. Comme je m'en veux ! Comme je me maudis !

Tu dois te dire : « Pourquoi ce revirement soudain ? » Et tu as raison !
Des événements inimaginables se sont produits, après avoir posté ma lettre il y a deux jours. Peut-être les recevras-tu toutes les deux en même temps ?

Installé ce matin à mon bureau afin d'écrire à John, mon frère, je ressens instantanément que la température se met à chuter, au point de devenir glaciale. Toujours assis, je me frictionne vigoureusement les bras, me frotte les mains afin de les réchauffer. Je m'aperçois, en voulant souffler dessus, que de la buée sort de ma bouche. Je regarde par la fenêtre : pour une fois, le ciel est bleu, et la température printanière. Je me lève afin d'aller chercher un pull, mais à peine ai-je le temps d'amorcer un mouvement, que je me sens plaqué à mon siège par les épaules. Impossible de bouger ! Je te laisse imaginer mon désarroi. Je tente alors, de toutes mes forces, d'y parvenir encore une fois, mais je me sens maîtrisé par une force beaucoup plus puissante que la mienne. J'ai peur ! Alors je me mets à penser à toi, à Sophia, à cette lettre que tu m'as écrite et que j'ai dénigrée. Sans plus rien maîtriser, je laisse mon regard fureter sur le bureau, puis arrêter sa course sur mon stylo. Impossible de détourner mes yeux de celui-ci. Au bout de quelques secondes, je remarque une légère vibration le faire trembler, puis se propager jusqu'au bout de mes doigts. Sans que je ne puisse encore une fois rien contrôler, ma main l'attrape et commence à écrire hors de ma volonté :

« Sophia va avoir besoin de ton aide, l'ami ! Ne l'abandonne pas ! Et ainsi tu grandiras au côté de Dame Sagesse. Ton Maître t'attend. Va ! »

Dans la seconde qui suit, je me sens libéré. Plus d'entraves, plus de froid, mais ce mot qui ne m'appartient pas, que je relis en boucle. Que vient-il de m'arriver ? Je viens de vivre les minutes les plus longues de ma vie. Je ne suis pas vraiment certain de comprendre, mais ce que je sais, c'est que ce que je prenais pour

des élucubrations s'est, d'un seul coup, transformé en faits. Malheureusement, je ne peux rien prouver de façon scientifique à mon niveau – ce qui me frustre plus que tout, moi le cartésien. Je revois donc, dès à présent, ma façon de penser et de percevoir les choses.
C'est pourquoi je te demande encore une fois de bien vouloir me pardonner. Ne sois pas blessé par mon comportement, par mes mots..., car tout cela n'est issu que du fruit de ma peur et de mon ignorance, rien d'autre.

Écris-moi, mon ami, je t'en supplie, réponds-moi !

Etan

Le maître du diable

Vingt-quatre heures se sont écoulées après que Logaret a fait ingérer un peu de sa mixture au Boucher. Celui-ci s'est encore affaibli. Tout son système digestif est à vif. D'imperceptibles saignements teintent ses lèvres et souillent son froc. Le moment est arrivé pour notre capitaine de poursuivre son implacable dessein. Car, malgré la sensation de brûlure qui gagne peu à peu en puissance, l'homme a toujours désespérément faim.

— Comment vas-tu, l'ami ?

L'autre, avant de lui répondre, crache dans sa direction et le manque.

— Eh bien, tu ne sais plus viser ? dit-il avec bonhomie.

Essoufflé par la douleur, il lui répond :

— Approche donc un peu. Je vais te montrer ce que je suis encore capable de te faire !

— Allons, allons ! Je ne suis pas venu ici pour te faire la guerre. D'ailleurs, il ne te sera plus rien infligé qui puisse te faire du mal… Du moins, pas trop.

— Que me vaut ce traitement de faveur ?

— Juste l'envie de te voir te vautrer dans ta fange, et de t'entendre m'implorer de t'achever.

— Et comment vas-tu t'y prendre ?

— Oh, c'est assez simple.

À cet instant, un homme entre dans la cellule, afin d'y apporter un repas pour le condamné.

— Hume-moi ça !

— Quoi, tu l'as encore saupoudré de poudre de verre ?

— Non, pas encore. Ça, je vais avoir l'immense plaisir de le faire devant toi, tout à l'heure.

— Pourquoi cet acharnement ? Toi et moi sommes des meurtriers, alors à quoi bon jouer à ce jeu ? Élimine-moi une bonne fois pour toutes, et n'en parlons plus !

— Oui, tu dis vrai, le Boucher ! J'ai tué plus que de raison, comme toi. J'ai combattu des hommes qui n'étaient pas pires que nous ; et, pour certains, bien meilleurs que nous ne le serons jamais. J'ai donc commis des actes dont je ne suis pas fier, chaque jour que Dieu fait ; je m'en repens. Ce qui nous distinguait jusqu'à présent l'un de l'autre avait pour seul nom « la barbarie » ! Jamais, je n'en ai usé. Jamais je ne me suis employé à faire souffrir par vice mes victimes. Jamais je n'ai levé mon épée sur une femme, un enfant, un vieillard, et pas même sur un animal. Ce que j'ai vu ces derniers jours, et qui porte ta signature diabolique, a atteint le fond de l'horreur. C'est pourquoi tu es désormais l'unique créature que je ferai mourir par ma seule cruauté.

— Crois-tu que j'ai toujours aimé tuer ? Non ! Je n'ai pas eu le choix, du moins pas au début. Que veux-tu ? La vie est ainsi faite, j'y ai pris goût. C'est rapidement devenu une routine. Et j'avoue que je commençais à m'ennuyer.

— Ta vie ne m'intéresse pas, cloporte !

Mais l'homme continue son récit sans réagir :

— Que je me trouve dans un pays voisin, dans une région inconnue, je voyais toujours les mêmes expressions sur les visages de mes victimes. Toujours la terreur, puis le sang, les cris…, et plus rien. C'est là que j'ai commencé à me demander comment je pouvais changer cette imperfection macabre, ce néant, en quelque chose de vibrant, d'époustouflant. Et tout s'est éclairé lorsqu'un jour je pénétrai dans une église, non pour y prier, mais pour y rapiner. Je me suis arrêté devant une peinture représentant le Christ sur la croix, entouré de ceux qui l'avaient condamné. J'ai trouvé leur joie tellement révélatrice, sa souffrance à lui tellement belle, et son supplice si délectable que j'en eus une révélation divine. C'est là que j'ai compris que je devais exceller dans mon art de faire souffrir. Il me fallait désormais maîtriser toute l'ordure du monde pour la faire mienne ; ce que je fis avec talent, je dois bien l'avouer !

— Si je comprends bien, tu te considères comme étant un artiste envoyé par le Christ ?!

— Non. Moins modestement que ça, je me considère comme un génie ! Un génie du mal. D'ailleurs, regarde la haine que cela a déclenchée en toi. Faut-il que j'aie atteint les plus hauts sommets de mon art morbide pour que tu désires te comporter avec moi de façon aussi infamante, toi, l'homme de Dieu ?

— Tu veux dire que toutes ces scènes d'horreur que nous avons découvertes en pénétrant dans la cité ne sont autres qu'une galerie dédiée à tes chefs-d'œuvre ?

— Oui !

— Et l'enfant et sa mère ?

— Non ! Ça, c'était de l'improvisation. Je dois bien avouer que j'avais d'autres projets pour ce qui était de la scène finale avec la femelle, mais bon ! J'ai dû innover, au vu de l'urgence de la situation. J'avoue modestement que je suis assez fier de moi.

Il pousse alors un ricanement, entre deux râles glaireux.

Le capitaine, en écoutant cette « chose » se vanter de ses exploits – avec, planté dans son regard, un air de défi –, serrait les poings de toutes ses forces, avec au cœur une envie de vomir, de lui sauter dessus pour mettre fin à ses jours, en l'étranglant à mains nues. Il se reprit :

— Tu dois avoir faim, l'ami ! Regarde un peu ce que nous t'avons préparé.

Le plat avait été placé au-dessus d'une flamme afin de le maintenir au chaud. Le civet de sanglier embaumait toute la pièce. Une miche de pain frais avait été posée à côté, le tout accompagné d'une carafe de vin. Logaret, avec de grands gestes, entame la croûte dorée contre laquelle se trouve une mie moelleuse, trempe le tout généreusement dans la sauce, en glanant par-ci par-là quelques morceaux de gibier confit. Puis il enfourne le tout, les joues gonflées comme celles des écureuils faisant leurs réserves, en ne manquant pas de se délecter au passage. Pour finir de se vider la bouche, il se sert un bon verre de vin qu'il boit à grandes gorgées, avant de finir sur un rot sonore, suivi d'un « haaaaaa » de contentement.

— Eh bien ! Le Boucher, tu vas te régaler.

L'homme salive à un tel point que les commissures de ses lèvres ont perdu toute étanchéité. C'est alors qu'il risque un :

— J'ai faim !

Sans attendre, Logaret répond :

— Mais bien sûr, l'ami, je manque à tous mes devoirs !

Il prend un grand bol et, à l'aide d'une grosse cuillère, le remplit copieusement. Il le dispose sur un plateau, avec à côté une grande tranche de pain, sans oublier un gobelet de vin. Il se dirige vers le Boucher, afin de lui tendre son repas. Le prisonnier tend les mains à son tour pour l'attraper, et au moment de le saisir Logaret s'arrête, et fait marche arrière.

— Suis-je distrait ! Avec tout ça, j'oubliais le plus important.

Il glisse sa main dans une bourse, en sort une fiole, l'ouvre, et, dans un léger bruit cristallin, en disperse le contenu sur le plat. Il mélange le tout soigneusement, et, au moment où il s'apprête à tendre son repas au prisonnier, il ôte du plateau le pain et le vin.

— Voilà. Régale-toi !

Alors, dans un sanglot ravalé, Folquet balance le plateau, qui va atterrir contre le mur.

— Plutôt crever que de manger ton plat assaisonné de verre !

— Comment ça, l'ami ? Je te trouve bien ingrat.

— Va au diable !

— Mais j'y suis déjà, puisque je suis avec toi !

Il fait un signe de la tête à l'un de ses hommes, afin qu'il lui apporte un second plateau garni de nourriture. L'homme avance avec un masque sur le visage. Logaret se couvre le nez avant de le saisir. L'odeur qui s'échappe de l'un des récipients est tout simplement immonde. Le prisonnier a un mouvement de recul, et s'apprête à vomir.

— Je ne te savais pas si délicat ! Bon, on va causer, tous les deux. Voilà ce que je te propose. D'un côté, tu as un bol de civet absolument délicieux légèrement saupoudré de verre ; si tu le manges, tu auras droit à un bon verre de vin et à un morceau de pain. De l'autre, tu as un bol rempli de tes excréments, mais non saupoudré de verre. Si tu le manges, tu auras également droit à un bon verre de vin pour te rincer la bouche, et à un morceau de pain frais pour faire passer le goût. C'est donc à toi qu'il appartient de savoir comment tu vas te nourrir.

— Plutôt crever, tu entends ? Plutôt crever que de manger ça !

— Je me doutais bien que tu opposerais quelque résistance. C'est bien ennuyeux… pour toi ! Je crois que tu n'as pas bien compris le principe : tu dois faire un choix afin de pouvoir manger sans contrainte ; sinon, ce sont mes hommes et moi qui allons devoir te nourrir de gré ou de force. As-tu bien saisi ce que je suis en train de t'expliquer ?

Folquet se recroqueville alors sur lui-même et plonge sa tête entre ses genoux. Pour la première fois de sa vie, il prie.

Au même instant, le sourire au coin des lèvres, le capitaine fait un signe de tête à trois de ses hommes afin qu'ils le rejoignent. Tranquillement, il enfile ses gants. Il attrape l'immonde mixture, pendant que le Boucher se fait empoigner solidement. Il trempe alors la cuillère dans le plat de déjections, la remplit abondamment, puis commence à la diriger vers la bouche de sa chose qu'un troisième homme agrippe par le front et la mâchoire. L'homme commence alors à se débattre comme un forcené, en poussant des gémissements mêlés à ses pleurs. Mais Logaret, sans aucune pitié et plus déterminé que jamais, lui pince alors le nez au point de le lui arracher. L'homme meurtri commence à suffoquer, puis, au bord de l'asphyxie, ouvre enfin une bouche béante pour inspirer une once d'air. Le capitaine ne lui laisse pas le temps de reprendre son souffle et l'enfourne. Sa bouche dégoulinante est maintenue fermée de force, son nez est broyé, on ne lui laisse pas d'autre choix que celui d'avaler. Les soldats, qui ont le cœur au bord des lèvres, jettent à celui qui les dirige un regard rempli de dégoût et d'incompréhension. Pendant ce temps, la créature, qui est devenue la chose du capitaine, pleure et supplie comme un enfant. Une heure plus tard, le bol et la pièce sont vides. L'homme, qui s'est répandu par la force des choses, baigne à peine conscient dans ses excréments et son vomi. On le place alors dans une petite cellule afin que le grouillot chargé de ramasser ses immondices puisse accomplir la tâche qui lui est assignée.

Plus tard dans la nuit, comme un murmure, cette supplique résonne :

— Aide-moi, mon Dieu… Aide-moi, s'il te plaît ! Je m'en remets à toi. Je sais que je me suis comporté comme un monstre, que j'ai aimé ça et que je ne mérite pas ta clémence. J'ai été la pire de tes créatures. Mais, désormais, je me repens en t'ouvrant mon cœur. Vois, toi qui sais lire en chaque être, scrute mon âme et accueille ma prière sincère. Je t'en supplie, mon Dieu, je m'en remets à toi. Aide-moi à mourir dignement.

Le lendemain, quand sonnent les douze coups de midi, Logaret, accompagné de trois de ses sbires, pénètre dans la cellule. Un homme chargé d'un plateau de nourriture entre à son tour. Quelques instants plus tard, un hurlement inhumain transperce les murs de la forteresse. Gémissements, cris et sanglots font désormais partie du nouveau décor des geôles de la forteresse des Trencavel.

Deux jours s'écoulent, pendant lesquels le supplice continue. La créature du capitaine, qui fut jadis le Boucher, désormais privé de toute dignité, se met enfin à supplier son bourreau.

— Tu deviens raisonnable ? Voilà une bonne nouvelle ! Ne crois pas que ce soit un plaisir pour moi de t'avilir de la sorte, non ! Je suis juste heureux à l'idée que tu puisses mourir « lentement » en te noyant dans la fiente de ton âme.

— Qu'on lui apporte du civet, du pain et du vin ! Faites-lui une toilette et changez-le, afin que nous ne soyons pas obligés de supporter son immonde puanteur. Nettoyez les lieux et faites apporter une table et des chaises.

Les deux hommes sont attablés l'un en face de l'autre. La table est dressée, deux bols de civet chaud et parfumé sont prêts à être servis. Logaret verse du vin dans les verres, en tend un à son hôte, qui le boit avidement.

— Encore !

— Attention, pas si vite, tu vas t'étouffer l'ami ! dit Logaret en riant.

Les deux bols sont déposés devant le capitaine, qui sort de sa poche une fiole de verre pilé, l'ouvre lentement, puis en saupoudre le plat dédié au prisonnier, avant de le mélanger et de lui tendre. Folquet le regarde faire sans mot dire, puis se jette dessus et le vide en quelques secondes. Le sang rose tendre de sa salive commence à colorer ses lèvres.

— Encore !

— Non, l'ami ! Il ne faudrait pas que tu meures trop vite. Donnez-lui un petit morceau de pain et un autre verre de vin, puis bouclez-le.

Sophia se réveille en sursaut. Elle vient de faire un rêve étrange. Un homme plongé dans le noir est en train de prier dans d'horribles souffrances, le visage blotti dans la paume de ses mains. Une lumière venue de nulle part l'enveloppe soudain. Il est alors baigné dans un halo blanc. Il lève la tête et regarde dans sa direction, elle voit le masque de la mort peint sur son visage. Ses yeux, injectés de sang, remplis de larmes rosées, la fixent. Il lève son bras et la pointe du doigt, puis dit :

— *Ô Sagesse miséricordieuse, viens me chercher et montre-moi le chemin qui mène au royaume des cieux.*

Alors, Sophia tend sa main dans la direction de l'implorant, puis l'effleure de son doigt. La lumière blanche devient éclatante et envahit toute la pièce. Quelques instants plus tard, lorsque celle-ci disparaît, elle emporte le décor et le moribond.

— Que comptez-vous faire de lui ? Il ne va pas tarder à passer. Ne pouvez-vous le laisser mourir en paix ?

— Non, commandeur ! Le sang lui pisse de partout. Je vais arrêter d'assaisonner son plat pendant quelques jours. Je n'en ai pas encore fini avec lui. Il ne crèvera pas maintenant !

— Savez-vous qu'en faisant ça vous serez damné pour l'éternité ?

— Oui. Nous sommes tous les deux damnés !

— J'ai bien peur de l'être moi aussi qui cautionne votre vengeance. Lorsque je vous ai donné ma parole de ne pas intervenir, jamais je n'aurais pensé un seul instant que vous puissiez atteindre un tel degré d'infamie. Vous, capitaine Logaret, celui à qui j'aurais confié ma vie et celle de mes proches sans hésitation, qu'êtes-vous donc devenu ?

— Tout simplement, le bras vengeur de cette boucherie !

— Êtes-vous bien certain de ne pas vous servir de ces événements dans le but d'assouvir vos propres pulsions assassines ?

— Comment pouvez-vous croire ça ? Vous savez qui je suis ?!

— Non, Logaret ! Non, je n'en ai plus aucune idée. Et sachez que si vous ne faisiez pas partie de ma garde rapprochée, si je ne vous avais pas donné mon aval pour cette abomination, je vous ferais arrêter sur-le-champ, et condamner au mur. Vous me dégoûtez !

— Seriez-vous devenu sensible avec l'âge, commandeur, comte de Villeponce ?

— Vous ne devriez pas outrepasser vos fonctions et oublier le respect que vous me devez, car, soyez-en certain, je suis à « ça » de cesser cette mascarade et de vous mettre aux arrêts. Finissez-en au plus vite, ou c'est bientôt vous qui prendrez sa place. Me suis-je bien fait comprendre ?

— Oui…, Monseigneur !

— Bien.

Une fois seul, Logaret appelle deux de ses hommes en qui il a le plus confiance :

— Déplacez le prisonnier dans la partie la plus au nord du château. Nous allons l'enfermer dans l'une des caves qui sert désormais de charnier. Mettez-lui les fers aux pieds. Agissez dans la plus grande discrétion. Une fois que ce sera fait, récupérez un cadavre sur place qui lui ressemble et amenez-le-moi ici. De Villeponce désire qu'il trépasse rapidement. Qu'à cela ne tienne, je vais exaucer son souhait !

Quelques heures plus tard, le tour de passe-passe est réalisé. Folquet se retrouve entouré de morts, dans le lieu le plus sinistre qui soit sous le château. L'endroit est tellement humide que les murs de pierres suintent. On a planté des pieux dans les parois afin d'y fixer les courtes chaînes qui entravent désormais ses chevilles. Le Boucher tremble, il a froid et peur. Les cadavres en décomposition empuantissent la pièce. Bientôt, il les aura rejoints.

Pendant ce temps, on rase le crâne d'un cadavre repêché dans une des fosses communes de la citadelle, on le revêt des nippes souillées de Folquet, puis on le défigure.

— Livrez-le ce soir au commandeur, comte de Villeponce, en lui remettant ce pli avec mes compliments.

— Ce sera fait !

Logaret, content de lui, se dirige là où désormais il va poursuivre sa vengeance, sans que quiconque n'interfère dans ses plans.

— Pourquoi m'as-tu fait transférer ici ?

— Eh bien, je voulais que tu te sentes abandonné de tous, surtout de Dieu, que tu pries, m'a-t-on rapporté, un peu trop ces derniers temps…

— Tu veux donc tout me prendre ?

— Oui, absolument tout !

— Tu n'y arriveras pas ! Quelque chose s'est produit que je ne peux expliquer. Une lumière dans le noir m'est apparue, une chaleur douce et pénétrante m'a alors enveloppé, puis l'amour m'a nourri en abondance. Tout cela est désormais en moi, et tu ne peux l'atteindre.

— Tiens donc, la foi t'a traversé ? Comme c'est touchant ! Toi qui as massacré sans distinction chrétiens, juifs et Parfaits, en les faisant brûler dans l'église de la Madeleine ? Tiens-le-toi pour dit : Dieu ne veut pas de toi !

— Non, Logaret, tu te trompes !

— Nous en reparlerons en temps voulu, lorsque j'aurai terminé de te briser, lorsque tu ne seras plus qu'une ombre ; nous verrons bien si tu as encore la force de prier. De plus, comme la chaleur t'a traversé, ainsi que la lumière, tu n'auras désormais plus besoin de couverture ni de chandelle. Comme tu es également nourri d'amour, tu ne dois plus avoir très faim de nourriture terrestre. Tu n'auras donc pas de repas ni aujourd'hui ni demain. Qu'on le laisse croupir sans visite !

Étendu à même le sol, sans véritable possibilité de se mouvoir, le presque mort, tout sanguinolent, est recroquevillé sur lui-même, tremblant de tous ses membres. Ses forces le quittent un peu plus à chaque instant ; il se sent enfin prêt à quitter ce monde.
Au moment où il s'apprête à s'abandonner, quelque chose d'étrange vient troubler l'implacable enfer. L'homme, à bout de vie, se redresse lentement en usant des dernières forces qui lui restent, afin de se camper sur les genoux. Il lève la tête puis tend sa main dans le vide en prononçant le prénom de « Sophia » ! Et un sourire illumine son visage.

— Faites-moi votre rapport, je vous écoute.

— Mon capitaine, l'homme passe son temps à prier. Il répète sans cesse le nom de « Sophia ». Puis il implore Dieu de lui venir en aide.

— « Sophia » ! Mais qui peut bien être cette femme ?

— Je ne sais pas, mon capitaine, mais ce que je peux dire, c'est que le fait de chanter son nom lui a redonné des forces.

— Il chante son nom, dis-tu ?

— Oui, mon capitaine.

— Se plaint-il d'avoir faim ?

— Non, mais il est gagné de crampes au ventre. Et puis…

— Et puis quoi ?

— Il baigne dans son sang, mon capitaine ! À tel point qu'il finit par empester la charogne, comme les cadavres qui l'entourent. Avec ce traitement que nous lui faisons subir, il devrait déjà être mort depuis longtemps. Mais on dirait que la force le regagne petit à petit.

— Eh bien, nous allons lui faire passer l'envie de chanter. Fais dresser la table dans la remise, à côté des cuisines, comme pour les jours de fête, et fais-nous préparer un festin digne d'un roi… Ah oui, j'oubliais ! Que l'on me trouve également une tenaille.

La table rectangulaire est recouverte d'un drap en fil brodé. Au centre, une belle coupe d'argent éclabousse de ses roses écarlates la pâleur des lieux. Rehaussées d'une fine couche d'or, de grandes assiettes blanches garnies des mets les plus fins sont déposées devant Logaret et Folquet. Une aiguière en étain, remplie jusqu'à la gueule, verse dans les coupes son vin le plus délicat. Pour couronner le tout, un troubadour accompagné de son luth entonne sa dernière création : *La Chanson de la croisade*, en pénétrant les lieux.

« [... Quand le comte de Toulouse, à qui était Beaucaire, vit que le vicomte son neveu lui était contraire et que tous ses ennemis lui voulaient faire la guerre, il sut bien que les croisés ne tarderaient guère à le poursuivre jusqu'en son plus profond repère...]. »

— Regarde un peu comme je te gâte, rien que pour tes oreilles et tes yeux. Guillaume de Tudèle, le plus célèbre des ménestrels, est venu, sur ma demande expresse, chanter pour toi. Tu es content, j'espère ?

— Que me réserves-tu encore comme tour pendable ? demande faiblement le mourant.

— Comment ? Moi qui fais tout pour te plaire, je n'entends sortir de ta bouche que des paroles remplies de suspicion. Quelle ingratitude !

Puis, à voix basse, il lui dit :

— Cependant, l'ami, un conseil avisé : profite bien de ce petit moment festif, car je peux t'assurer qu'il n'y en aura pas d'autres...

« [... Pourquoi allongerais-je ce récit ? Ils disent tant de paroles et font tant de présents qu'avec le riche pape ils ont fait accord pour le comte de Toulouse, et je vous dirai comment il lui livrera en gage, pour en faire sa volonté, sept châteaux des plus forts qu'il ait en sa terre. Le pape y envoyant un clerc plein de valeur qui avait nom Milon, à qui Raymon devait obéir. Ce Milon mourut à Saint-Gilles moins d'un an après. Et quand le vicomte sut que bien véritablement le comte avait fait sa paix, il se repentit beaucoup. Il voudrait bien s'accorder aussi, s'il pouvait... Mais il ne voulut point l'accepter, se voyant compter pour rien ; et il a fait par sa terre convoquer ses hommes, à pied et à cheval, ceux qui pouvaient porter les armes. Dans Carcassonne, là, il attend l'ost [des croisés]. Ceux qui restèrent à Béziers en furent tous dolents. Je ne crois pas qu'il en ait échappé cinquante ni cent qu'on ait passés au fil de l'épée...]. »

— Écoute un peu, le Boucher, il parle de tes exploits. Tu es un homme illustre, désormais. Alors buvons à ta renommée ! Enivre-toi et mange à souhait, car tu en auras besoin, fais-moi confiance.

Folquet, comprenant que ce repas est certainement son dernier, se jette alors sur la nourriture et le vin. Surpris de ne ressentir aucun verre pilé dans sa bouche, il se met alors à trembler nerveusement de tous ses membres. Logaret s'en aperçoit.

— Tu as froid, l'ami ?

Sans attendre, il ordonne, avec le sourire :

— Faites-lui porter une couverture !

— Pourquoi n'as-tu pas assaisonné mon plat, cette fois-ci ?

— Pourquoi, ça te manque ? C'est tout simplement parce que j'aime varier les plaisirs. Tu ne seras pas déçu de ce petit changement, ne t'inquiète pas…

L'homme déglutit. Il a peur.

Pendant ce temps, Guillaume de Tudèle poursuit son récit, en se rapprochant des deux hommes :

« [… L'ost fut merveilleux, vrai comme je crois ! Vingt mille chevaliers armés de toutes pièces, et plus de deux cent mille vilains et paysans. Cela, sans compter le clergé et les bourgeois. Toute la gent d'Auvergne, de loin et de près, de Bourgogne, de France, de Limousin [y est venue] ; il y en a du monde entier : Allemands, Tiois, Poitevins, Gascons, Rouergats, Saintongeais. Onques, Dieu ne fit clerc, qui si grande peine qu'il y mit pût les mettre tous par écrit en deux mois et ni en trois. Là se trouve tout Provence et tout Viennois ; des ports d'Italie jusqu'au-dessous de Rodez, tous ensemble ils vinrent pour le pardon qui est grand ; bannières hautes, ils marchaient serrés. Ils ne croient trouver en Carcassais personne [qui leur résiste] ; ils croient prendre Toulouse, mais elle a fait la paix. Ils prendront Carcassonne, disent-ils, et Albigeois. Par eau, en bateau, ils font porter leurs bagages (?). Et tous les vivres et le reste de leur équipement. Le comte de Toulouse va à leur rencontre, car il leur a bien promis

de marcher dans l'ost avec eux. Une autre armée de croisés vint de vers l'Agenais, pas aussi nombreuse que celle des Français ; ils étaient partis de leur terre un mois plus tôt...] »

— J'ai l'impression que je ne vais pas rester aussi « illustre » que tu le pensais, après votre passage à tous ! Je l'aime bien, ton troubadour !

Et Folquet se met à rire…

Guillaume de Tudèle est un homme protégé par les puissants. Ceux-ci font régulièrement appel à ses talents, afin qu'il chante leurs louanges. Il ne peut donc pas lui demander de cesser sa chanson, qui, il faut bien l'avouer, devient gênante pour l'envahisseur, car cela serait mal venu. Il ne peut faire autrement désormais que d'assumer son erreur, celle de l'avoir fait venir. Il se doit de serrer les dents jusqu'au bout. Folquet, lui, continue de sourire en tapotant la table du bout des doigts sur le rythme de la mélodie. Logaret est en train de bouillir. Mais voilà, même après avoir abondamment payé le ménestrel, ce serait une grave erreur de réaliser ses projets devant lui, sous peine qu'il n'en fasse une chanson. Garder son calme est la seule chose qu'il puisse faire.

— Tu as raison, l'ami ! Alors trinquons à notre infamie mutuelle !

— Folquet, ressentant la colère grandissante de son bourreau, décide de se prêter au même jeu hypocrite, mais cette fois-ci avec délectation.

« *[... Là est le comte Gui, un courtois Auvergnat et le vicomte de Turenne qui s'est fortement engagé [dans l'expédition], l'évêque de Limoges et celui de Bazas, et le bon archevêque de Bordeaux, l'évêque de Cahors et celui d'Agde, Bertrand de Cardaillac avec celui (Bertrand) de Gourdon, B. de Castelnau avec tout le Quercy. Ils prennent Puy-la-Roque, sans y trouver de résistance ; ils détruisirent Gontaud et ravagèrent Tonneins ; mais Casseneuil est fort ; aussi ne l'eurent-ils pas, à cause aussi de la garnison qui l'a bien défendu, qui y avait été mise [composée] de Gascons aux pieds légers, qui sont bons tireurs*[17] *...]* »

— Toi qui es le bras armé de Dieu, Templier, que penses-tu de ta hiérarchie en dentelle sacrée ?

— Eh bien, étant donné que tu vas bientôt mourir, je n'adoucirai pas mes propos les concernant, car tu emporteras ce que je vais te dire dans la tombe. J'ai prêté allégeance au Christ, pas à ces immondes crapules qui se servent du nom du Seigneur pour s'enrichir. Si je le pouvais, je leur ferais subir le même traitement que celui que je te fais subir.

— Ça a au moins le mérite d'être clair. C'est amusant.

— Qu'est-ce qui te semble amusant ?

— Que les propos de mon bourreau résonnent avec mes idées comme une évidence.

— Voyons, tu viens à peine de « trouver la foi », et tu as déjà des idées aussi arrêtées sur le sujet ? À d'autres !

— Tu peux te moquer, Templier, mais ma foi en Dieu vaut tout autant la tienne. D'ailleurs, n'es-tu pas en train de la renier, cette foi, en te comportant de la sorte avec moi ?

— Oui, tu as raison. Je ne vaux désormais pas mieux que toi. Et ce que j'aimerais savoir, je l'avoue, c'est si tu joues la comédie ou si tu es véritablement sincère.

— C'est la première fois de ma vie que je le suis sans détour. À l'heure où je vais mourir, je désire être en règle avec moi-même. De ce fait, je ne veux plus mentir aux autres, et encore moins à toi, homme de Dieu.

— Pourquoi ce revirement soudain ?

---

17. Chanson de *la Croisade contre les Albigeois*, l'an 1209, par Guillaume de Tudèle, édité et traduit pour la Société de l'histoire de France par Paul Meyer, librairie Renouard, 6, rue de Tournon, Paris. Document généreusement mis à disposition par les Archives de Béziers.

— Je ne sais pas. Je n'ai pas les mots pour expliquer ce qui s'est passé, lorsque, noyé dans le gouffre de ma terreur, un je-ne-sais-quoi d'une douceur extrême, que je n'avais jamais connu encore, est venu soudainement m'envelopper amoureusement.

— Comment notre Seigneur pourrait-il avoir pitié d'un homme comme toi ?

— C'est peut-être justement pour ça qu'il a pitié ! Templier, je voudrais que tu fasses quelque chose pour moi.

— Quelque chose pour toi ? Comme tu y vas !

— Prends cette requête comme une dernière volonté.

— Eh bien, je t'écoute.

— Baptise-moi, s'il te plaît !

Logaret, qui s'attendait à tout sauf à cela, demeure silencieux quelques instants.

— Es-tu sérieux, le Boucher ?

Tous les regards sont fixés sur eux.

— Oui.

— C'est à moi que tu demandes ça ? N'as-tu pas perdu la raison ?

— Non. Car je sais au fond de mon cœur que tu n'es pas aussi mauvais que tu veux bien le laisser paraître.

— Essaierais-tu de m'amadouer, ou de me jouer un tour en usant de flatterie ?

— Ton cœur est-il devenu si dur que tu ne puisses reconnaître une demande sincère d'un acte prémédité de manipulation ?

— Si je le fais, sache que ça ne changera rien à ton sort.

— Je l'espère bien, venant de toi, ça me décevrait !

Au même instant, un homme entre dans la pièce et apporte, de façon non dissimulée, une tenaille à Logaret. Le ménestrel, qui a cessé de chanter, regarde la scène, et perçoit chez le Templier une certaine nervosité. Il pose alors son regard sur le prisonnier, qui observe son bourreau les yeux remplis de pitié. Un éclair de honte traverse à ce moment-là les iris verts de leur hôte, qui baisse, l'espace d'un instant, la tête. Puis, il se reprend, se tourne face à Folquet et lui demande de se mettre à genoux.

— Prépare-toi à recevoir le baptême.

Et Logaret, qui se sent comme pris au piège, décide qu'il ne peut plus attendre. Il doit agir maintenant, tant pis pour le troubadour ! Après tout, celui-ci se laissera certainement acheter ; de toute façon, il ne lui laissera pas le choix.

Le prisonnier avance et obtempère. Le ménestrel et tous les hommes présents dans la pièce se tournent en silence solennellement vers la scène insolite qui est en train d'avoir lieu.

Alors, le Templier tend ses bras en serrant les dents, pendant que le prisonnier formule cette prière :

— Merci, mon Dieu, pour ta bonté. Merci, frère Templier, pour cet acte de grâce et de générosité.

Sans ciller un instant, Logaret pose ses mains de chaque côté de son crâne, et dit :

— Dieu miséricordieux, ange de bonté, préserve-nous du mal, s'il te plaît... et... envoie cet homme, CE MONSTRUEUX ASSASSIN... DANS LES AFFRES DE L'ENFER, AFIN QU'IL Y BRÛLE PENDANT DES ÉTERNITÉS !

Folquet ne comprend pas ce qu'il se passe, pas plus d'ailleurs que l'assemblée. Logaret, en moins de temps qu'il ne faut pour le dire, attrape la tenaille, l'insère violemment dans la bouche de sa victime en lui cassant les dents, puis lui attrape la langue, en la tirant hors de sa cavité, puis la tranche nette avec sa dague. L'homme pousse alors un hurlement de souffrance, se met à convulser, puis tombe à terre.

— Ça t'empêchera désormais de blasphémer, en salissant avec ta langue de vipère le nom du Seigneur dans tes prières. Va au diable ! Emmenez-le et remettez-le au mur !

Après un bref moment d'hésitation, deux hommes attrapent le corps inerte sous les bras, afin de le traîner dans sa cellule.

Logaret se retourne face à l'assemblée, en direction de Guillaume de Tudèle, qui le regarde, l'air dégoûté, ne pouvant s'empêcher de dire :

— Est-ce là la charité chrétienne d'un serviteur de Dieu ? Cette créature s'en est remise à vous, corps et âme, afin que le Seigneur l'accueille dans son royaume ; et vous, vous le condamnez à la damnation éternelle par un acte de cruauté si odieux que les mots me manquent ! Mais quel genre d'homme êtes-vous donc ?!

— Écoute-moi bien, ménestrel. Si tu veux ressortir d'ici avec la bourse pleine et en bonne santé, je te conseille vivement de ne souffler mot à personne de ce qu'il vient d'advenir. Sinon, compte sur moi pour t'envoyer rejoindre le royaume de Dieu dans les plus brefs délais.

Sous le regard réprobateur de ses hommes, il ordonne de le faire raccompagner vers la sortie, après l'avoir largement rétribué pour sa prestation… et son silence.

Le temps presse. Logaret sait désormais qu'il est en train de perdre le respect et, pire encore, la fidélité de ses hommes. Il doit en finir sans plus tarder.
Folquet gît, pendu comme une marionnette aux chaînes qui l'entravent. Recouvert de sang, bouillant de fièvre et glacé à la fois, au bord du délire, il peut à peine respirer. Il fait nuit et froid. Comme les certitudes sont fragiles, souvent. Lui qui croyait que l'enfer était aveuglant de flammes et brûlant…, alors il pense au paradis. Comment est-ce ? Ira-t-il un jour dans ce lieu qui ne veut pas de lui ? Et dans sa tête, en boucle, il répète : « Mon Dieu, mon Dieu… »

— « Sophia, je t'en supplie, viens me secourir… J'ai besoin de toi ».

En sueur dans son lit, elle ne cesse de se retourner. Elle pousse de petites plaintes, et ses larmes coulent. Andrey ne veut pas la réveiller, il caresse doucement ses cheveux en essayant de la rassurer.

— Tout va bien, mon ange, n'aie pas peur, nous sommes là auprès de toi.

Dans son voyage au cœur de l'inconscient, elle entend des voix qui se mêlent les unes aux autres…

— *« Sophia, viens me chercher, j'ai besoin de toi. »*

— N'aie pas peur, mon ange, nous veillons sur toi…

Perdue dans l'obscurité, elle aperçoit de nouveau celui qui lui tend la main. Elle lui tend la main à son tour, pour essayer de l'atteindre encore une fois. Et la pièce s'éclaire, puis une voix résonne :

— *« Bientôt, Sophia... Oui, bientôt, tu pourras l'aider. Le moment venu, il t'appellera au beau milieu d'un songe pour que tu lui montres la voie qui mène à la lumière... Tu le guideras, afin qu'il ne s'égare pas sur le chemin qui mène à moi. Oui, bientôt, Sophia... »*

Et le voile de la nuit retombe.

— Qu'en est-il de l'état général du prisonnier ?

— Il se meurt !

— Mais encore…

— Son corps ne peut plus retenir le sang qu'il contient. Il délire… à haute voix.

— Que racontes-tu, là ? C'est toi qui délires ! Rappelle-toi que je lui ai coupé la langue.

— Oui, mon capitaine, ça, je le sais. Je ne suis pas certain, c'est peut-être une diablerie, ou bien la miséricorde du Seigneur qui a pitié de lui… De nous.

— Une diablerie ? La voix du Christ ? C'est vous qui devenez fou ! Que dit-il dans son délire ?

— Il parle sans cesse de Dieu, et il invoque cette femme, toujours la même.

— Sophia ?

— Oui, Sophia.

— Penses-tu qu'il soit encore capable de ressentir de nouvelles douleurs ?

— Comment ça ?

— Est-il encore possible de le faire souffrir davantage avant qu'il crève ?

L'homme reste sans voix.

— Bon, je vais voir ça d'un peu plus près. Ôte-toi de mon chemin.

Accompagné de trois de ses hommes, il entre dans la cellule, se dirige vers le Boucher, et lui assène quelques coups de pied afin de voir s'il réagit encore. Ce dernier lui répond par de légers râles de souffrance.

— Ne t'inquiète pas l'ami, d'ici quelques heures, tu cuiras dans les flammes de l'enfer. Apportez-moi un cône et un miroir.

Déconcertés, ses hommes le regardent sans réagir.

— Vous êtes sourds ?

Quelques instants plus tard, Logaret est en train de piler du verre de façon grossière dans une bassine. Ses hommes commencent à entrevoir ce qu'il veut faire. Ils se regardent les uns les autres, puis, dans un mimétisme parfait, se tournent vers leur maître. Ils sont certains désormais qu'une sorte de démence meurtrière s'est emparée de lui. Il ordonne :

— Attrapez la gueule du dragon afin que je le terrasse !

Les hommes se regardent encore une fois, et l'un d'eux dit :

— Mon capitaine, nous ne pouvons pas faire ça !

— N'oubliez pas qu'en me désobéissant vous désobéissez également à Dieu ! Je le répète, ouvrez-lui la gueule afin que je l'embusque !

Les hommes ne bougent pas. Alors, Logaret avec le regard d'un fou, attrape la bassine, la pose à côté du presque mort, puis se saisit du cône.

— Ce qu'il y a de bien, l'ami, c'est qu'avec ce qui te manque dans la bouche désormais tu vas grandement me faciliter la tâche.

Il se positionne derrière lui, lui attrape le visage à pleine main, enfonce les doigts dans ses joues afin d'en écarter les mâchoires, et lui introduit le cône dans la bouche, qu'il a désormais béante, jusqu'au fond du gosier.

L'homme se débat de toutes ses forces, suffoque, crache sa morve chargée de sang par le nez, et se vide enfin par le froc.

— Ah ! J'ai bien l'impression que je vais pouvoir terminer ma besogne en beauté.

Il lui assène un coup de genou violent au bas de la colonne vertébrale afin de le faire plier, puis attrape une grosse poignée de verre qu'il jette dans l'entonnoir. Et, comme on le fait avec les oies, il masse son cou afin d'y faire descendre les minuscules éclats dans son œsophage, pour finir de le déchiqueter.

La bassine est vide, le Boucher se tord contre le mur comme un ver.

— Mais où va-t-il chercher cette énergie, le bougre ?

Le sol est désormais écarlate. La mort est en train d'emporter l'homme qui massacra les habitants de la cité de Béziers.

Logaret, les yeux injectés de sang, l'air plus que satisfait, semble presque apaisé. Il se retourne, congédie ses hommes, afin de profiter seul du spectacle qui s'offre à lui. Mais voilà qu'un événement inattendu se produit. Avant qu'il ait eu le temps de faire un seul geste, les chevaliers se ruent sur lui, et sans plus de cérémonie le bâillonnent et l'attachent au mur aux côtés du Boucher. Il s'est fait prendre à son propre piège. Interdit, il regarde ses hommes détacher Folquet puis l'installer sur une paillasse pour le recouvrir d'une couverture, afin de le laisser mourir en paix. C'est le monde à l'envers !

La question qui lui vient désormais à l'esprit est : que vont-ils faire de moi ? Vont-ils me livrer au commandeur afin que l'on me juge pour mes actes et que l'on mette fin à ma vie, ce qui prendra plusieurs jours, mais très certainement hors des murs de la forteresse ? Ou vont-ils m'exécuter sommairement, là, maintenant ? Et si oui, aurai-je le temps nécessaire de voir crever la bête puante qui repose désormais sur un lit confortable, pendant que moi j'endure la torture du mur ? Il le faut. Je dois tenir coûte que coûte, il faut que je fasse reculer le plus longtemps possible mon exécution. Vendre mon âme au démon avait un prix, je l'ai accepté sans sourciller. Un pacte est un pacte ! C'est pourquoi je ne peux pas partir avant le Boucher !

Ses hommes quittent la pièce, le silence prend toute la place. Il tente alors de se pencher en arrière afin d'écouter si l'autre respire encore. Mais il ne perçoit rien. Alors, malgré ses entraves, il essaye de lui donner des coups de pied afin de terminer le travail. Mais les chaînes sont trop courtes, il ne peut l'atteindre. Il rage de nouveau et essaie d'arracher les chaînes du mur. Rien n'y fait !

— Dire que c'est moi qui les ai fait installer, se dit-il en riant nerveusement. Il faut que je me calme, que je réfléchisse, que je ménage mes forces. Je vais en avoir grandement besoin si je reste enchaîné au mur. Et, dans le silence glacial, presque imperceptible, une voix venue d'outre-tombe murmure :

— *« Sophia... Sophia... Christ, sauve-moi... »*

Logaret, qui n'en croit pas ses oreilles, vrille sa tête de toutes ses forces pour le regarder. Pour la première fois, il a peur…

— Sophia…

— Non, c'est impossible ! se dit-il. Ce n'est pas une diablerie, non… C'est lui, le démon !

Il se met à hurler comme un fou furieux à travers son bâillon, à tirer encore et encore sur les chaînes qui lui tranchent la nuque, les poignets et les chevilles, mais personne ne vient ! Pourtant, il doit leur expliquer, leur dire qu'il ne sera pas damné, qu'il n'a pas commis de faute chrétienne, non, qu'il est toujours un soldat de Dieu. Il doit leur dire que c'est l'antéchrist qui se trouve à ses côtés, et qu'on ne peut être puni de vouloir assassiner le diable.
Le temps passe…, passe. Est-ce qu'il fait déjà nuit, dehors ? À la lueur d'une pauvre flaque de lune couchée sur la terre, qu'il

aperçoit pour la première fois, il réalise que oui, et scrute l'obscurité, comme s'il attendait qu'elle lui délivre un message. La posture inconfortable dans laquelle il se tient depuis des heures devient difficile à supporter. Impossible de se mouvoir, de s'asseoir sans risquer l'étranglement, donc de se reposer. Une crampe est en train de le mordre à l'endroit même du petit orteil du pied droit. Un deuxième orteil est pris, un troisième enfin. Son pied commence à se recroqueviller, la douleur a grignoté le mollet, et enfin le tibia. Il a envie de hurler tellement il a mal, mais il ne doit pas ! Il ne peut pas faiblir devant le Boucher, même si celui-ci est inconscient. Au même moment, il entend un semblant de rire, comme si l'autre avait pu lire en lui. Alors, à haute pensée, il lui répond :

— Démon, tu peux bien rire de moi ! Mais ta douleur est bien pire que la mienne, tu vas bientôt crever, comme tu le mérites.

Le rire du mourant redouble de puissance. Sans prévenir, tel un grand coup de poing porté au ventre, un étrange frisson assaille soudainement Logaret de part en part, l'obligeant à ployer. Il se met à paniquer, pousse des cris étouffés, et tente encore une fois d'arracher ses chaînes… en vain.

— *« Écoute ma dernière prière, douce Sophia, je viens t'implorer. Moi qui suis la pire des créatures que la terre ait portées, moi qui ai fait le mal absolu en y puisant la jouissance dans le regard terrifié de mes victimes. Moi qui n'ai jamais eu de charité pour aucune créature, moi qui ai renié l'existence de Dieu et honni la sagesse, je mendie ta pitié ! Viens me chercher. Je sais, au fond de mon cœur, que Dieu m'a pardonné, alors ne m'abandonne pas, s'il te plaît, viens me chercher, douce Sophia… »*

Comme suspendue entre deux mondes, enveloppée de son voile de lumière, une main légère et protectrice abrège son envol, pour se poser comme le zéphir sur celle meurtrie de l'implorant. Leurs doigts, désormais entremêlés comme ceux des amants, se préparant à convoler. Ils abandonnent peu à peu le sol terrestre avant de rejoindre le sol céleste. Et c'est devant l'autel suprême que la Sagesse offre la main de son bien-aimé au Père, afin qu'il bénisse leurs fiançailles.

Andrey observe Sophia dans son sommeil : comme elle est jolie, elle a l'air si sereine ! Et la voilà qui sourit.

— Comme je t'aime, mon amour ! lui murmure-t-il, avant de déposer un baiser sur les pétales rosis de ses lèvres.

Logaret ne comprend pas ce qui est en train de se passer. Il est certain d'avoir entendu Folquet pousser sa dernière plainte. Seulement voilà, au lieu d'un râle de souffrance, c'est un soupir de plaisir qui a pris toute la place. Non ! Il ne comprend pas ! Comment cette infâme créature a pu trouver la paix en quelques jours, alors que lui la recherche depuis toujours ? Car il sait désormais que le Boucher ne lui a pas menti. L'âme du monde l'a visité et l'a illuminé. Que devient la loi divine dans tout cela ? Le jugement de Dieu ? Œil pour œil… Mon Dieu, je suis perdu ! Me viendras-tu également en aide, si je te le demande ? Et cette Sophia, qui est-elle ? Viendra-t-elle pour moi, si je la supplie ?

À l'aube naissante, un étourneau sansonnet entonne son plus beau chant. Logaret est épuisé et affamé, mais il ne peut s'empêcher de l'écouter. Cet oiseau symbolise la liberté, chose qu'il ne connaîtra désormais plus jamais, il le devine. Quand vont-ils venir le chercher ? À quoi rime cette attente ? Que veulent-ils de lui ?
Dans un cliquetis métallique violent, la porte de la cellule s'ouvre enfin. L'étourneau s'est envolé. « Adieu ma liberté » songe-t-il.
Il tente de se retourner afin de voir qui est présent dans la pièce. Il n'arrive pas à discerner les visages, seulement des voix qu'il ne connaît pas :

— Frère Gontrand, le prisonnier a trépassé. Qu'on emporte sa dépouille !

— Que faisons-nous du capitaine ?

— Ôtez-lui toutes ses entraves, puis placez-le dans une cellule. Donnez-lui également un repas chaud.

— À vos ordres !

Une fois libéré, Logaret vacille et tombe à la renverse. Deux hommes l'aident à se relever pour l'accompagner dans sa geôle. Il est dans l'incapacité d'articuler un mot, car sa bouche est endolorie par le bâillon que l'on vient de lui ôter. Quelque temps après, on lui jette une couverture, un peu de paille pour étoffer sa paillasse, et une écuelle remplie de ce qui ressemble de loin à de la nourriture. Il se jette dessus, attrape avec ses doigts ce qu'il s'apprête à mettre dans la bouche, puis s'arrête net. De façon méthodique, il commence à faire glisser entre son pouce et son index les quelques morceaux gluants qui lui sont destinés, afin de voir si, par hasard, on ne les aurait pas assaisonnés… de petits morceaux de verre. Sait-on jamais ?!

Les jours passent, sans que personne ne lui adresse la parole. Chaque soir, on lui dépose sa pitance et un bol d'eau. Mais le prisonnier a de moins en moins d'appétit. Il souffre de douleurs au ventre et de diarrhées qui deviennent de plus en plus fortes. Au-delà de l'épuisement, il se sent comme oppressé. Il faut dire que la cellule est très petite, et que l'odeur pestilentielle de ses fientes empoisonne l'air ambiant. Il suffoque.

Les derniers jours de Logaret

Cela fait dix jours qu'il est enfermé. Il le sait, car il compte les flaques de lune, et quand il lui arrive d'oublier de le faire, car trop épuisé, il se raccroche aux notes joyeuses du petit étourneau, qui, fidèle, vient chanter pour lui, chaque matin près du mur de sa cellule. Il va bientôt mourir, il le ressent dans chaque fibre de son corps. Il se dit que très prochainement il rejoindra le Boucher. Soudainement, il sent l'effroi le saisir.

— Mon Dieu, aide-moi ! crie-t-il en songeant que le Boucher pourrait ne pas être en enfer, mais bel et bien au paradis. Non ! Non, ce n'est pas possible ! Tu n'as pas le droit de me faire ça ! Je t'ai tout donné tout au long de ma vie. J'ai fait vœu de pauvreté, de chasteté, j'ai renoncé à engendrer des héritiers… Pour toi ! Tout. Je t'ai tout donné ! Aie pitié de moi, ne m'envoie pas brûler en enfer lorsque tu offres le paradis à un monstre.

Et le voilà qui fond en larmes… Il pleure comme un enfant dont les sanglots sont intarissables.

— Ne m'abandonne pas, mon Dieu… Je t'en supplie, ne m'abandonne pas !

Au moment où l'aube s'éveille enfin, à bout de forces et de désespoir, il sombre dans le sommeil.

Recroquevillé dans un coin de sa cellule, les mains projetées en avant comme pour se protéger d'une attaque, il vocifère des mots incohérents :

— Tu es mort, tu ne peux pas être là ! Va-t'en ! Suppôt de Satan, va rejoindre celui qui m'a trahi.

Il se met à pousser des hurlements de terreur :

— Non, ne m'approche pas, va-t'en, va-t'en !

Et ses poings cognent le vide, encore et encore…

Des mots venus de nulle part lui disent :

— *« Oui, tu as raison ! Il ne veut plus de toi ! Tu vas griller en enfer. Et moi, je te regarderai te consumer pendant des éternités, du haut de la douceur des plans éternels qui sont ma nouvelle demeure désormais. Il ne te sert plus à rien de prier, car il t'a abandonné, damné que tu es. »*

— Approche un peu pour voir. Aie le courage de venir à moi, tu ne me fais pas peur, je te tuerai encore une fois s'il le faut. Si tu persistes à vivre, je recommencerai, encore et encore. Tu as pris ma place, je n'aurai de cesse de me venger tant que tu ne me l'auras pas rendue…

Et, dans le vide, il cogne de toutes ses forces.

Pendant ce temps, dans l'aile sud de la forteresse, le comte de Villeponce ordonne que le lieutenant Roland vienne lui faire son rapport :

— Qu'en est-il de Logaret ?

— Il commence à délirer, mon Seigneur.

— Il n'en a plus pour très longtemps. La belladone est en train de terminer son œuvre. Les hallucinations vont devenir de plus en plus violentes, dans les prochaines heures. Touche-t-il encore à sa nourriture ?

— Plus guère, Monseigneur.

— Eh bien, aujourd'hui, vous l'aiderez à se nourrir dignement et dans de bonnes conditions ; et vous veillerez également à ce que ce repas soit le dernier. Vous l'assaisonnerez d'une trentaine de baies, afin de mettre un terme à son calvaire. Ne lui faisons pas subir le même châtiment inhumain que celui qu'il a infligé à Folquet, et qui l'a conduit là où il est à présent. S'il vous demande un prêtre pour se confesser, ne lui accordez pas cette dernière volonté. Nous devons rester discrets. Cette nuit, il sera passé de vie à trépas, après une fâcheuse dysenterie. Nous mettrons ainsi un terme à cette sombre affaire qui entache l'honneur des chevaliers du Christ. Cela fait, vous veillerez à ce qu'il soit enterré hors de la cité. Pour le justifier, vous expliquerez que c'est pour éviter une possible contagion de la population. Pour rester chrétien, pensez à dire quelques mots pour le repos de son âme. Puis vous nettoierez les lieux de fond en comble, afin qu'il ne reste aucune trace de son triste séjour dans la prison du château des Trencavel.

C'est l'heure du repas.
Le lieutenant entre dans la geôle afin d'accomplir sa mission dans les meilleures conditions. Après un bref instant pour laisser ses yeux s'habituer à l'obscurité, il s'arrête interdit. Logaret a disparu ! Affolé, il crie :

— Gardes, à moi !

Quatre hommes armés jusqu'aux dents déboulent dans la sinistre pièce, pour s'entendre ordonner :

— Le prisonnier s'est enfui ! Retrouvez-le.

Les hommes repartent dans l'instant afin de traquer le fuyard. Le lieutenant chargé du prisonnier est déconcerté. Comment est-ce possible ? Ça dépasse l'entendement !

Mais voilà qu'au moment où il s'apprête à quitter les lieux, il entend une sorte de bruissement. Il se retourne et scrute l'obscurité à laquelle il s'est habitué. Pas de doute, ça vient de la paillasse. Sans plus attendre, il la fait voler avec son pied, et découvre Logaret, recroquevillé, qui claque des dents.

— Diantre ! Vous venez de me faire une belle frayeur, dit-il en riant, soulagé. Venez, c'est l'heure de votre repas. Nous allons vous installer confortablement, je vais vous aider à prendre votre pitance, vous devez reprendre des forces.

— Qui… êtes… vous ? demande le moribond, en claquant toujours plus fort des dents.

— Je suis le lieutenant Roland, chargé de votre surveillance.

— Pourquoi… avez-vous… mis cet homme… dans… ma cellule ?

Le lieutenant suit alors du regard l'index qu'il pointe en direction d'un coin de la cellule, puis scrute tout autour de lui. Ne voyant absolument personne, il lui répond :

— Mais de qui voulez-vous parler ?!

— De… lui ! Du Boucher ! Vous… ne pouvez pas me… condamner… pour un crime que… je n'ai pas… commis. Regardez-le, il… est là qui m'observe… dans l'obscurité. J'ai peur !

Le lieutenant se rappelle les effets de la belladone, des hallucinations qui vous rendent fou. Alors, par charité chrétienne, il décide de le rassurer. Le temps d'un dernier repas, il va devenir son meilleur ami.

Les gardes reviennent bredouilles, mais également étonnés de voir l'objet de leur recherche revenu au bercail.

— Tout est rentré dans l'ordre ! Faites nettoyer la pièce afin que le détenu puisse prendre son repas dans de bonnes conditions, et revêtez-le de propre.

Une demi-heure plus tard, assis l'un en face de l'autre, à courte distance, sur des chaises ornées de coussins moelleux, le lieutenant, avec la plus grande douceur, tente de rassurer Logaret.

— N'ayez plus peur, capitaine, nous sommes là pour veiller sur vous.

Le prisonnier, réchauffé et apaisé, lui répond :

— Mais vous ne pouvez rien contre le diable ! Le Boucher n'est pas mort !

— Je suis allé voir sa dépouille tout à l'heure, je peux vous affirmer qu'il est bel et bien mort ! Et c'est vous qui avez mis fin à ses jours.

— Alors, il est bien mort ?!… Je ne veux pas aller en enfer ! Prierez-vous pour moi, lorsque le moment sera venu ?

— Oui, je le ferai. Mais, pour l'instant, c'est l'heure de votre repas. Il faut manger, pour aller mieux.

— Je n'ai pas faim ! Je veux juste un prêtre.

— Un prêtre ?

— Oui, je désire me confesser, afin qu'il me donne l'absolution. Ainsi, je retrouverai le repos de mon âme et le chemin qui mène à Dieu, s'il veut encore de moi.

Cette situation met le lieutenant mal à l'aise. Il sait qu'il n'a pas le droit d'accéder à cette ultime requête. L'homme qui se trouve devant lui, et dont les heures sont comptées, lui inspire de la pitié. Peut-être même de la sympathie.

— Oui, nous allons voir ça. Mais avant, il vous faut vous restaurer un peu.

— Faites-le mander maintenant, s'il vous plaît, je vous en supplie ! Et je vous promets de rejoindre le chemin qui mène à Dieu avec l'estomac plein…

Alors, le lieutenant s'éloigne un peu, appelle l'un de ses gardes, et lui glisse discrètement à l'oreille : « Je vais vous donner un ordre à haute voix que vous ferez semblant d'exécuter. Si vous avez compris, faites-moi signe de la tête ! » Le soldat opine du chef.

Regagnant sa place auprès du prisonnier, il appelle le garde et lui ordonne d'aller chercher un prêtre. Celui-ci quitte la pièce en faisant semblant d'obtempérer.

— Voilà, capitaine, j'espère que vous êtes satisfait.

— Oui, lieutenant, merci pour votre bonté. Si nous mangions un peu, à présent ?

— Oui, c'est une excellente idée ! Je vous ai fait préparer un repas chaud et meilleur qu'à l'ordinaire.

— Que me vaut ce traitement de faveur soudain ?

— À cela, je n'ai pas la réponse. Je ne fais qu'exécuter les ordres.

— Oui, je m'en doute bien. Que m'a-t-on concocté de bon ?

— Ce sont les reliefs d'un délicieux ragoût de lapin que j'ai pu mettre de côté pour vous. Il est nappé d'une onctueuse sauce au vin rouge et fruits noirs. Des fèves l'accompagnent, ainsi qu'un bon morceau de pain. Et, bien entendu, le tout est arrosé d'un pichet de vin de pays. J'espère que ça vous donne envie.

— Mon ami, c'est un merveilleux repas du condamné !

— Pourquoi dites-vous ça ?

En riant, il rétorque :

— Mais je ne vous en veux pas ! Dites-moi juste que ça ne sera pas trop douloureux.

Et, après un court moment d'hésitation, avec la plus grande des sincérités, l'homme lui dit :

— Non. J'espère que non.

— Avec quoi m'empoisonnez-vous, depuis tous ces jours ?

Embarrassé et à la fois déconcerté devant autant d'acceptation, il lui avoue :

— Avec de la belladone.

— Mon Dieu ! Je comprends mieux, maintenant. C'étaient des hallucinations ?

— Oui, ça fait partie des effets néfastes de cette baie.

— Merci pour votre sincérité et pour votre honnêteté. Que l'on me donne l'absolution, et j'irai rejoindre, à la droite du Père, celui que j'ai tant fait souffrir, afin que nous fassions la paix.
Que ce repas est délicieux ! Il ne faut pas que je tarde à le terminer, avant que les effets fulgurants du poison ne m'emportent. J'espère que le prêtre va se hâter.

En disant cela, il regarde son nouvel ami. Il peut lire sur son visage la tristesse et la honte, car personne ne viendra.

Le lieutenant baisse alors les yeux, ne sachant que dire à l'homme qu'il a trahi.

— Je vous pardonne de m'avoir menti. Vous l'avez fait avec douceur ; au contraire de moi, qui l'ai fait avec la plus grande des cruautés. Puis-je vous demander quelque chose ?

— Oui, à condition que ça n'enfreigne pas mes ordres.

— Confessez-moi, s'il vous plaît !

— Mais je ne suis pas un homme de Dieu !

— Non, en effet. Mais vous êtes homme de bien, et fils de Dieu.

Une violente douleur s'empare alors du capitaine, qui le fait se tordre en deux.

— Aidez-le à s'allonger, intime le lieutenant à ses hommes.

— Mon Dieu, que je souffre ! Comme je l'ai fait souffrir lui aussi. Mon cœur était tellement rempli de colère et de vengeance qu'il n'y avait plus aucune place pour la compassion. Comme je regrette !

Il se met alors à pousser un hurlement de douleur, saccadé par le manque d'oxygène. Il se vide entièrement par les poumons, la bouche et les intestins. Le lieutenant regarde, impuissant, les effets infernaux de cette mise à mort indigne. Il repense à ce que lui disait le maître Templier : « Ne lui faisons pas subir le même châtiment inhumain que celui qu'il a infligé à Folquet, et qui l'a conduit là où il est à présent. » Quelle vilaine mascarade !

Laver l'honneur des Templiers…, tu parles !

— Il est temps, confessez-moi, s'il vous plaît.

Alors, sans plus attendre, le lieutenant fait vider les lieux pour écouter avec la plus grande sollicitude qui soit les quelques mots balbutiés par celui qui est en train de rendre l'âme.

Le souffle du moribond est rendu au seuil du trépas. Le lieutenant lui tient la main en lui disant les mots qu'il rêve d'entendre :

— Vous êtes pardonné et lavé de tous vos péchés, capitaine Logaret. Vous pouvez désormais partir en paix. Les portes du royaume de notre Seigneur vous sont grandes ouvertes.

— Quel est votre nom, lieutenant, que je m'en souvienne dans l'éternité ?

— « Roland », mon capitaine.

D'une voix subitement apaisée, dans un dernier souffle de vie, il lui dit :

— Lieutenant Roland, vous êtes un homme de cœur. Vous mériteriez d'être un soldat de Dieu.

Et, dans une ultime contraction de douleur :

— Par pi…tié, ne lâ…chez pas ma main…, mon ami, ne… lâchez pas ma…

Tout est fini ! Roland observe la dépouille de l'homme qu'il a conduit à la mort. Il ne veut pas encore rompre le contact physique qui les relie, comme s'il avait peur de briser ce lien si fragile de fraternité qui s'était tissé entre eux lors de cette dernière heure.
Après lui avoir fermé les yeux et l'avoir fait mettre dans un linceul, ils quittent ensemble sa dernière demeure afin qu'il aille rejoindre la tombe fraîchement creusée qui l'attend.
Sur la charrette qui l'emporte, il n'est pas seul. À côté de lui se trouve Folquet.
Un pli lui a été transmis juste avant son départ de la prison, lui intimant l'ordre de les jeter tous deux dans la même fosse, sans plus de cérémonie et traces de leur identité. Dans le trou béant, les soldats chargés de la besogne, sans plus de précaution, les balancent l'un sur l'autre. Puis, ils les aspergent abondamment de chaux vive. La terre amoncelée sur le bord du gouffre vient les recouvrir pour les séparer à jamais de la lumière du jour.
Avant de s'en retourner, le lieutenant Roland ne peut s'empêcher de se recueillir une dernière fois.

— Puissiez-vous trouver la paix et vous réconcilier tous deux de l'autre côté de la vie. Je continuerai de prier pour vous et pour votre salut. Pardonnez-moi pour le mal que je vous ai fait, mon ami. Je ne vous oublierai pas.

Sous le vieux chêne, qu'il abandonne à regret, couchée sur l'herbe mouchetée de pâquerettes, la terre retournée et ocrée embaumant l'humus ne tardera pas à reverdir afin que plus rien ne subsiste de ce fragment d'Histoire.

Dieu ne veut pas d'eux

— Je ne comprends pas, Andrey, je te jure que je l'ai accompagné jusqu'à l'autel. J'avais sa main dans le creux de la mienne. Je l'ai offerte à la lumière, nous nous sommes dit au revoir, et il a disparu. Et voilà qu'il se communique à moi, accompagné de je ne sais qui !

— Es-tu bien certaine que c'est sa présence que tu ressens ?

— Oui, on ne peut plus certaine !

— Peut-être n'était-il pas sincère dans sa démarche.

— Si, Andrey, je peux te jurer qu'il l'était !

— J'ai entendu dire que, parfois, les esprits n'avaient pas la puissance nécessaire pour rester dans la vibration des plans supérieurs. C'est pourquoi il leur arrivait de redescendre parmi nous pour errer dans l'oubli, jusqu'à ce qu'une bonne âme veuille bien renouveler le rite du passage.

— Alors, d'après toi, ça ne vient pas de moi et de mon inexpérience ?

— Non, ma petite fée, j'en suis absolument convaincu. Je pense tout simplement qu'il n'est pas encore prêt, peut-être à cause de cette autre présence. Il a probablement quelque chose à régler dans d'autres plans, avant de pouvoir ascensionner.

— Que dois-je faire, à présent ? Puis-je tenter une nouvelle expérience ?

— Ça, je ne peux te le dire. C'est avec le Seigneur qu'il te faut voir cela. Et puis, qui sait, il a peut-être besoin de bien plus de temps que tu ne le penses. Je crois bien que tu es la seule à détenir la clé de cette énigme, ma chérie !

— Désormais, je dois veiller à ce que le Charron ne nous porte pas atteinte, ainsi qu'à ces deux hommes liés dans le néant. Où est le vicomte ? Je suis surprise qu'il ne se manifeste pas, au vu de la situation.

— Je suis toujours près de toi, ma douce Doña Sophia. Ces âmes ont autant besoin de toi que nous-mêmes en avons besoin. Tu n'as rien à craindre d'elles.

— Comment peux-tu le savoir ?

— J'ai pu percevoir leurs intentions.

— Que peux-tu me dire, afin que j'en sache davantage sur cette situation qui m'échappe ?

— Ils sont unis l'un à l'autre par une chaîne de souffrance que rien ne pourra briser, sinon la Sagesse.

— Dis-moi comment je peux les aider.

— Je ne peux que t'inviter à les laisser venir à toi… Le moment venu, tu sauras…

Au milieu d'un songe, toute baignée de soleil, Sophia est assise place du Forum. Devant elle, dans sa clarté minérale, se dresse l'hôtel de ville. Des pigeons blancs picorent en pagaille le sol brûlant jonché de miettes. C'est alors que, dans la chaleur incandescente qui pèse sur la cité, telle une chape de plomb, le mouvement de l'air floute soudainement le paysage. Un bouquet d'envol immaculé jaillit de terre, dans un froissement d'ailes innombrables, pour laisser apparaître en son cœur un homme vêtu d'une cuirasse. Fier, il avance, l'épée au côté :

— Qui êtes-vous ?

— Je me nomme « Roland ».

— Que voulez-vous ?

— Vous aider à briser une chaîne.

— Quelle chaîne ?

— Celle de la souffrance !

— Qui vous dit que je suis bien celle que vous recherchez ?

— Deux hommes qui vous attendent depuis huit siècles.

— Qui sont-ils ?

— Folquet et Logaret.

— Pourquoi voulez-vous mon aide ?

— Dieu ne veut pas d'eux !

— Qui suis-je ?

— Sophia ! Vous êtes… Sophia !

Et le songe s'achève.

— Il ne me quitte plus ! C'est insensé ! Il me suit partout, même dans mon intimité.

— Ma chérie, que d'admirateurs, que de soupirants ! Tu devrais être flattée.

— C'est ça, moque-toi de moi ! Sais-tu qu'il me lorgne même quand je suis sous la douche ?

— Sincèrement, je ne peux pas l'en blâmer.

Andrey se met à rire aux éclats, en observant la bouille énervée de sa douce compagne.

Sophia esquisse un léger sourire, puis, subitement songeuse, elle exprime, en pensant à haute voix :

— Dieu ne veut pas d'eux !

— Que dis-tu, mon ange ?

— Pardon ?

— Je te demandais ce que tu disais.

— Excuse-moi, je pensais à ce que Roland a exprimé lorsqu'il s'est communiqué à moi.

— Dieu ne veut pas d'eux !

— Crois-tu que ce soit possible ? Crois-tu que Dieu puisse nous juger ainsi ?

— Sincèrement, je ne le pense pas. Dieu est une énergie infinie d'intelligence et d'amour. Le jugement est tout sauf ça.

— Crois-tu que nous nous jugions nous-mêmes ?

— C'est plus probable, en effet ! Peut-être que ton protégé ne s'estime pas encore assez digne de rejoindre notre Seigneur.

— Cela n'est-il pas une preuve d'élévation de l'âme ?

— Oui, peut-être bien.

— Que penses-tu de l'implication de Roland ?

— Qu'il est en mission ! Tant qu'il ne l'aura pas menée à bien, il lui sera impossible de trouver le repos de son âme. Ça ne te rappelle rien ?

— Hum… Et mon âme à moi, dans tout ça ? Elle ne trouve plus de repos non plus ! Je commence à me sentir totalement dépassée par les événements. Je ne sais pas si j'aurai la force d'aller jusqu'au bout de « ma mission ».

— Je ne crois pas que tu aies été choisie par hasard. N'oublie pas que le hasard n'existe pas. Je pense au contraire que tu es la seule qui puisse mener cette croisade jusqu'au bout.

— Une croisade ?

— Oui. Ta croisade, mon ange !

Nous voici arrivés au 22 juillet. Je suis sur le qui-vive, et je guette l'improbable. Mon vicomte m'avait dit qu'aujourd'hui, date anniversaire du sac de Béziers, il se passerait certainement quelque chose. Mais il ne se passe strictement rien ! Les heures s'écoulent lentement sans que quoi que ce soit ne vienne bouleverser le cours des événements. Le temps est splendide, sur la place de la Madeleine. Dans le souffle de la chaleur, les vacanciers profitent des terrasses ombragées par les parasols, comme si de rien n'était.

Andrey, Trencavel et Roland sont à mes côtés, prêts à intervenir. Soudain, je pense à Folquet et Logaret. Comme un flash, leurs visages se matérialisent à moi, côte à côte, pour enfin disparaître comme par enchantement. Qu'est-ce que cela veut dire ? Est-ce un bon présage ? J'ai l'estomac noué.

Andrey ressent mon stress :

— Essaie de te détendre. N'oublie pas que si tu es stressée, ta puissance de passeuse diminue d'autant. Aie confiance en toi !

Et dans ma tête, en boucle : « J'ai confiance en moi, j'ai confiance en moi, j'ai confiance en moi… »

Trencavel de dire :

— *« C'est bien, douce Doña ! Continue… Nous so…mmes… »*

La communication se brouille soudain. Non seulement je n'entends plus mon vicomte, mais mon visuel avec Roland a également cessé. Je tente de renouer le contact, mais rien n'y fait. Je regarde Andrey qui comprend aussitôt ce qui arrive. Nous nous levons simultanément de nos chaises. Il agrippe ma main et m'entraîne vers la Notairie.

— Que fais-tu ? Non, nous devons rester !

— Ne comprends-tu pas qu'il y a un souci ? Quelque chose d'anormal est en train de se produire. Trencavel et Roland ne sont plus forcément accessibles pour te porter secours, s'il y avait lieu !

— Oui. Mais nous ne serons pas plus à l'abri à l'hôtel !

— Peut-être, mais c'est notre territoire, j'en suis encore le maître des lieux !

Observés par une foultitude de visages moyenâgeux, ceux d'hommes et de femmes de haut lignage, sculptés jadis afin d'honorer l'endroit de leur présence, je me sens, pour la première fois depuis que je demeure dans cet endroit fabuleux, cernée et oppressée.

— Crois-tu qu'il leur est arrivé quelque chose ?

— Je n'en sais fichtrement rien ! Et puis tu m'énerves avec tes questions !

Sophia recule soudain, surprise et effrayée à la fois par la réaction d'Andrey. Jamais jusqu'à présent il ne lui avait parlé de cette façon. Et avec cette agressivité !

— Qu'y a-t-il, mon chéri ? Quelque chose ne va pas, tu veux en parler ?

— Non, tout va très bien ! Pardonne cet excès d'humeur involontaire.

Il s'approche de moi pour me prendre dans ses bras, comme à son habitude. Enfin apaisée, j'expire mon stress par la bouche, me laisse aller contre sa poitrine, la tête blottie dans le creux de son cou. Ses merveilleuses mains m'effleurent le dos. Je frissonne de plaisir, lâche prise, puis m'abandonne. Dans l'instant qui suit, sa langue tiède vient caresser la mienne, elle est délicieusement sucrée. Me voilà qui succombe. Nous sommes allongés par terre, sur les gros coussins de velours du canapé. Orphée et Horus, les yeux mi-clos, nous observent intrigués. Je ne peux m'empêcher de sourire en croisant leur regard. Au même instant, une douleur me fait pousser un cri, c'est Andrey qui me serre brutalement les bras.

— Tu me fais mal, mon amour !

— Ah oui ?

— Que t'arrive-t-il ? Lâche-moi ! Lâche-moi, s'il te plaît !

— Et si ça ne me plaît pas, que vas-tu faire ?

Je comprends que l'homme avec lequel je fais l'amour n'est plus Andrey. Je commence à paniquer, et me mets à crier de toutes mes forces. Sa main vient aussitôt me bâillonner… J'étouffe. Je commence à me débattre, mais son corps sur le mien se fait si lourd, tout d'un coup, qu'il me prive de chacun de mes mouvements. Je comprends alors que je suis seule. La peur me dévore le ventre. Sans que j'aie le temps de reprendre ma respiration, la main qui me bâillonne s'en va serrer mon cou. Je sens les battements de mon cœur donner l'alerte de ma mort prochaine. Il bat à tout rompre, dans mes oreilles, dans mes yeux, dans mes tempes… Mon visage, devenu grenat, s'apprête à exploser. Tout se met à tourner autour de moi, ma vue se brouille, je suffoque, je perds connaissance… Non !… Je meurs !

Au-dessus de mon corps, je nous regarde, moi et Andrey qui tente de me ranimer. Il m'insuffle de l'air en me faisant du bouche-à-bouche, puis masse mon cœur. Je crois bien qu'il pleure. À côté de nous se trouvent plusieurs personnes que je ne reconnais pas. Il y a des êtres très lumineux qui me fixent du regard, et des animaux aussi. Je discerne énormément de bonté. Je la sens qui m'enveloppe, je suis bien. À côté d'eux, je vois des hommes. Il y en a un que je reconnais soudain, c'est Roland. Il me regarde d'un air triste, puis soudain me sourit. Il attire mon regard sur sa gauche, à l'endroit même où se trouvent deux hommes se tenant côte à côte : Logaret et Folquet. Ils me fixent, l'air inquiet, je crois bien qu'ils ont peur pour moi. Et, comme Roland, ils se mettent à sourire. Au-dessus d'Andrey, j'aperçois mon vicomte qui lui prête main-forte. En duo, ils font tout pour me ramener à la vie. Et si je ne voulais pas revenir ? Je suis tellement bien ici ! Tout le poids de ma vie s'est envolé comme par magie. Je me sens si légère. J'ai envie de rire aux éclats, de danser et de chanter. C'est à cet instant précis que j'aperçois le Charron. Il me regarde, amusé. D'un air satisfait, il observe la scène. Une lumière étrangement teintée vient l'envelopper. Je n'ai jamais vu cette couleur. Elle se met à émettre des sons inconnus que je trouve magnifiques. Le Charron n'est pas de mon avis, il se bouche les oreilles. Je le vois se recroqueviller sur lui-même, puis, soudainement, pousser un hurlement. Il est en train de se déliter devant mes yeux. Je ne sais pas pourquoi je regarde cela sans aucune peur. Je sais, au plus profond de moi, qu'il ne reviendra plus. Le voilà presque entièrement désintégré. C'est alors que la lumière l'absorbe, sans qu'il n'en reste plus rien, pour se replier enfin sur elle-même, et disparaître dans le néant.

En face de moi, Roland est entouré de ses deux protégés. On dirait les trois mousquetaires. Je les regarde me sourire béatement et je leur souris à mon tour.

J'entends des mots doux et gourmands se mêler délicieusement les uns aux autres. Comme une sérénade sous mon balcon, mon

« troubadour » me chante l'amour. J'ai assez pris de repos. Il est temps de rentrer, maintenant. J'ai bien le temps de mourir une autre fois.

— Elle revient à elle ! Mon amour chéri, n'aie plus peur, nous sommes là. Nous sommes tous là !

— Doña, éternelle flamme de mon cœur, il s'en est allé, tu n'as plus rien à craindre désormais.

Je décide d'ouvrir grand les yeux, et je respire. Je sens que mon corps est douloureux. Ma poitrine, par le massage cardiaque, est tuméfiée, mes bras et mon cou également. J'ai l'impression que mes os ont été broyés. Soulevée de terre, on m'emporte dans ma chambre pour me déposer sur mon lit.

Je retrouve, l'espace d'un instant, tous ceux qui ont veillé tendrement sur mon âme, lors de mon bref passage de l'autre côté de la vie ; puis, me tenant fiévreusement la main, mon Autres… Et tout s'éteint.

Épuisée, j'ai dormi en faisant le tour du cadran. Au réveil, je découvre, assis dans son fauteuil, Andrey qui m'observe par-dessus son livre. La mine joyeuse, il se lève et vient m'embrasser. Je ne peux m'empêcher de l'observer, de le détailler même. Cette créature maléfique est-elle sortie définitivement de son corps ? À cette question que je me pose, j'entends un :

— Oui, ma chérie. Tu n'as plus à avoir peur de nous !

Je m'aperçois qu'Andrey lit désormais couramment dans mes pensées.

— Tu nous en veux ?

— Non, pas du tout, mon chéri ! Nous nous sommes tous laissés avoir par cette… chose répugnante !

Je me dis tout d'un coup : « Mais où sont passés mes trois mousquetaires ? »

— Ils ne sont pas loin. Les voilà !

Je les vois apparaître, comme par enchantement, au pied de mon lit. Roland se trouve au centre, il ne dit rien. Ses deux acolytes tentent de me parler, mais voilà, je n'entends rien de ce qu'ils me racontent. Je décide de me lever.

— Tournez-vous, Messieurs. J'aimerais bien un peu d'intimité dans ma chambre !

— Cette doléance s'adresse-t-elle également à moi ?

— Tu es bête ! Tiens, d'ailleurs, où est Trencavel ?

Je vois instantanément les iris de mon Autres virer de couleur. Je me sens rassurée de le savoir près de moi. Je m'approche et picore sa bouche, juste avant de me dire : « Un bain ! Je rêve d'un bain avec de la mousse. » Et, dans la seconde qui suit, j'entends l'eau couler dans la baignoire…

Andrey et Etan

— Allô, Etan ?

— Andrey ? C'est incroyable ! Je viens juste de poster la lettre où je te disais entre autres de ne pas m'écrire. Je suis en train de boucler ma valise. Mon avion part dans deux heures. J'arrive pour vous prêter main-forte.

— Non, surtout pas, Etan ! Sophia a sur les épaules le poids d'une pression énorme. Si tu venais nous rejoindre, ça compliquerait d'autant la situation. Si elle se laisse submerger par ses émotions, elle n'aura pas l'énergie suffisante pour accomplir ce qui l'attend.

— On n'est pas obligés de lui dire que je viens.

— Fils, Béziers est un village, tout se sait tôt ou tard. Il est absolument impératif que tu ne viennes pas, même si mon envie de te retrouver comme avant est plus forte que tout.

— À moi aussi, tu manques, mon frère ! Il faut que je te dise : Roland est encore entré en contact avec moi. C'est pourquoi je ne peux rester les bras croisés pendant que vous êtes dans cette situation plus qu'inextricable. Dis-moi comment je peux vous aider.

— Prépare votre avenir ! Sophia aura besoin de toi plus que jamais. J'ai également fait le nécessaire de mon côté, afin qu'elle ait l'usufruit de la Notairie. Même si je sais qu'elle est à l'abri chez Martine, je voulais qu'elle puisse conserver cet endroit qu'elle aime tant, ainsi que mes biens qui lui sont chers. Et puis il y a Orphée et Horus, mes deux cœurs qu'elle aime comme ses enfants.

— [Soupir…] Mon ami, si tu savais à quel point j'ai le cœur brisé. Tu as l'air de prendre tout cela de façon si sereine.

— Peut-être est-ce enfin la sagesse qui me gagne. Il aura fallu toutes ces années pour que je puisse la tutoyer un peu.

— Toi, sage ? *[Rire]* J'espère bien que non ! Même si c'est le but de notre démarche de rosicruciens, je préfère mille fois ta merveilleuse fantaisie à cette sagesse résignée qui te condamne à l'avance.

— Qui te dit que ce sera la fin pour moi ? N'enterre pas trop vite mon âme vagabonde et fantasque, car tu pourrais bien être surpris de ce qu'il pourrait advenir.

— Je te crois sur parole, mon ami.

— Fils, je voulais également te dire que tu recevras des papiers de mon notaire. J'ai tout mis en ordre pour que Sophia ne manque de rien. Il y a également certaines choses qui te sont destinées. Veille bien sur vous.

— *[Long soupir...]* Oui, mon ami, je ferai tout ce que tu me demandes.

— Je vais devoir te laisser. Je te rappelle un de ces prochains jours, pour te tenir au courant de la suite des événements. En attendant, prends soin de toi, et ne bouscule pas trop Roland. C'est un caractère fier, mais c'est aussi une bonne personne.

— Je te promets de faire de mon mieux, mais ce n'est pas gagné !

— *[Sourire]* Je te serre sur mon cœur, fils.

— Moi aussi, mon maître. Moi aussi !

<u>Courrier en transit</u>

Etan,

Je viens de prendre successivement connaissance des deux courriers que tu m'as envoyés. Je te laisse imaginer ma peine dans un premier temps, et ma joie dans un second. Voilà ce qui s'appelle un véritable ascenseur émotionnel !

Je crois reconnaître, dans ce qui t'a été dicté, la signature de l'un des « âmis » de Sophia, qui se nomme « Roland ». Si celui-ci est connecté à nous en ce moment, je ne peux que le féliciter de sa démarche. Et ce, même si cette dernière t'a effrayé, fils. Un mal pour un bien.

Lorsque je parle de connexion, je veux exprimer l'union entre l'au-delà et la matière. Je pense que tu l'auras compris.

Tu as émis beaucoup d'interrogations, dans ta première lettre.

Il est important que tu comprennes que cette relation que nous vivons tous les trois, Sophia, Trencavel et moi, n'a rien à voir avec ce que tu peux imaginer de sordide. Cet homme, qui est devenu mon âmi intime, me nourrit sur bien des plans. Si seulement je pouvais t'exprimer tout ce que je ressens depuis notre fusion. J'ai honte de te l'avouer, mais je suis bel et bien addict. Au point que s'il devait quitter mon corps, mon esprit, sans que cela n'ait d'impact funeste sur moi, je ne sais pas si je le supporterais. Pire encore : je ne sais pas si Sophia voudrait encore de moi. Cette alchimie sacrée, qui nous compose désormais, la comble bien au-delà de ses espérances ; et ce, à tous les niveaux...

Afin d'éclairer ta lanterne sur le vicomte, il ne s'agit pas d'un mort-vivant qui prendrait possession de moi un jour sur deux, en ôtant sa mue, comme on change de vêtements. Il ne s'agit pas non plus du sigisbée de notre bien-aimée, même si cela peut y faire penser. Non ! Mais afin de décrire cette situation insolite de façon un peu drolatique, je pourrais nous qualifier de « deux en un », à l'image de ces shampoings révolutionnaires dont on nous vante les mérites désormais. Nous sommes, lui et moi, le produit d'une intrication spirituelle et matérielle, voilà tout.

Pour ce qui est de tomber amoureux d'un mort, si – je dis bien « si » – il m'était arrivé d'avoir des doutes à ce sujet par le passé, je peux t'affirmer que, désormais, je n'en ai plus aucun !

Il se trouve également que Trencavel et Sophia ont été étroitement liés à l'époque médiévale. De plus, notre âmi le vicomte attend de sa Doña qu'elle remplisse une mission des plus importantes. Tout est imbriqué ! C'est pourquoi nous ne sommes pas trop de deux pour veiller sur celle que nous aimons. Car, vois-tu, elle est le pilier central d'un passé qui est en train de bouleverser nos vies dans le présent. Tout, absolument tout, est relié à Sophia. Le plus alarmant dans tout cela, c'est la violence de ce qu'elle doit traverser, au point d'en avoir des stigmates sur le corps. J'ai, pardon, nous avons véritablement peur pour sa vie. Pourtant, c'est elle qui veille sur nous. Elle est tellement forte, Etan, tellement forte !

J'entends des cliquetis dans la serrure, c'est ma bien-aimée qui rentre au bercail. Je te laisse donc et te dis à très bientôt. J'attends de te lire avec la plus grande des impatiences.

Au revoir, fils.
Andrey

Courrier en transit

Mon ami,

Comment te dire à quel point je me trouve désarmé après avoir lu ta lettre. Je n'étais pas encore véritablement prêt à comprendre ce qu'endure Sophia depuis des mois. J'ai donc longuement réfléchi après ce qui m'est arrivé. Tu me connais, j'ai, bien entendu, tenté de rationaliser tout cela en le décortiquant, jusqu'à douter, je dois bien l'avouer, de ce que j'avais vécu. Au moment exact où ma « certitude cartésienne » a voulu reprendre le dessus sur l'inexplicable, un froid glacial venu tout droit du néant, m'a enveloppé. Je me suis instantanément retrouvé engourdi par lui, du sommet du crâne jusqu'au bout des orteils. Plus je résistais, plus je me crispais, et plus il me transperçait, au point de déchirer ma chair à m'en faire hurler de douleur. Encore une fois, je me trouvais confronté à plus fort que moi. Il m'était donc devenu impossible de ne pas faire le rapprochement avec l'événement qui avait eu lieu en début de semaine. Celui-là même que mon esprit désirait ardemment rejeter. Je ne pouvais plus me voiler la face. Désormais, j'acceptais avec fatalité le fait que j'avais bel et bien vécu une expérience paranormale, et que celle qui était en train de se produire à l'instant même était une piqûre de rappel. Et voilà que le nom de « Roland » s'échappe de ma bouche, que je lui crie : « Arrêtez, par pitié ! J'ai compris votre message. Qu'attendez-vous de moi, au juste ? » C'est alors que, l'espace d'un battement de cils, tout revenait à la normale. Mon corps avait repris entièrement possession de sa vigueur et de sa chaleur, sans qu'aucune douleur ne persiste. Puis, j'entends venant de nulle part une voix autoritaire qui me dit : « Plume ! » je pense à « stylo ». Je me précipite alors vers mon bureau, m'installe et l'attrape. Je m'aperçois qu'il n'y a pas de papier sur la table. Au moment où je décide d'aller chercher mon nécessaire à correspondance dans le secrétaire, je me sens une nouvelle fois bloqué sur ma chaise. Pour couronner le tout, je me reçois en pleine face mon bloc-notes. « Grossier personnage ! » sont les premiers mots qui me traversent l'esprit en petits caractères, ainsi que, je dois bien l'avouer, « Connard » en plus gros. Au même moment, ma main commence à s'animer sur le papier, l'espace de quelques secondes, puis s'arrête net, après avoir tracé un : « Vous en êtes un autre, l'ami ! » Puis ma main s'emballe à nouveau : « Ton ami a besoin de croire en toi ! Tiens-toi prêt, car le moment venu, tu devras aider Sophia qui se retrouvera anéantie par le chagrin. » Et, sans que je ne fasse rien pour cela, mon corps se relâche d'un coup, et je me mets à pleurer.

Andrey, si la prophétie de ce Roland est juste, cela veut dire que tu vas nous quitter, comme tu l'as présagé. Je m'y refuse ! J'aime Sophia au-delà de tout, mais ça, tu le sais déjà. Seulement, le prix à payer pour prendre ta place à ses côtés est bien trop élevé pour moi. Tout le reste de ma sombre vie, je serai dévoré par le remords de t'avoir trahi. C'est au-dessus de mes forces !

Il y a d'autres moyens de l'emporter ! Si nous unissons nos forces aux côtés de celle que Roland nomme « Dame Sagesse », alors rien ne pourra détruire notre amitié d'incarnés, pas même la faucheuse, Andrey.

Je vais venir vous rejoindre. L'idée de demeurer ici, lorsque tout se passe là où vous êtes, n'a aucun sens.

Je saute dans le prochain avion. Donc ne m'écris pas. Je suis impatient de vous retrouver. J'arrive !

Etan

Le passage

Quelques jours s'étaient écoulés depuis ce dernier événement où le Charron a disparu dans l'oubli. Je me remettais doucement. Je dois bien avouer que tout cela m'avait secouée. La peur de perdre à nouveau Andrey, et de possiblement mourir dans un ailleurs que ses bras, avait puisé toute mon énergie, j'étais littéralement à plat. Puis, totalement inattendu, ce voyage temporaire dans l'autre monde, en compagnie de ma mort, m'avait laissé une sensation étrange d'inachevé. Des parfums inconnus envahissaient encore tout entier mon palais ; comme ces saveurs exotiques dans lesquelles je me plaisais à croquer, et qui me faisaient saliver au point de me donner envie de repartir aussitôt vers de nouvelles destinations. La mort ne voulait pas encore de moi ! Je l'ai pourtant désirée ardemment, ce jour-là. La plénitude, la sérénité, la légèreté, l'immersion dans l'amour… Que ne donnerais-je pas pour qu'elle m'emporte à nouveau, là, maintenant ? Depuis, je me pose en boucle cette question : quand viendras-tu me faucher, mon âmie ? Bien entendu, de ce qui assaille mon esprit, je n'ai rien dit à mon Autres. À vrai dire, cela ne servirait de rien, car je ressens – non, je sais – qu'il lit désormais couramment dans mes pensées. Je crois que, pour respecter ma pudeur, il n'a pas voulu aborder ce sujet avec moi. Je perçois également que l'idée d'espérer ma propre finitude lui brise le cœur. Je le meurtris malgré moi ; de cela, je m'en veux terriblement. C'est pourquoi il faut à tout prix que je me rassemble. Que je me recentre, que je m'unifie, afin de recouvrer toutes mes forces pour mener à bien la mission qu'il me reste à accomplir. Mes amis comptent sur moi, je ne peux en aucun cas leur faire faux bond. Mes questions demeurent toujours sans réponses, pour ce qui est de savoir comment je vais devoir opérer. Mais, depuis mon voyage, cette étrange sensation de solitude subtile m'a cependant quittée. Je pressens désormais que je ne serai pas seule, le jour du rite de passage. Combien étaient-elles ? Oui, combien ? Toutes ces âmes qui me caressaient de leur regard bienveillant, ce fameux jour. Toutes ces prunelles tournées vers moi qui me disaient : *« Tu n'as plus besoin d'avoir peur, nous sommes avec toi. »* Alors oui ! Au plus profond de moi, je sais que je ne sais pas ! Mais ça n'a plus d'importance, à vrai dire, car je ne ressens plus aucune crainte qui pourrait me paralyser le moment venu. Je veux faire confiance à la vie et à la mort, qui, je le sais, travaillent de concert. Car, sans prendre un instant pour souffler, elles se relaient inlassablement afin que la roue des naissances et des trépas ne cesse jamais de tourner.

Une nouvelle vibration s'est également insinuée dans notre vie. Je suis intimement persuadée que, depuis un certain temps, Andrey me cache quelque chose et que mon vicomte y consent sans piper mot. Il complote derrière mon dos pour la première fois, et je n'aime pas ça ! Je ne sais pas ce que je dois en penser. Ou alors je deviens parano. Et puis, il y a Roland ! Celui-ci est également étrange, ces derniers temps, un rien irritable ; ce qui ne lui ressemble pas. Logaret et Folquet, quant à eux, sans jamais déroger à la règle, sont toujours là où il se trouve. Je ressens dans mes entrailles que le jour J approche, tel un grand vent de changement dont le grondement sourd s'est installé en chacun de nous.

Dans une note plus légère, Azaïs, ma douce amie et confidente amoureuse, qui tous les jours passe de longs moments à mes côtés, me fait m'évader un peu. Je lui ai confié qu'Etan m'écrivait. Elle trouve ça tellement romantique ! Mais je ne peux aller au-delà de l'effeuillage de certains de mes secrets d'alcôve, au risque de l'effrayer.

Et puis il y a Martine et Lilly. Elles me couvent tellement de tendresse que mon cœur s'attriste parfois de ne pouvoir leur expliquer ce que je vis dans l'impalpable. Si seulement ! Si seulement…

Quelques jours plus tard, au cœur de la nuit, je vois en songe la scène du passage. Mes trois âmis sont bel et bien là, mais il n'y a pas la moindre trace des âmes de lumière. C'est alors que la panique me submerge. Dans un cri, je me redresse, les yeux exorbités et j'appelle de toutes mes forces :

— ANDREY ! ANDREY !

— Qu'y a-t-il, ma chérie ?

— Et si elles ne venaient pas, le jour du passage ?

— Mais de qui parles-tu ?

— Des âmes, Andrey, des âmes de lumière !

— Mon cœur, crois-tu vraiment qu'elles manqueraient cet événement qui se prépare depuis si longtemps ? Non !

— Tu me le jures, Andrey ? Jure-le-moi sur ce que tu as de plus précieux… Jure-moi qu'elles seront là !

— Doña, ma mie, oui nous te le jurons sur ce que nous avons de plus cher… Sur ton doux cœur, ma fée.

Apaisée, je m'allonge tout contre mon Autres, et sens le sommeil m'emporter en douceur. C'est à cet instant qu'à travers le voile sombre de mes paupières j'aperçois Logaret et Folquet l'un à côté de l'autre. Pour la première fois, j'entends l'unisson de leur voix :

— *« Nous t'attendons, Sophia ! »*

C'est alors qu'entre leurs deux silhouettes je devine Roland, qui se dessine peu à peu et me dit :

— *« Tenez-vous prête, Dame Sagesse, car demain est le grand jour. »*

Andrey se réveille, il se tourne vers Sophia pour la prendre dans ses bras, mais la place est vide. Inquiet, il se lève d'un bond pour se diriger vers le salon, puis, soulagé, la voit qui fait les cent pas !

— Qu'y a-t-il, mon ange, tu es toujours affectée par ce mauvais rêve ?

En me précipitant dans ses bras, je lui raconte :

— Andrey chéri, c'est pour aujourd'hui !

— Ils se sont manifestés à toi ?

— Oui. Et pour la première fois j'ai entendu le son de leur voix. Folquet et Logaret se sont adressés à moi ! Roland aussi.

— Que ressens-tu ?

— Un immense soulagement, et de l'excitation à la fois ! Soulagement parce que tout cela va prendre fin. Excitation parce que je me sens enfin prête, et que la joie de délivrer mes amis me submerge.

— Je suis heureux pour toi, pour eux. Sais-tu où ça aura lieu ?

— Non ! Enfin, peut-être… Dans mon songe, j'ai vu Orphée et Horus qui m'observaient. C'est pourquoi je me dis que ce sera peut-être ici, dans cette pièce. Mais, pour une fois, je vais essayer de me laisser porter. J'ai compris que vouloir contrôler les événements ne servait à rien. Je me tiens prête, voilà tout !

— Je ne peux qu'abonder dans ton sens.

— Oui, Doña, tout va venir à toi. Et sache qu'il ne manquera pas une âme au rendez-vous.

— Tu as raison, je ressens leur égrégore, et votre belle force à tous les deux qui m'enveloppe. Que serais-je sans votre amour ?

Assise en tailleur sur le canapé, entourée de mes deux sphinx, lentement, j'égraine les heures qui se succèdent sur mon chapelet du temps. Soudain, le bleu du ciel se métamorphose. Sur la palette des cieux, toute parsemée de couleurs, le soleil grenat se fait en un instant rose pétale. Dans l'or pâle de ses rayons, il transforme peu à peu le salon pourpre en salle de bal. Tout se met à danser et à chatoyer autour de moi… dans cette cour des délices qui ressuscite sous mes yeux. Je les vois renaître à la vie au son de la fin'amor[18]… Rire et s'aimer, ceux qui jadis, furent les seigneurs du salon féerique… Et mon esprit s'envole…
Détachée de mon corps, je me vois qui avance dans mon bliaud de soie blanc cousu d'étoiles d'argent, vers un joglar nostalgique qui nous chante la romance…

---

[18]. « Amour pur », en occitan.

« L'amour loyal ne sait pas changer.
Mais vous n'êtes pas en danger,
Ni vous ni nul autre cœur volage.
L'amour loyal veut un ferme courage,
Mais vous auriez tôt d'avis changé,
Tôt conclu un nouveau marché,
En amour, il y a des marchands,
Mais il n'en veut rien, le fin amant[19]. »

Alors, cueilli comme l'eau de la source par deux belles mains, le creux de mon poignet se retrouve caressé par les lèvres assoiffées de mon vicomte. Couronné par les blés de son ondulante toison, royal, il resplendit dans sa tunique de taffetas de soie noire et écarlate, toute brodée d'or et de perles. Je ne contrôle plus mon émoi ! Mon cœur, auréolé de joie et d'amour, s'affole à tout rompre. Il cogne, il grogne tel un fauve aux barreaux de mon sein. Comme j'aimerais pouvoir le libérer, lui qui n'a qu'un seul souhait : s'unir à celui que tout mon être appelle.
Au cœur de la pièce, une épée apparaît qui flotte dans l'air, on dirait Durandal. Sur sa lame, figure une inscription : « Desencusatz », qui veut dire « pardon » en langue d'Oc.
C'est à ce moment que tous les regards convergent dans ma direction. Je me dirige alors vers cet estramaçon qui s'offre à moi, et que je saisis de mes deux mains. En posture verticale, pointée vers le haut, sa garde tout contre mon cœur, il me divise la face en deux. J'opère alors sur moi-même un tour complet, pour m'arrêter enfin devant trois hommes que je ne connais que trop bien : Logaret, Folquet et Roland. Ce dernier fait deux pas en arrière, après avoir invité ses deux amis à s'agenouiller à mes pieds. Le regard implorant, ils s'inclinent devant moi. Je lève alors mon épée au-dessus de la tête, pour enfin l'abattre entre mes deux pénitents, et trancher cette chaîne de souffrance qui les relie l'un à l'autre depuis bien trop longtemps. Je relève ma garde, eux leur regard vers moi, dans lequel je vois briller une lueur de joie.
C'est à ce moment que l'épée disparaît, et que le décor autour de moi se met à changer.

---

19. Anonyme, *Yder*, XIIIe siècle.

Soudain, sans que je ne fasse rien, le temps suspend son vol. J'observe autour de moi ceux que j'aime. Andrey, Trencavel, Orphée et Horus ont les yeux rivés sur moi. Je me retourne et vois le chevalier qui se tient prêt. Sans que je ne demande rien, les âmes du capitaine et du Boucher se redressent.
L'âge des questionnements a désormais cessé. À présent, sans vraiment comprendre ce qui est en train de s'opérer en moi, je m'observe en train de tendre les mains. Je nous fixe, moi et ces deux hommes avec lesquels je me sens soudainement fraternellement reliée par un filament d'amour. Celui-ci devient de plus en plus fin et lumineux. Au même instant, je vois nos sourires rayonner. Je ressens, dans chaque fibre de mon corps, l'espérance d'un jour nouveau. Je sais dès à présent que c'est la dernière fois que nous nous voyons, mes frères et moi, dans cette vie d'incarnée qui est la mienne. L'affleurement de leur Immatérialité divine me donne le frisson. Ce n'est autre que celui d'une dernière valse à quatre temps. Âme contre âme, serrés fort, nous nous disons au revoir. Dans cette étreinte lancinante, le souffle de la libération les enveloppe. Apparaissent soudain tout autour de nous des présences inconnues venant remplacer la délicieuse compagnie de la cour d'amour. J'ai beau fouiller dans ma mémoire, aucune ne m'est familière. Pourtant, je me sens transportée de bonheur. Je regarde mes âmis et constate que mon sentiment est partagé. Quelque chose d'inénarrable est en train de se produire, car les mots pour le décrire n'existent pas. Je ne contrôle rien du tout, je me laisse tout simplement guider par les événements.

Un grand tableau apparaît subitement, qui se peint autour moi, insolite : derrière le voile opaque d'un étrange éclat de lumière qui recouvre la toile se trouvent désormais une trentaine d'individus. Ils sont tous vêtus de blanc et irradient de bonté. Au centre de la pièce, Logaret et Folquet sont enveloppés d'une vêture bleu pâle. Ils sont l'un à côté de l'autre, l'air serein. Je vois des chiens, des chats, des chevaux, des oiseaux… apparaître et circuler comme par magie, comme si l'artiste avait voulu intégrer à tout cela – et bien au-delà du fantastique – du sublime. J'observe Orphée et Horus, l'air stoïque, dans une posture digne de la déesse Bastet ; ils suivent tous les faits et gestes des âmes en

présence. En un instant, leurs pupilles se dilatent et se rétractent, sans que leur corps ne bouge… Au même moment, je ne peux m'empêcher de penser à ma Lilly, qui manque au décor.
Je me tourne alors vers mon Autres, et je découvre mon vicomte, radieux, accoudé nonchalamment sur l'épaule d'Andrey, tous les deux complices, les yeux posés sur moi, avec un air de contentement, que dis-je, de fierté ! J'aurais tellement aimé que tous mes amis soient présents, juste à cet instant. Le chevalier se dresse subitement derrière ses deux protégés, et les enveloppe affectueusement de ses bras grands ouverts.
L'œuvre est sur le point d'être achevée – instantanément, tout se fige – au moment même où l'ensemble des regards au grand complet se posent sur moi. Pas un son, pas un mouvement ne vient perturber ce qui est en train d'arriver. Nous y sommes enfin ! Je décide de me recentrer en me réincorporant, afin de recouvrer ma verticalité dans l'unité. L'énergie universelle circule en moi. Elle vient des profondeurs de la terre, remonte par mes pieds, mes jambes, mes hanches, mon bassin et enveloppe mes reins. Le ki turbine à l'endroit de mon nombril, il danse en tournant sur lui-même comme le ferait un derviche tourneur, et réchauffe mon ventre. Le bout de mes doigts commence à picoter, tout comme l'ensemble de mon corps. La voilà désormais qui me nourrit en abondance, la sève du Grand Tout. Mes bras, mes épaules et mon cœur s'emplissent d'elle, ainsi que ma gorge, ma bouche, mon nez, mes yeux de matière, mon troisième œil, puis mon centre coronal. Je ressens une dilatation. C'est ma couronne qui se déploie, afin de s'ouvrir à l'unité cosmique. Je suis connectée à la Terre et aux univers. Je tourne la tête en direction de mes âmis : le chevalier, Logaret et Folquet. Tous les trois ont désormais la même vêture. Le filament qui nous relie est connecté à l'endroit du cœur pour chacun. Je pose alors mes mains sur ma poitrine, qui résonne cette fois-ci de plus en plus lentement : bam… bam… … bam… … … Comme si ses battements allaient cesser de s'imposer au rythme de la vie d'un instant à l'autre. Je ressens ma vibration qui s'accélère. Je suis en train de me détacher de la matière. C'est un peu comme si mes pieds ne touchaient plus terre. Je suis légère, à la limite de l'immatérialité. C'est à cet instant précis que mon corps se dédouble une seconde fois, et que mon moi intérieur se dirige droit vers mes protégés, emportant

avec lui son filament. Il les serre tous les trois dans ses bras, comme s'il redoutait au plus profond de lui cette séparation. Au moment de leur dire adieu, le voilà qui déchire le voile qui recouvre la toile, et qui dissout, par là même, à jamais, cet attachement qui nous relie dans la matière… La métamorphose des lieux opère.

Dans son nouveau décor, le tableau est presque vide. Tout le monde a disparu, sauf, bien entendu, Orphée, Horus, Andrey, mon vicomte qui a réintégré son Autre, et moi. La clarté naturelle du soleil couchant a repris sa place comme si de rien n'était, pour laisser reposer en paix nos hôtes séculaires. Dans un grand soupir de satisfaction, je me dis à moi-même : « Ça y est, ma mission est enfin terminée ! »

Mais au même moment, on me chuchote :

— *« Non ! Il te reste encore quelque chose à accomplir… »*

La complainte de la Madeleine

Nous nous dirigeons inexorablement vers la fin de l'été. Je ne vois ni n'entends plus quoi que ce soit, depuis le jour où mes âmis ont rejoint les plans de lumière. Ça me rend folle !

— *« Il te reste encore quelque chose à accomplir. »*

Qu'attend-on encore de moi que je n'aie déjà réalisé ?!
Pas un signe, pas un son, rien ni personne pour se communiquer à moi afin de me mettre un tant soit peu sur la voie.
J'ai le sentiment de revenir au point de départ, lorsque, des semaines en arrière, je ne savais à quelle sauce j'allais être mangée.
Je revis encore chaque nuit le moment du rite de passage. Je n'arrive toujours pas à faire la part des choses : était-ce un rêve ou la réalité ? Toute cette fantasmagorie a-t-elle réellement pris vie autour de moi ? Et mes âmis, sont-ils délivrés et heureux, désormais ?

En ce qui concerne mon Autres – qui souffre tout autant que moi, mais pour des raisons dont je suis la seule responsable –, pas plus Trencavel qu'Andrey n'ont de pistes. C'est le black-out absolu !
Pour couronner le tout, je ressens de façon flagrante l'irascibilité prendre possession de moi. Je perds le contrôle de ma verticalité, en me laissant tirer vers le bas par la lourdeur de la matière. Le poids des âmes sur mon corps me courbe l'échine, je ne fais plus rien pour les en empêcher.
Trop de bruit dans ma tête. Beaucoup trop de bruit ! Dans le brouhaha de mon incompréhension, il n'y a pas de place pour le murmure des anges, pas plus que pour l'amour. Je suis en train de me perdre…, de tout perdre !
Jusqu'où peut-on involuer ? Quelle est la marge de tolérance de notre âme ? Jusqu'où est-elle prête à aller afin de tester « où » en est rendue notre conscience ? Jusqu'où pouvons-nous nous fourvoyer, sur le chemin de nos incertitudes ? Quel est notre point de non-retour ? De quelle couleur sont nos portes du néant ?

Je n'ai désormais qu'une seule envie, celle de hurler de toutes mes forces à la face du monde ma terrifiante impuissance et le goût de la vie qui me quitte !

— Je m'adresse à vous, mes anges gardiens : est-ce pour cela que vous m'avez choisie ? Donner d'une main et reprendre de l'autre fait-il toujours partie de vos pratiques ? Assécher mon cœur afin qu'il se recroqueville sur lui-même faisait-il partie du marché ? Voler toutes mes certitudes, mes larmes de joie et mes rires aussi ? Au bout du compte, vous ne méritez pas que je me meure un jour !

J'éclate en sanglots…

— *« Pleure, douce Sophia ! Pleure-nous ta peine afin de faire de la place à ta joie... Crie, douce Sophia ! Crie-nous ta colère afin de libérer ton amour opprimé... Nous ne t'avons pas oubliée. Aie foi en nous comme nous avons foi en ton âme... Tout vient à toi... Tout vient à toi... »*

— Andrey, pourquoi est-ce toujours au fond du gouffre que les changements opèrent ?

— Tout simplement, mon amour, parce qu'on ne sait pas forcément distinguer la véritable lumière en plein jour. C'est pourquoi l'obscurité est notre alliée.

— Oh, mon chéri, j'ai encore tellement à apprendre. Pardonnez-moi tout ce que je vous ai fait endurer ces derniers temps. Comme je m'en veux !

— Doña, ma mie, ça, nous le savons ! Mais il est quand même doux de l'entendre !

Pour la première fois depuis longtemps, je ne peux m'empêcher de sourire. Je ressens que ce message en filigrane vient de me libérer d'un poids qui ne m'appartenait pas. Je ne suis pas encore assez vigilante. En aidant mes âmis à ascensionner vers d'autres plans, j'ai omis de prendre en considération la possibilité d'attirer dans mon sillage certaines entités désireuses d'en faire autant, ou tout simplement de me nuire. C'est en me laissant submerger par elles que je me suis éloignée d'autant de cette part d'éternité qui me constitue pour moitié.

— L'équilibre, ma petite fée ! C'est lui qui te mènera à l'harmonie.

— « Équilibre », j'ai failli oublier ton nom !

— Et qu'en est-il à présent ?

— J'ai décidé de le laisser infuser en moi, afin que nous nous apprivoisions l'un et l'autre.

— Voilà une sage décision, Doña Sophia !

— La lumière est réapparue après une brève absence qui se voulait certainement nécessaire, dans le but que j'en prenne conscience. Mais je ne veux plus risquer de la perdre à nouveau.

Et voilà qu'Andrey me dit :

— Avec l'assentiment de Trencavel, nous décidons de te faire gardienne officielle de l'étincelle divine.

— Voilà un titre qui ne se veut pas pompeux du tout !

Et nous rions de bon cœur.

Après une reprise en main que je qualifierais de « musclée », je me sens rechargée à bloc. Je remercie la providence, qui m'a offert pour la première fois de ma vie une véritable famille d'âmes. Je m'abandonne désormais, sans aucune crainte, à cette sensation qui m'était encore inconnue il n'y a pas si longtemps : celle de la douceur apaisante d'un foyer aimant et joyeux ; lorsqu'on est entouré, enveloppé de l'amour de ceux qui ne nous trahiront jamais, et seront incapables de nous infliger la moindre souffrance – que ce soit en parole, en pensée ou en actes. Un peu comme à l'image de l'amour inconditionnel que toute mère devrait avoir pour son enfant… Tout devient évident.

Je me sens plus forte que jamais. Je sais qu'il m'arrivera encore de trébucher, oui, voire de tomber, encore et encore, dans l'existence, mais cela ne m'effraie plus. Car désormais je prends conscience de ma force et de mon aptitude à me redresser dès lors que tout va mal.

Une voix :

— *« L'entends-tu qui pleure ? »*

C'est le milieu de la nuit, je viens de me réveiller en sursaut. Je suis trempée de sueur. À côté de moi, Andrey dort comme un bébé. Au moment de sauter du lit, j'entends :

— Où vas-tu, Doña ?

C'est mon vicomte qui veille. Je lui réponds en chuchotant :

— Chut ! Je vais prendre l'air à la fenêtre… Rendors-toi, mon âmour[20].

— N'oublierais-tu pas que je lis dans tes pensées…

— Et toi, n'oublierais-tu pas que j'aimerais que tu t'abstiennes de le faire de temps en temps ? Comme cette nuit, par exemple.

— Tu es fâchée ? Pardonne-moi.

— Non, je ne suis pas fâchée, je ne veux pas que tu réveilles Andrey !

— Sais-tu qui pleure ?

— Non. Je vois que tu souris… Donc tu le sais.

— Oui, ma mie.

— Qu'attends-tu pour me le dire ?

— Que tu sois raisonnable et que tu n'y ailles pas seule.

— Penses-tu que l'on me veuille encore du mal ?

---

[20]. Âmoureux désincarné.

— À cela, je ne peux répondre. Ce que je sais, c'est que tu auras besoin de notre aide.

— Je ne veux pas qu'Andrey prenne des risques, quels qu'ils soient.

— Et moi ?

— Mais toi, c'est différent, mon âmour : tu es déjà mort, je te le rappelle !

— Alors tout peut m'arriver, tu n'en as plus rien à faire !

— Comment peux-tu dire une chose pareille, à moi qui t'aime depuis si longtemps ? Et par l'esprit je lui dis : « Ce que je dois faire, tu ne peux pas le réaliser à ma place, même avec tout ton amour. Laisse-moi libre d'accomplir ce que l'on attend de moi, mon tendre cœur. S'il te plaît, dis-moi qui pleure ? »

Après un long soupir d'impuissance :

— C'est la sainte Marie-Madeleine !

— Tu veux parler de l'apôtresse de Jésus ?

— Oui ! Euh… non !

— C'est oui, ou c'est non ? Décide-toi, mon chéri.

— C'est l'église, Doña !

— Que veux-tu dire ? L'église de la place de la Madeleine ? Notre église ?

— Oui, ma mie.

— Oh non ! Tout mais pas ça ! Sais-tu que je ne suis pas retournée là-bas depuis notre mort à tous dans l'incendie ?

— Oui je le sais ! C'est pourquoi je ne voulais pas que tu t'y rendes seule.

Au même instant, Andrey se met à parler en dormant :

« Non, mon amour ! N'y va pas ! Je t'en supplie, n'y va pas sans nous ! »

— Bon ! Comme je vois que tout le monde est au courant, autant que vous m'accompagniez !

— C’est en effet une sage décision !

Alors, en douceur, je m’en vais réveiller la part de mon Autres qui sommeille encore.

L’humidité de la tramontane nous fait frissonner. Un volet claque violemment contre le mur de pierre de l’un des hôtels particuliers qui jalonnent la place. Dans sa semi-obscurité, l’endroit est tout simplement magnifique ! L’église, jadis outragée par les flammes de l’enfer, dresse désormais vers les étoiles la pointe de son hennin tout envoilé de lumière. Elle chante, encore et encore, sa complainte des âmes perdues, que le vent solitaire a portée jusqu’à moi.

Nous nous dirigeons à présent vers sa porte. Les bourrasques de la tempête qui se lève ne cessent de nous pousser dans sa direction. Je dois bien avouer que je ne suis pas rassurée. Sans vouloir m’avancer, je pense que mon Autres ne l’est pas davantage.

Sans même nous concerter, nous stoppons notre course en même temps. Mes deux gardes du corps n’ont d’yeux que pour moi. Je m’aperçois que je leur tiens la main en tremblant.

— Peut-être que la porte est fermée à clé ! disent-ils pour me dissuader.

— Je ne miserais pas là-dessus, si j’étais vous, mon chéri.

C’est alors que je leur lâche la main. Ni une ni deux, une poussée magistrale me propulse jusque devant la poignée. Je reste interdite quelques instants, avant de poser ma main dessus. À peine ai-je le temps d’y exercer une pression que le souffle des cieux ouvre tout grand la grande porte de la maison de Dieu, afin de m’y accueillir. Quelques instants plus tard, nous nous retrouvons – Andrey, Trencavel et moi-même – au cœur du sanctuaire. Le silence règne partout autour de nous… Partout…

jusqu'au moment où, sans prévenir, la tourmente pénètre de son cri déchirant chaque parcelle de la divine demeure. Pour la première fois de ma vie, sans véritablement comprendre ce qu'il se passe, je me livre sans plus de résistance à Marie-Madeleine, qui soudain lave ma foi de ses larmes, comme elle le fit deux mille ans auparavant avec Jésus. Mon cœur est sur le point de défaillir lorsque, soudain, j'entends, la complainte des oubliés, la litanie de mes compagnons de souffrance. Je reconnais leurs voix ; leurs noms me reviennent en mémoire. Dans un claquement sourd, la porte se referme derrière nous. Mon Autres me regarde, inquiet. Étrangement, mes yeux se veulent rassurants, car je ne me sens pas prise au piège. Non, au contraire ! De tous les endroits où j'aimerais être maintenant, c'est celui-là que je choisirais sans aucune hésitation. Quelque chose est en train de se produire. L'atmosphère apaisante que je ressentais depuis notre arrivée se met à vaciller d'un seul coup. C'est le froid qui prend toute la place. Je sens l'anxiété nous submerger. Nos regards se croisent ; cette fois-ci, ils sont sur la même longueur d'onde. Sans même nous en rendre compte, nous nous collons l'un à l'autre. Au même instant, quelque chose de curieux se produit : tous les cierges et bougies s'allument simultanément. Je comprends que je ne suis pas seule pour réaliser ce que l'on attend de moi. Seulement, je ne sais toujours pas de quoi il s'agit !

Je lâche alors la main de mon Autres, afin de me diriger vers l'autel. Andrey tente de me retenir, mais Trencavel l'en dissuade. Me voilà au cœur de la situation. Il n'y a plus qu'à...

— Je suis là, comme vous me l'avez demandé, pour vous aider. Seulement, si je ne sais pas ce que vous attendez de moi, je ne vais pas pouvoir faire grand-chose pour vous, mes âmis. Merci de bien vouloir vous communiquer à moi.

Puis le silence résonne. Les minutes s'écoulent... Et, comme rien ne se passe, déçue, je m'en vais rejoindre mon Autres.

Au moment où nous décidons de nous en retourner, j'entends siffler de toutes ses forces le vent tourbillonnant qui se dirige vers l'autel, pour enfin renverser un grand vase garni de fleurs se trouvant à ses pieds. Toute saisie par ce que je vois, je ne fais plus un geste, afin de ne pas risquer de briser la féerie de cet instant.

Andrey et Trencavel se pressent à mes côtés, pour admirer un ballet floral qui vient de prendre vie. Chaque fleur s'envole, suspendue dans l'espace, et, dans l'instant qui suit, ce cortège des plus gracieux se transforme en ronde végétale nous encerclant. Mon amours[21] et moi n'en croyons pas nos yeux. Au même instant, quelque chose de non moins étrange est en train de se produire. Une musique joyeuse venue de nulle part, transforme soudain cette ronde en farandole. En l'espace d'une seconde, nous sommes inondés par les rayons d'un soleil de minuit… Soudain, apparaissent mes âmis d'autrefois. Dans leurs beaux atours chatoyants, ils m'offrent leur plus beau sourire en dansant. Sans plus attendre, je rentre dans la farandole à mon tour. Comme je suis heureuse ! Au passage, j'attrape la main d'Andrey et de mon vicomte, pour les convier à notre joie.

Ils me prennent dans leurs bras et me font tourner, tourner, tourner… Nous dansons et rions à perdre haleine. C'est à cet instant que le souffle du vent me murmure à l'oreille : *« L'heure est venue de leur dire adieu, Sophia... Accorde-leur de nous rejoindre..., maintenant... »*

Tout s'éclaire enfin ! Je comprends ce que l'on attend de moi… Sophia, la passeuse d'âmes…

Sans plus attendre, le cœur encore encastré dans celui de mon amoureux, du fond de mon âme, je demande à mes hôtes leur concours afin qu'ils m'aident à accomplir ma tâche.
Encore un au revoir. Encore une séparation. Mais désormais, je sais que nous nous retrouverons bientôt. C'est dans un élan de joie que je leur envoie tout mon amour, afin de leur montrer la voie qui mène à la délivrance. En quelques secondes, ils disparaissent un à un, emportés par la tramontane et sa musique, qui soufflent désormais sur eux comme un grand vent de liberté.

C'est alors que, dans les bras de celui que j'aime, je ressens comme un tremblement. Ses muscles se contractent violemment autour de ma taille, à m'en briser les os. Je ne comprends pas ce qu'il se passe. Je tente de me dégager, mais son étreinte est

---

[21]. Emploi du pluriel, pour signifier qu'Andrey et Raymond-Roger ne font qu'un.

beaucoup trop forte. C'est à cet instant précis qu'un « NON » déchirant s'échappe de sa gorge, pour ricocher contre les parois de l'église… Hébétée, je le regarde sans savoir que faire. Je tente de l'apaiser par mes mots et mes caresses, mais je me rends compte qu'il n'entend ni ne ressent rien. Je décide alors de cogner de mes poings son poitrail, de le gifler, afin de le ramener à moi… Il fond en larmes, comme le ferait un enfant. Désarmée, je ne peux rien faire d'autre que le regarder de toute ma tendresse. C'est à ce moment que tout s'éclaire, et que le chagrin étreint mon cœur. Je perçois peu à peu la silhouette de mon vicomte se détacher du corps d'Andrey. Instinctivement, je lève les yeux au-dessus de nous : je m'aperçois que nous sommes entourés d'âmes des plans supérieurs. Toutes auréolées de lumière, elles lui tendent la main. Mon vicomte se retrouve déchiré entre l'amour qu'il me porte ici sur terre, son envie de rester avec nous et le bonheur de recouvrer enfin sa liberté. Je ne veux pas qu'il s'en aille, non ! Mais je comprends qu'il vient de faire son choix. Je redoutais ce moment depuis longtemps, et voilà qu'il s'impose à nous. Que puis-je faire d'autre que lui donner, la mort dans l'âme, je dois bien l'avouer, mon consentement ? C'est ainsi que, juste avant de disparaître, il s'avance vers moi pour m'étreindre passionnément une dernière fois, en me volant un baiser.

Les bougies se sont éteintes… Le silence a repris toute la place. Pour la première fois depuis des siècles, la sérénité imprègne les lieux.

Nous voilà désormais tous les deux, Andrey et moi, comme au jour de notre rencontre. Mais je sais désormais que rien ne sera jamais plus pareil. Quelque chose vient de se briser.

Cet homme si fort, celui que j'aime au-delà de tout, est à genoux devant moi. Courbé par le poids de la peine d'avoir perdu son hôte, il pleure toutes les larmes de sa désespérance. Doucement, au creux de son cou, je viens alors me blottir et lui souffler :

— Mon amour, parle-moi, je t'en supplie… Je suis là !

Et, dans un sanglot incontrôlable, il laisse s'échapper d'entre ses dents serrées :

— Sophia, qu'as-tu fait ?

— Mon chéri, je n'ai pas pu empêcher son départ. Il avait déjà fait son choix.

Après un long silence…

— Le reverrons-nous un jour ?

— Oui ! Mais plus dans notre dimension de matière. Son départ signe la fin de notre mission. Me voilà délivrée, tout comme lui.

— Vas-tu t'en aller, toi aussi ? M'abandonner, tout comme vient de le faire Trencavel ?

— NON ! Non, mon amour, jamais je ne te laisserai.

— L'homme que j'étais a disparu avec lui dans l'oubli, Sophia. Je ne suis plus désormais que l'ombre de moi-même. Es-tu certaine de continuer d'aimer ce qu'il reste de moi ?

— Ne dis pas ces choses-là ! Lorsque je suis tombée amoureuse de toi, il n'était en aucun cas question du vicomte. L'expérience que nous avons vécue tous les trois était une parenthèse hors du commun, c'est vrai. Mais voilà, c'est terminé, point final ! Tout rentre désormais dans l'ordre.

— Comme tu es forte ! Si tu savais combien je t'admire…

— Ça, je ne peux le dire, mais ce que je sais, c'est combien tu m'aimes !

Et dans un sourire épuisé :

— Qu'allons-nous faire, maintenant ?

— Continuer de grandir ensemble, mon chéri !

Dans un effort surhumain, Andrey se redresse enfin, pour se tourner vers moi. Mon regard, rempli d'un nouvel espoir, se met à basculer en un instant dans le néant. Sur le visage autrefois si beau de celui que j'aime, je peux lire désormais l'épitaphe.

— Viens, mon chéri, rentrons chez nous…

Andrey et Etan

Andrey, mon ami,

Me voici sans nouvelles de toi depuis des jours. Je suis très inquiet. J'ai essayé de te joindre par téléphone à plusieurs reprises, mais sans succès. Que se passe-t-il ?
Sache que si tu ne réponds pas à ce courrier, je prends le prochain vol pour Béziers, samedi prochain, quoi qu'il advienne.

Je voulais aussi que tu saches que je n'ai plus aucune nouvelle de Roland non plus ! Je sens qu'il est arrivé quelque chose, un événement d'une importance capitale auquel Sophia, Trencavel et toi avez participé. Je dois savoir comment vous allez... Comment va Sophia ?

À te lire...

Très affectueusement.
Etan

Fils,

La raison de mon silence prolongé est que je me meurs. La vie me fuit, comme je le craignais, depuis que Trencavel a quitté mon corps. Lors de cette fameuse nuit, où Sophia a pu accomplir sa mission, tout a cessé subitement. Désormais, me voilà vidé de ma substance.
Malgré mon amour brûlant pour la femme qui m'accompagne, je perds, chaque seconde qui passe, le goût d'aimer et de vivre. J'ai beau me battre de toutes mes forces par amour pour elle, rien n'y fait ! Toute ma sève s'en est allée avec l'âme du vicomte.

Je suis un homme brisé.

Dans un temps qui se veut proche, Sophia sera libérée de moi à tout jamais. Que nous le voulions ou non, c'est inexorable ! C'est pourquoi je compte sur toi, comme nous l'avions déjà évoqué, pour veiller sur elle.

Tout a été fait dans les règles pour qu'elle ne manque de rien. Dès que mon décès sera officiel, mon notaire te préviendra afin que tu puisses assister à mes funérailles. J'aimerais vraiment que deux des êtres que j'aime le plus au monde soient à mes côtés, lors de mon grand final.

Il n'est pas nécessaire que tu viennes avant, fils ! La faucheuse a marqué de son empreinte mon visage, ce n'est pas beau à voir. J'aimerais que tu conserves un bon souvenir de ton vieux maître. Je peux désormais te l'avouer, très égoïstement, je désire garder Sophia rien que pour moi, jusqu'au moment où… J'espère que tu ne m'en voudras pas.

Je suis las, fils ! C'est le moment où je vais te dire adieu. Sache que j'ai toujours été fier de toi. Tu as été, je peux te le dire maintenant, tout au long de ces années, l'enfant que j'ai tant espéré. C'est pourquoi je remercie le ciel et sa divine providence de t'avoir mis sur ma route, et désormais sur celle de mon ange adoré.

Soyez heureux, mes enfants.
Avec tout mon amour.

Ton ami le plus dévoué.
Andrey.

Ne jamais dire jamais

Si seulement j'avais pu deviner ce qui allait advenir, je me serais battue, toutes griffes dehors, contre cette destinée qui est la mienne. Ce fatalitas qui a fait de moi l'instrument de notre malheur.
Il s'éteint devant mes yeux, un peu plus à chaque instant qui passe, cet homme merveilleux qui remplit mon cœur de joie depuis l'instant de notre rencontre. Me voilà impuissante ! Je peux sauver les morts par centaines, par milliers même, mais il ne m'est pas accordé de sauver un seul vivant. Pour cela, je me hais, je hais les anges et ce Dieu cruel, qui, par jeu, est en train de m'arracher à l'amour. J'ai envie de hurler… J'ai envie de mourir ! Comment expliquer ce sentiment d'effervescence qui bouillonne au plus profond de mon être, lorsque viennent me griser le parfum de son cou, la douceur de ses mains, le velours de ses baisers, la lumière de ses idées ? Comment décrire la force de mon émoi, lorsque je vois briller dans ses yeux toute l'intelligence et l'espièglerie du monde ? Comment pourrais-je décrire chaque parcelle de son humanité, sans risquer d'en amoindrir la beauté ? Pour la première fois de ma vie, j'ai rencontré un homme à l'âme propre. J'ai tout de suite su que jamais il ne me salirait de quelque façon que ce soit. Et voilà que la faucheuse est sur le point de me l'enlever.

M'ôter la vie m'a traversé l'esprit. Mais je sais désormais, au vu de mon expérience avec les morts, tous ces mois passés, qu'il y a peu de chance que nous soyons réunis dans l'au-delà. Le suicide est très mal perçu par les plans supérieurs, c'est donc le purgatoire qui m'attend dans les plans parallèles ou, pire encore, dans le bas astral. Des éternités d'errance loin, très loin de celui que j'aime. Cette issue, qui n'en est pas une, est donc inimaginable pour moi. Il ne me reste plus que la désespérance. Mourir de chagrin est peut-être bien ma dernière chance. Et voilà qu'approche ma finitude.

Mourir d'amour ! Existe-t-il une plus belle façon de s'en aller ? Non, je ne crois pas.

Je l'observe : il est de dos, assis dans son vieux fauteuil en cuir, face à la cheminée. À côté de lui, magnifique, se tient, toute droite, Orphée. Elle ferme les yeux de contentement, sous les caresses de son fidèle ami, ses ronrons ondulent à la même cadence. Je m'approche sans faire de bruit, pour découvrir Horus lové sur ses genoux. Dans son autre main, un livre à moitié ouvert est sur le point de tomber. Il ne bouge plus. Je m'avance, affolée, afin de vérifier s'il est toujours en vie. Oui ! Il vient de s'endormir. Sa respiration est calme, je dirais même apaisée. Et pourtant, j'angoisse à chaque instant au point d'en avoir des nausées.
En le regardant, je ne peux m'empêcher de le détailler et de constater, effrayée, combien il a maigri. Comment est-ce possible, en l'espace de si peu de jours ?

— Pourquoi êtes-vous si pressés de l'emporter avec vous ?! Ne pouvez-vous donc pas me le laisser encore un peu ? Au vu de l'éternité, qu'est-ce que ça pourrait bien changer ?...

Doucement, je prends son livre et le pose sur la table, au milieu de ses pipes. J'attrape aussitôt son plaid écossais en laine, pour l'en recouvrir... J'ai peur qu'il ait froid. Comme j'aimerais, là maintenant, me blottir contre lui, comme j'aimais à le faire, il y a encore quelques jours ! Un sanglot m'étrangle, mes larmes se mettent à couler. Tout doucement, je viens m'asseoir à ses pieds, pour lui prendre la main et l'embrasser. Ma joue couchée contre sa peau, je finis par sombrer dans le sommeil.

Mes fidèles amis sont là : Martine, Lilly, Éric et Azaïs, bien sûr... Ils sont bouleversés de voir Andrey décliner ainsi. Ils ne comprennent pas comment cela a pu arriver. Comment tout a pu basculer du jour au lendemain ? Dès qu'ils le peuvent, ils viennent pour ne pas nous laisser seuls dans cette épreuve.

Depuis deux jours, Andrey ne quitte plus notre lit. Le médecin a diagnostiqué un cancer foudroyant. Il n'y a plus aucun espoir. Il a refusé l'hospitalisation, pour passer ses dernières heures auprès de moi. Nous ne nous quittons plus. Dès que j'en ai l'occasion, je viens me coller contre lui. Il m'appelle « sa petite bouillotte ». C'est drôle, c'est lui qui me réchauffait de son corps… avant ! Le soir, nous organisons des dînettes dans la chambre. Tous ensemble, nous discutons comme si de rien n'était. Comme je vais regretter son humour ! C'est vrai, quoi. Un homme qui vous fait rire, quel bonheur ! Et quand il me regarde avec malice, comme à cet instant, j'ai le cœur qui chavire.
Nos amis viennent de nous quitter. Je finis de passer l'une de ces petites nuisettes qu'il aime tant me voir porter. Je désire lui plaire jusqu'au dernier instant. Je m'allonge près de lui, en prenant toutes les précautions du monde, comme s'il était l'une de ses tasses en porcelaine de Chine si précieuses.

Depuis hier, un regain d'énergie s'est emparé de lui. Pour la première fois depuis des jours, l'espoir renaît ! Je suis surexcitée, je dois bien l'avouer. Et si le médecin s'était trompé ? Debout dans le salon, enveloppé dans sa robe de chambre cramoisie, il se dirige vers la fenêtre pour prendre un bol d'air. En faisant abstraction des kilos qu'il a perdus, il a toujours fière allure et une mine superbe ; c'est incroyable !

— J'ai faim, ma chérie.

— Formidable ! Que désires-tu pour le déjeuner ?

— Si nous commandions un festin chez le traiteur ? Qu'en dis-tu ?

— Quelle merveilleuse idée !

Ravi, il s'installe dans son fauteuil, un livre à la main. Dans la seconde qui suit, ses deux fidèles compagnons viennent le rejoindre.

Ce repas en amoureux est un véritable cadeau du ciel. Nous nous amusons à deviser, en refaisant le monde, autour d'un bon verre

de vin. Nous rions comme des enfants. Est-ce seulement une trêve avant le chaos, ou une rémission ? J'essaie de ne pas y penser, afin de jouir pleinement du moment présent.
C'est alors à cet instant que j'entends ce message résonner en moi :

— *« Prépare-toi, Sophia, le moment est venu de lui faire tes adieux. »*

En un instant, je me fige.

— Non, ce n'est pas possible ! Je ne veux pas ! VOUS ENTENDEZ ? JE NE VEUX PAS !

Andrey a les yeux plongés dans les miens : il sait ! Alors il se lève, se dirige vers sa platine disque, pour nous passer un vieux standard de jazz. Comme si de rien n'était, il m'invite à danser. Quelle drôle d'idée ! Il me prend la main, m'attire contre lui pour me ceindre la taille et me faire chalouper au rythme du saxophone. Je sens les battements de son être tout entier résonner en moi. Aimantée par son regard, je me rends compte que plus rien n'existe désormais que lui…, que nous.

C'est notre dernière fois sur terre… Je l'invite à me suivre… Et, sans que j'aie besoin de dire un seul mot, sa main prend la mienne, nous quittons le salon et nous dirigeons vers notre chambre. Pour la première fois depuis le départ de Trencavel, nous nous dénudons et, dans le lit défait, nous faisons l'amour. Nos gestes, au ralenti, peu à peu se synchronisent… Étrange mimétisme que voilà ! Le parfum délicat de son corps est en train d'envahir tous mes sens… Non, il ne faut surtout pas que je m'écroule ! Pourquoi devrait-il s'en aller maintenant, lui qui est si vigoureux ? Non, je ne veux pas y croire !

— *« Fais-lui tes adieux maintenant, Sophia… Maintenant ! »*

Me voilà prise au piège dans les filets de ma malédiction. Condamnée Amor, mon âme ne peut continuer de se débattre ainsi. Elle sait, malgré moi, ce qui lui reste à faire.
C'est sur ce corps, devenu anguleux, que j'apprivoise délicieusement, comme si c'était notre première fois, l'amazone

qui sommeillait en moi depuis toujours et qui s'éveille enfin. De cette langueur pacifique d'où sont nés, innombrables, nos émois, la guerrière que je suis, reprend désormais les rênes de sa destinée. Je veux qu'il s'en aille dans un ultime frisson de plaisir ! Je veux sentir, encore une fois, sa fougue s'écouler en moi, pour tout emporter sur son passage, comme un fleuve en colère qui serait éternel. Je veux ressentir, encore une dernière fois, la morsure de ses dents, tatouer ma peau jusqu'à la surface de mes os… JE VEUX…
De ce balancement nonchalant qui rythme notre parade hypnotique, la cadence s'accélère peu à peu. Ainsi, comme une lame de fond par gros temps, qui arrive sans prévenir, je déferle sur lui de toutes mes forces. Dans le ressac de nos corps qui s'entrechoquent, la marée bouillonnante est en train de nous emporter. C'est alors que, dans son rouleau furieux, elle nous entremêle pour mieux nous façonner à son image : l'immortelle !

Alors que mon âme est plongée dans celle de mon amour, je me mets à invoquer Dieu et tous les saints de l'univers, afin qu'ils bénissent notre union. Sans plus attendre, juste avant que l'écume n'envahisse le ciel de ses yeux, nos deux corps, au zénith du sublime, exultent à l'unisson, pour la dernière fois.

Je ne sais ni comment ni pourquoi, mais me voilà suspendue au-dessus du temps. J'ai l'impression de léviter, un peu comme si je ne faisais plus partie de ce monde. Depuis qu'Andrey a disparu, j'apprivoise l'étrangeté du néant…, de mon néant ! Celui-ci, qui ne devrait pas être, est peuplé de ma nouvelle famille. Tous sont près de moi, pour me réconforter de leur amour. Comment leur dire que je n'aspire qu'à être seule ? Comment leur faire comprendre que je suis en guerre avec moi-même ? Comment leur hurler que mon cœur n'aimera plus jamais ? Comment ?

Je suis devenue une espèce de petite chose inerte, après qu'un uppercut m'a mise K.O. Je vois tout le monde s'agiter autour de moi, sans vraiment réaliser ce qu'il se passe. Je n'ai plus envie de rien. C'est simple, tout m'écœure !

Pourquoi, lorsqu'on s'aime, faut-il que la mort nous sépare ? Comme ce serait merveilleux, si elle nous emportait dans la magie de l'instant, unis dans le Grand Tout pour l'éternité. Partir au cœur de la jouissance, vers une dimension orgasmique infinie… Oh, mon tendre amour, ne m'oublie pas… Car bientôt je viendrai te rejoindre.

Ces derniers jours, je m'amuse à compter le nombre de morts naturelles qui pourraient m'emporter rapidement, sans que je ne fasse rien pour coopérer : la peste bubonique, le choléra, une balle perdue, un chauffard, un accident d'avion ou de train, une chute de saut à l'élastique, dévisser, me prendre les pieds dans le tapis et tomber dans l'escalier… J'avoue que je suis à court d'idées ! Et puis, là-haut, ils pourraient prendre ça pour de la malice de ma part ; bien entendu, ça ficherait tout en l'air !

Avec Orphée et Horus, nous déambulons chaque jour à la recherche du maître des lieux. Tout ici porte son empreinte. Parfois, j'ai l'impression qu'il va réapparaître devant nos yeux comme si de rien n'était.

Que se passe-t-il ? D'où vient cette agitation ? Qui sont tous ces inconnus vêtus de noir ? Qu'ils s'en aillent, par pitié ! Nous ne voulons pas d'eux ici. Orphée est sur mes genoux qui ronronne, Horus quant à lui est allé se cacher. Si seulement je pouvais en faire autant ! On se croirait dans une ruche. J'adore les abeilles, mais là, c'est un peu trop pour moi. En voilà encore qui arrivent… Vont-ils cesser leur manège, à la fin ? Je vois un homme de grande taille, ventripotent à souhait, qui s'avance vers moi, l'air contrit. Je ne sais pas pourquoi il me donne envie de rire. Que me veut-il, à la fin ? Juste derrière lui, caché par sa masse, j'entends un accent étranger qui me semble familier. C'est une voix d'homme. Je me penche exagérément sur le côté pour faire comprendre à la montagne qui se dresse devant moi que j'aimerais voir au-delà de sa panse. Ça y est, il a compris… Ce n'est pas trop tôt ! Et, sans que je m'y attende, je découvre une paire d'yeux mouillés de chagrin : ce sont ceux d'Etan. Il s'avance vers moi, mais je n'arrive pas à bouger. J'ai le sentiment étrange d'avoir été statufiée. C'est alors qu'il se penche pour embrasser ma joue… Je fonds en larmes.

Ne me demandez pas comment je me retrouve propulsée au cimetière devant le cercueil de mon bien-aimé, je n'en sais rien ! Des roses rouges éclatées pleuvent sur l'acajou de sa dernière demeure. « C'est le symbole de l'ouverture de l'âme humaine », m'avait-il expliqué un jour. Il lui arrivait parfois de porter, sur le revers d'une veste, l'une de ces gouttes de rosée écarlate. Mystérieux ! Je me plaisais à le voir se plonger dans cet ésotérisme qui le caractérisait tant, et que je savais des plus honorables. Comme j'aimais ses jardins secrets ! Voici venu le temps du règne de la terre. Sous mes yeux embués, je la vois qui l'engloutit, ogresse affamée, emportant avec elle à jamais l'amour et le prélude de mon dernier souffle.

Cela fait déjà trois mois que les funérailles d'Andrey ont eu lieu. Et cette distorsion du temps qui a pris possession de moi continue de me déstabiliser. Tout le monde est inquiet, je le vois bien, mais je ne sais pas comment faire pour les rassurer. Comment le pourrais-je, d'ailleurs ? Ne suis-je pas encore captive de mes démons ? Afin de me préserver de moi-même, je demeure cloîtrée à la Notairie. C'est chez moi, désormais ! Andrey continue de veiller sur moi, afin que je ne manque de rien. J'ai cru comprendre qu'Etan avait été missionné pour que tout se fasse selon les volontés du maître de céans. Il m'arrive parfois de repenser à ce qu'il me disait à notre sujet, à ses projets de relève amoureuse si évidents à ses yeux. Pourtant, même si j'ai été éprise de ce bel Irlandais, ce n'est plus le cas. Éros, désormais, me laisse de marbre. D'ailleurs, comment pourrait-il en être autrement, dès lors que l'on a connu le véritable amour ? Quelle saveur pourrait-il bien avoir, ce prochain courtisan, qui n'aurait aucune chance, aucune place à mes côtés, car comparé à chaque instant à cet idéal perdu, qui fut et qui demeurera mien à tout jamais ?

Parfois, je me demande quels sont les liens qui unissent – ou du moins qui unissaient – Andrey et Etan… Quelque chose m'est subitement revenu à l'esprit. Le jour de l'enterrement, j'ai distingué, sur le revers de son blazer, une petite croix en or, dont le centre était serti d'une rose sang éclatée, identique en tout point à celle épinglée sur le veston d'Andrey. À bien y réfléchir, ils n'étaient pas seuls à porter ce symbole, le jour de la cérémonie. Encore un de ses jardins secrets dont je ne franchirai probablement jamais le seuil. Trois mois ont passé, je n'ai pas encore osé toucher à ses vêtements. Tous m'ont dit qu'il serait libérateur que je le fasse, je m'y refuse ! Comment pourraient-ils deviner qu'ils sont mon refuge ? Ou simplement accepter que, lorsque le chagrin m'envahit au point de m'empêcher de respirer, ils sont mon oxygène. Lorsque j'ouvre ses tiroirs, ses penderies, que je m'enveloppe de ces étoffes qui furent siennes, il se dépose dans mon sillage un grand parfum de bonheur. Hélas, lorsque je me retourne en espérant le serrer dans mes bras, il n'y a plus qu'un effroyable vide. Je veux mourir à n'en plus finir… Viens donc me chercher, si tu es un homme, Dieu ! Viens, je t'attends.

Le printemps venteux de Béziers est en train de renaître à la vie. Capricieux comme à son habitude, il nous gratifie de ses sautes d'humeur revigorantes.

Cela fait déjà six mois que la mort a fait de moi une veuve ! Martine m'a dit que je ressemblais à une belle succube…, « peuchère » ! Il faut bien que je m'y résolve…, le temps de la résurrection pour moi a sonné. Je ne peux plus échapper à l'amour de mes amis, il est beaucoup trop violent. Un vert avril nous tend ses bras, tout baigné de bourgeons. Le bouquet de ses innombrables jonquilles et d'herbe fraîchement tondue vient me chatouiller les narines. Plaisir…, j'avais oublié ton nom ! Le joli mois de mai collectionne désormais les doux rayons du soleil, afin de nous en réchauffer.

Les voilà qui éclosent, entêtantes, mes roses et mes pivoines ! Juin a envahi la chambre de Jouy et le salon féerique. Aidée de mon équipe de choc, nous vidons enfin la garde-robe sacrée. Azaïs, Martine et moi plions méticuleusement les vestiges d'un passé mis en bière. Nostalgique, Orphée ne peut s'empêcher de se glisser dans une pile de vêtements, afin de les pétrir, sous l'œil complice de Miss Lilly, qui étudie ses moindres mouvements. Le moment est venu de fermer les sacs destinés aux nécessiteux de la maraude. Il ne nous manque plus qu'une paire de bras musclés pour nous aider à transporter le tout. La gardienne des lieux nous prévient, d'un jappement discret, que quelqu'un vient de frapper à la porte… J'ouvre. C'est Éric ! Il me prend dans ses bras et m'embrasse comme du bon pain… Je ris de bon cœur ! Puis, dans la seconde qui suit, je ne peux m'empêcher de faire un bond. Etan est devant moi. Je lis dans son regard que ma réaction vient de le blesser. Pourquoi ai-je donc si peur de lui ? Muet de tristesse, il fait demi-tour. Sans plus réfléchir, je lui attrape le bras avant qu'il ne s'échappe. Nous restons immobiles un instant, je l'invite à entrer. Tous les deux surpris par ce qui vient d'arriver, nous esquissons, sans même nous en rendre compte, un sourire complice.

Réveillée par mon cri au milieu de la nuit, je revis, pour la énième fois, la mort d'Andrey. Dans mes bras, il s'en est allé après que son cœur a implosé de plaisir. Sur son corps sans vie, je suis restée un long moment étendue, afin de ressentir sa peau contre la mienne, une toute dernière fois. À présent, il me fallait aider son âme à se détacher de cette identité de chair et de sang, qui fut sienne. Ensemble, nous avons entrepris notre dernier voyage… lorsque sa part d'éternité, au moment de la décorporation, m'a traversée de part en part une ultime fois. C'était sa façon à lui de me faire ses adieux. Autour de nous, des bras accueillants s'ouvraient en corolle, afin de l'inviter à pénétrer le royaume des cieux. Puis, je l'ai vu disparaître dans l'infini, tout enveloppé de lumière…

Dans notre lit tendu de percale blanche, je l'ai revêtu de son plus joli pyjama de soie, que j'ai parfumé de son eau préférée. Puis je l'ai recoiffé, en passant mes mains dans ses cheveux. Il était magnifique !

Magnifique ! C'est comme cela que je l'ai vu s'en aller pour la seconde fois, lorsqu'ils ont emporté son corps.

La chaleur accablante d'Occitanie nous fait rôtir comme à son habitude. Sous son soleil de Satan, les peaux blanches, rouges et brunes se confondent sous les parasols. Voilà que s'achèvent bientôt le mois d'août et sa cruelle féria. Après avoir été possédée par une marée humaine quatre jours durant, Béziers la flamboyante, tout éclaboussée de sang et de bière, renaît de ses cendres. Sa beauté, même si parfois crasseuse, a toujours ce même effet magique sur moi.

Mes amis ont décidé de reprendre ma vie en main, ne me laissant pas vraiment le choix. Vivre ou mourir ! J'ai choisi de vivre… à moitié. Cela s'appelle « un bon compromis » ! Je suis désormais sous perfusion d'amour, vingt-quatre heures sur vingt-quatre. Je mentirais, si je disais que ce n'est pas réconfortant. Ils font tout pour me changer les idées. Alors, de mon côté, je fais des efforts pour ne pas leur montrer que le goût du plaisir m'a abandonné. Le manque a cruellement gangrené mon être, à tel point que presque plus rien ne me fait envie. Pour quelqu'un qui aimait tant croquer la vie à pleines dents ! Je suis désormais comme une amputée. Je ressens sans cesse la présence de ce membre, devenu fantôme, après qu'on me l'a coupé, et qui ne repoussera jamais. Je ne suis plus qu'une estropiée, voilà tout !

Etan et moi sommes devenus bons amis. Plus de gêne, plus de tristesse, plus d'attente, mais une franche camaraderie. Je suis heureuse que notre relation se soit apaisée. J'aime quand il est à mes côtés. Il est une belle âme, comme le disait si justement Andrey. Je trouve d'ailleurs qu'il lui ressemble énormément, sous bien des aspects. Je perçois désormais ce lien fraternel qui les unissait l'un à l'autre. Je sais, au plus profond de moi, qu'Etan aurait pu être ce fils qu'il a tant désiré. Bien sûr, cela, il ne me l'a jamais véritablement avoué. Pas d'avantage d'ailleurs qu'il aurait aimé avoir un enfant de moi. Pourtant, comme j'aurais été comblée qu'il soit le père du fruit de notre amour, si nous avions eu, lui et moi, vingt ans de moins.

Cela fait déjà un an ! Un an qu'Andrey a disparu.

Je me surprends à dévorer une merveilleuse fondue au fromage, accompagnée d'un bon verre de vin. Azaïs, Louis son petit ami, et Etan m'entourent joyeusement. J'ai faim ! C'est une sensation dont j'avais oublié la saveur. Nous sommes au cœur de l'hiver, tous enveloppés dans nos pulls et nos doudounes. Tout le monde attend impatiemment le retour des beaux jours…

Le printemps se profile doucement. Etan a décidé de s'installer définitivement à Béziers. Désormais, sa vie est ici, dit-il auprès de ses nouveaux amis. Il a tout de même conservé son havre de paix sur l'île d'Émeraude, afin d'aller voir ses parents et ses amis une à deux fois par an. Cependant, je demeure intimement persuadée qu'il a fait ce choix pour une raison qui n'est autre que… moi ! Je pense qu'il se croit investi d'une mission. Mes amis des plans supérieurs ont dû lui chuchoter à l'oreille de prendre le relais. Il est désormais mon nouvel ange gardien.

Mars est là ! Encore frisquet et venteux, il nous contraint à garder nos manteaux. Nous voilà tous chez Etan, qui nous convie à sa pendaison de crémaillère. Il a dégotté un petit bijou, place des Bons-Amis : un dernier étage ensoleillé, dans un hôtel particulier, avec vue sur la cathédrale. Béziers recèle de trésors. Son intérieur, mêlé de contemporain et d'ancien, est des plus élégants. Je dirais qu'il manque une petite touche féminine…, mais bon ! Je suis surprise de découvrir, dans sa bibliothèque, une multitude d'ouvrages faisant écho à ceux qu'Andrey prenait plaisir à lire et à collectionner autrefois. C'est un endroit où il fait bon vivre. Nous sommes heureux de tous y faire la fête pour la première fois.

Ça y est ! Le soleil de juin nous réchauffe enfin ! Ce soir, nous sommes tous conviés à un dîner chez Martine. C'est l'auberge espagnole, chacun apporte du solide et du liquide… Arrivée un peu en avance, j'observe ma Lilly en train de loucher sur les amuse-bouche. Qu'elle est drôle ! Un parfum de gourmandise embaume toutes les pièces… Comme à son habitude, notre hôtesse va nous régaler. Azaïs et Louis arrivent en premier. Il n'y a pas à dire, ils forment un joli couple. Le blond BCBG et la brune des années soixante en tout point assortis. Ils sont très amoureux, ça fait plaisir à voir. Savoir mon amie heureuse me réchauffe le cœur. Éric apparaît. « Je n'ai pourtant pas laissé la porte ouverte ! » Mon Dieu, mais oui, il a la clé ! Je crois bien que ces deux-là sont également passés à la vitesse supérieure ! On sonne. C'est Etan ! Je cours lui ouvrir, et, juste avant, je me surprends à faire un petit arrêt devant la glace. Que m'arrive-t-il ? Derrière la porte, les bras chargés de roses, il me sourit comme un enfant…, et mon cœur se remplit soudain.

Le cristal des verres se met alors à tinter dans tous les azimuts. Le top départ de la soirée est annoncé ! Martine attend notre arrivée pour prendre la parole :

— Mes pitchounes ! Je suis heureuse que vous soyez tous auprès de nous, ce soir. Éric et moi avons quelque chose à vous dire…

Comprenant à demi-mot ce qu'ils ont l'intention de nous annoncer, nous nous regardons furtivement, très impatients d'entendre la suite. Et, les yeux tout brillants d'émotion, elle le laisse poursuivre :

— Avec Martine, ça fait longtemps que nous nous aimons ; mais ça, vous le savez déjà ! C'est pourquoi les deux jeunes fous que nous sommes ont décidé de se marier.

Inutile de dire que nous éclatons tous de joie, à l'annonce de cette si belle nouvelle. Nos futurs mariés sont au comble du bonheur.

— Tout cela pour vous dire que notre union aura lieu cet été…

Nous demandons alors :

— Quand ? Où ?

Et les voilà qui nous répondent à l'unisson :

— Le 22 juillet, à l'église de la Madeleine.

En les serrant dans nos bras pour les féliciter de nos plus tendres baisers, je me dis à moi-même : « Encore signé “la force du destin” ! »

La vivante

Dans la pénombre, volets clos, afin de préserver la fraîcheur matinale, j'aide Martine à s'habiller pour le grand jour. Elle revient de chez le coiffeur, qui lui a fait un chignon avec quelques anglaises par-ci par-là. L'esthéticienne l'a maquillée et lui a fait les ongles. Elle enfile sa robe, pendant que je veille à ce qu'elle ne soit pas décoiffée. Toute en fuchsia, elle est rayonnante. Éric va avoir une attaque, en la découvrant ! Pour la première fois de ma vie, je vais être témoin à un mariage. J'avoue que j'ai été très émue lorsque ma tendre amie me l'a demandé. Lilly, qui nous observe, sent bon le frais, et porte fièrement autour du cou un gros ruban de satin rose vif, auquel ont été suspendus deux anneaux scintillants. Juste avant que tout le monde arrive, je finis de m'arranger. J'ai opté pour une robe longue bohème. Elle est parsemée de feuilles de cachemire vertes et roses. J'ai relevé mes cheveux, dans lesquels j'ai piqué quelques fleurs. Je me devais de faire honneur à la mariée ! Et, je dois bien l'avouer, me sentir séduisante à nouveau me fait le plus grand bien. On sonne à la porte. C'est notre joyeuse troupe au complet qui débarque. Pas tout à fait ! Etan manque à l'appel. Il ne va certainement pas tarder. Azaïs et Louis sont tout de blanc vêtu : on pourrait croire que c'est leur mariage ! Qui sait, peut-être bientôt ?... Éric arrive dans son costume éburnéen, tranché d'un magnifique gilet de soie rose, assorti à la variété de rosacées épinglées à sa boutonnière. Il n'y a pas à dire, je nous trouve tous très beaux. Ça y est ! Le futur marié vient de se décrocher la mâchoire en découvrant sa bien-aimée ! Tout tendrement, ils s'observent mutuellement pour finir dans les bras l'un de l'autre. Je sens une montée d'émotions m'envahir.

Voici l'heure de nous rendre à la mairie ! Etan manque toujours à l'appel, c'est étrange, ça ne lui ressemble pas. Il doit certainement se trouver sur place, avec les invités.

Nous voici devant l'hôtel de ville ; un petit comité nous y attend. Quelques membres de la famille d'Éric, des relations amicales, l'un ou l'autre voisin… Mais aucune trace de mon Irlandais. Un peu inquiets, nous essayons de le joindre, nous tombons tous sur sa messagerie. J'ai soudain une douleur qui me vrille l'estomac. Et si tout n'était pas fini ? S'il me restait encore quelque chose à accomplir ? Et s'il était arrivé quelque chose à Etan ? Je ne veux pas croire que cette date soit porteuse de malédiction pour moi et pour ceux que j'aime. Non ! Je m'y refuse ! Il faut que je me calme… Il va bientôt nous rejoindre.

Debout au milieu du salon, Etan est immobile depuis une bonne heure déjà. Une étrange sensation de déjà-vécu l'envahit.

Serait-ce Roland, par hasard, qui serait revenu d'outre-tombe ? Non, c'est absurde ! Quel intérêt y aurait-il ? Et pourquoi aujourd'hui ? Pourtant, je sens qu'une force étrangère est en train de me contraindre. Rien à faire, je suis privé de tous mes mouvements !

Que vont penser mes amis qui m'attendent pour leur mariage ? Et Sophia ? Le téléphone sonne depuis tout à l'heure, je suis incapable de répondre. Ils doivent s'inquiéter. Ah, mais que voulez-vous, à la fin ?!

Quelque chose de violent vient de s'insinuer en moi… Comme un choc à l'endroit du cœur. Soudain, tout se relâche, et je m'écroule, replié sur moi de douleur. Après un long sentiment d'oppression, je reprends enfin possession de mon corps. Je me relève difficilement et vais m'asseoir dans un fauteuil afin de récupérer. Il est déjà onze heures vingt ! Le mariage civil est très certainement arrivé à son terme. Je vais aller les rejoindre à l'église, en justifiant mon retard par une panne de réveil. Pffffff ! Et moi qui déteste mentir !

Ils se sont dit oui ! Les voilà mariés, pour le meilleur et pour le pire, selon la loi des hommes. Sur le perron de la mairie, tout le cortège est là, pour les accueillir sous une averse de confettis. Une seule personne manque à l'appel. Je tente une nouvelle fois de lui téléphoner, et suis encore accueillie par la messagerie !

— Ne t'inquiète pas, ma pitchoune, il ne va pas tarder.

— Oui, tu as certainement raison.

— Allez zou ! C'est le moment d'aller à l'église… En route, mauvaise troupe ! Sinon, nous allons être en retard à notre mariage, peuchère !

Nous passons devant Pépézuc, avant d'emprunter l'étroit corridor d'Envedel menant tout droit à la Madeleine.

Un millénaire d'Histoire et de prières nous ouvre ses portes. Je n'étais pas revenue dans ce lieu depuis la nuit où Trencavel a ascensionné. Comme l'atmosphère y est légère, désormais ! Je peux dire, sans me vanter, que j'ai bien bossé ! Personne à part moi n'est au courant de ce qu'il s'y est passé, il y a presque deux années de cela. C'est étrange de se savoir la seule détentrice d'un secret aussi lourd de sens. Pourrais-je le partager un jour avec quelqu'un ? Pas sûr.

Tout le monde prend place sur les bancs fleuris de la nef. Son blanc chamarré de roses apporte à l'endroit une note pastorale des plus charmantes. Je m'assieds tout devant, à la place où doivent se trouver la famille et les témoins. Le curé ne devrait pas tarder. Toujours aucune trace d'Etan ! Je vais finir par attraper un torticolis à force de le chercher en vain !

Celui qui va bénir cette union vient de faire son apparition. Il prie Éric de s'asseoir à sa gauche, puis ouvre les bras en grand, au moment où Luz Casal, la chanteuse préférée de Martine, entonne les premières notes de *Historia de un Amor*. Et c'est à ce moment que la mariée pénètre dans les lieux, avec à ses côtés Miss Lilly. Toutes les deux remontent la nef sur le rythme lancinant de la mélodie. Le futur époux se lève pour accueillir celle qui va devenir sa femme devant le Seigneur. Puis l'un en face de l'autre, avec à leurs pieds la gardienne de cérémonie, sagement assise, ils répètent les mots sacrés de l'alliance. C'est alors que la porteuse des anneaux se laisse dépouiller bien volontiers, afin que chacun passe, à l'élu de son cœur, un jonc d'or au doigt. Au moment du baiser tant attendu, je ressens des yeux posés sur moi. Je me retourne… C'est Etan ! Soulagée de le savoir près de moi, je lui fais mon plus beau sourire, avant de me retourner et de verser des larmes de joie, en regardant les jeunes mariés échanger un long baiser d'amour.

Je suis étonnée de voir les progrès qu'Etan a réalisés en français, ces derniers jours ! Certes, il avait beaucoup évolué depuis son retour… Mais là !…

Nous pouvons désormais converser, avec une grande fluidité, sur des sujets se voulant de plus en plus élevés, comme nous le faisions jadis Andrey et moi. Je me rends compte qu'il est bien plus érudit que je ne le pensais. C'est pourquoi nous adorons nous lancer dans des « disputations socratiques » dès que l'occasion se présente, afin que l'amour du savoir vienne taquiner nos consciences et bousculer nos certitudes. Je découvre également que son ironie délicieusement british tend de plus en plus vers l'humour décalé à la française. Quel cocktail détonnant… Comme il me fait rire !

Mais la situation m'échappe. Je me rends compte que je suis devenue dépendante de nos petits rituels – de nos petits rituels, ou bien d'Etan ? C'est l'épineuse question qui me taraude désormais l'esprit.

Nos jeunes mariés viennent de rentrer de leur voyage de noces. J'ai organisé une petite dînette à la maison afin de fêter leur retour. Lilly, Orphée et Horus, tous les trois dans la cuisine, en tant que goûteurs attitrés, zieutent gaiement la moindre miette laissée au hasard, pour fondre dessus illico presto. Etan est venu me prêter main-forte. Je dois avouer qu'il est un merveilleux cuisinier. Encore un talent de plus ! Il vient de mettre au frais un gaspacho de tomate-basilic, à se lécher les babines, qui sera servi en verrines. Dans un gros cul-de-poule qu'il tient serré contre lui, il fouette la crème, qui épaissit peu à peu, et qui va accompagner ma tarte aux pommes. Miam ! Nous sommes désormais quatre à loucher sur le bol. Le maître-queux, ayant pitié de nous, partage la première fournée en trois pour nos amis, puis glisse dans ma bouche une grosse cuillère de chantilly. Me voyant me régaler, tout heureux et spontané, il dépose un baiser fugace sur mes cheveux, comme aimait à le faire Andrey. Dans la magie du moment, nous éclatons de rire, en découvrant les frimousses barbouillées de blanc de nos trois compères. Dans l'encoignure de la porte, depuis quelques minutes déjà, les yeux pétillants, Martine observe le tableau qui s'offre à elle. Tout à coup, notre gardienne se met à aboyer et à sautiller en apercevant sa maman. Nous fondons tous sur elle pour l'embrasser.

— Comme je suis heureuse de vous retrouver, mes petits ! dit-elle en nous serrant dans ses bras… Vous nous avez manqué… peuchère !

— Veux-tu te joindre à nous ?

— Non, ma pitchoune, je dois ranger mes affaires. Ça va être une véritable régalade, ce soir… C'est la magie de la cuisine papillon, peuchère ! dit-elle, en me faisant un clin d'œil complice en direction d'Etan.

Comprenant où elle veut en venir, je m'apprête à protester, mais, trop tard, elle a disparu sur un tonitruant : « Adissiatz[22], les enfants ! »

Tout est prêt ! Nous sommes tous les deux assis dans le salon. Le fauteuil d'Andrey, qui était demeuré chasse gardée depuis son départ, est devenu sans même nous en rendre compte celui d'Etan. C'est étrange. Je ne peux m'empêcher d'observer sa façon de se

22. « Au revoir », en occitan.

tenir, de se mouvoir, de jouer avec ses lunettes lorsqu'il réfléchit… et bien d'autres choses encore… C'est l'ancien maître des lieux que je vois renaître sous mes yeux. Il a cette même élégance, cette même façon immatérielle de faire danser ses mains lorsqu'il parle… Il a cette même classe innée, qui fait de certains hommes, dès leur premier souffle de vie sur terre, des seigneurs.

Nos amis ne vont pas tarder. Nous finissons de prendre cette petite pause bien méritée en dégustant un café corsé. Au moment de nous lever pour aller nous préparer, Etan se voit pris d'un léger malaise. Inquiète, je me précipite afin de l'aider à s'asseoir.

— Que se passe-t-il ?

— Ce n'est rien, juste une brûlure passagère à l'estomac.

— Serais-tu contrarié, en ce moment ?

— No, darling, tout va très bien !

Tout naturellement, je pose ma main sur la sienne en signe de réconfort. Et c'est à cet instant précis que je sens une main ne lui appartenant pas recouvrir la mienne. Effrayée, je me redresse, sous le regard d'Etan qui ne comprend pas ma réaction.

— Sophia, qu'y a-t-il ?!

— C'est juste qu'il est grand temps d'aller nous préparer. Allez, zou !

Ne laissant pas de place à la discussion, je le raccompagne presto à la porte, afin qu'il aille se changer. Je vais m'asseoir sur mon lit pour réfléchir à ce qui vient de se passer. Je n'avais plus rien vécu de ce genre depuis mon vicomte. Aucune manifestation, lors de ces deux dernières années. Que se passe-t-il ? Qui vient de se communiquer à moi ? Pour quelle raison ? Âmi ou ennemi ? De plus, j'avoue que la perspective de me retrouver seule dans la maison, accompagnée de je ne sais quelle âme tactile, ne me réjouit pas vraiment. Avec Andrey, nous partagions tout, il veillait sur moi. Désormais, tout doit passer sous silence. Que vais-je faire, si ça recommence ? Si je me retrouve en danger, qui viendra à mon aide ? Etan ? Est-il suffisamment ouvert d'esprit pour entendre ce qui me soucie et en comprendre l'essence ? Rien n'est moins certain !

Un coup de sonnette retentit, qui me sort de mes pensées. J'entends Martine, Éric et Lilly qui filent dans la cuisine afin d'y mettre au frais quelques bouteilles. Le sourire aux lèvres, ils me font la fête tous les trois, heureux de me retrouver.

— Installez-vous et servez-vous un verre, pendant que je vais vite me changer.

Je vois Martine me suivre, et j'en devine à peu près la raison…

— Dis-moi, ma caille, tu n'as rien à me dire ?

— À te dire ? Non. Je ne vois pas de quoi tu veux parler. C'est plutôt à toi de me raconter votre voyage de noces.

— Tsssssss… Mais si, tu le vois très bien ! Un mètre quatre-vingt-dix, brun aux yeux verts, un accent adorable, très séduisant, intelligent, excellent cuisinier… Tu veux que je continue ?

— Et alors ?

— Et alors ? Peuchère ! Tu te moques de moi ?

— Où veux-tu en venir, au juste ?

— Où je veux en venir ? J'en viens que si tu laisses passer une occasion pareille, eh bien moi, je divorce d'Éric et j'épouse Etan. Rien que pour te secouer un peu les puces… Je te le dis tout net !

— C'est bien beau ce que tu me racontes, mais, pour cela, il faudrait que nous nous aimions autrement que comme des amis !

— Qu'est-ce que j'ai fait au Seigneur pour qu'il m'affuble de deux aveugles au royaume des borgnes ? Mais enfin, ma pitchoune, ça crève les yeux que vous vous aimez tous les deux ! Tu ne crois pas que tu as assez souffert comme ça, pour passer à côté du bonheur sans vouloir le reconnaître ?

— Martine, tu sais combien je t'aime, mais là, tu dis vraiment n'importe quoi !

— Comme tu dois être malheureuse, mon tout-petit. Andrey ne reviendra plus, que tu le veuilles ou non. Ton deuil doit prendre fin, pour que tu puisses renaître à toi-même. Arrête de chercher tous les moyens de t'apitoyer sur ton malheur en pensant que tu vas le trahir… Et vis ! Vis, mon petit ! C'est le conseil d'une vieille, qui sait reconnaître le véritable amour quand elle le voit.

La sonnette retentit à nouveau, c'est lui. Sans rien dire, nous nous dirigeons toutes les deux vers le salon. Une joyeuse discussion nous y accueille : Azaïs et Louis, accompagnés d'Etan, sont venus nous rejoindre de façon impromptue, pour notre plaisir à tous.

Tout est désormais confus dans mon esprit. Je ne sais plus où j'en suis. Et si Martine avait raison ? Je croise alors son regard maternel posé sur le mien, débordant de tendresse. Au même instant, je sens une main se poser sur mon épaule se diriger sensuellement vers ma nuque. Un peu surprise par ce geste inhabituel, je tourne instantanément la tête vers Etan, qui est assis à côté de moi, les mains croisées sous le menton. Et la question qui me vient à l'esprit est : « Qui est en train de me peloter ? » Alors je fais un geste brusque pour me dégager. Inutile de dire que celui-ci ne passe pas inaperçu. En un instant, dix paires d'yeux sont braquées sur moi ! J'essaie de conserver tant bien que mal une posture digne en souriant, mais voilà qu'une seconde secousse me prend, lorsque je sens cette main se diriger vers le bas de mon dos. Je bascule aussitôt en arrière et me colle au dossier de ma chaise, en posture oblique, à cinquante centimètres de la table ; sans que mes mains ne puissent plus atteindre mes couverts. Autour de moi, je ne trouve plus que des regards amusés de me voir faire le pitre. Je rage ! Si seulement je pouvais leur expliquer. Ce qui est certain, c'est que cette main s'est envolée.

Il n'est pas très tard, mais la soirée touche cependant à sa fin, la fatigue nous gagne. Tout le monde s'apprête à rentrer, sauf Etan, qui insiste pour me prêter main-forte. J'embrasse mes amis… Bien entendu, Martine ne peut s'empêcher de me lancer un tout petit clin d'œil, qui en dit très long…

Ça y est, la maisonnée est vide ! Nous nous dépêchons de remettre de l'ordre, afin de prendre un peu de temps pour déguster le restant d'une vieille bouteille de pomerol. Dans deux grands verres à dégustation, mon hôte verse le nectar que nous nous apprêtons à savourer, confortablement installés dans le salon. C'est à ce moment qu'il me pose une question à laquelle je ne m'attendais pas :

— Crois-tu qu'il y ait des âmes désincarnées parmi nous ?

— Qu'est-ce qui te fait dire ça ?

Il me parle de Roland, de ses séances de psychographie, de la teneur de leur conversation. Je tombe des nues ! Est-il possible qu'il soit également ouvert à la médiumnité ainsi qu'à la métaphysique ?

— Cette expérience a dû te traumatiser.

— Oui, lorsque c'est arrivé la première fois. La seconde fois, en revanche, disons que je ne me suis pas laissée faire.

— Tu as joué des poings avec Roland ?

— Je crois qu'on peut dire ça.

— Mais comment se fait-il qu'il se soit communiqué à toi ?

— Eh bien, il faut que je t'avoue quelque chose : nous nous écrivions, avec Andrey.

— Il ne m'en a jamais parlé.

— Tu sais, nous avons toujours été très proches, lui et moi. Un peu comme…

— Un père et un fils ?

— Oui, c'est tout à fait ça.

— Vous vous êtes connus grâce à l'ordre de la Rose-Croix ?

— Je vois que je ne suis plus un homme très secret pour toi. En effet, il était mon mentor. Mon vénéré maître. Mais bien plus que ça, il était mon ami.

— Je comprends pourquoi il me parlait de toi avec tellement de tendresse. Et je suis heureuse que vous ayez fait la paix après cette fameuse soirée.

— Oui, j'ai cru que notre amitié s'était brisée à jamais ! Mais peu de temps avant qu'il s'en aille, il m'a écrit tout l'amour qu'il avait pour moi, et surtout pour toi.

Après un long silence :

— Je comprends maintenant pourquoi tu lui ressembles tant. Au point de me troubler quelquefois, tellement, c'est frappant.

— Je ne le fais pas exprès ! Je suis triste si ça te blesse.

— Non, Etan ! Ça me rend heureuse de le voir revivre à travers toi. Que t'a-t-il dit exactement sur les âmes ?

— Il m'a parlé de toi, de tes pouvoirs. Il m'a parlé de Trencavel, de cette relation plus qu'« étroite » que vous entreteniez tous les trois, avant le départ du vicomte ; de sa peur de ce qui pourrait advenir, une fois libéré de celui-ci. Il m'a également évoqué sa mort prochaine.

Sans voix, j'écoute cet homme qui se confie à moi, en sentant les larmes me submerger petit à petit.

— Il t'a dit tout ça ?!

— Oui, darling. Et aussi…

— Et aussi ?

— De veiller sur toi.

— Ça, je m'en doutais un peu. C'est pourquoi je vais te poser cette question : quand tu es près de moi, est-ce seulement ta mission que tu remplis ?

— Que veux-tu dire ? Je ne comprends pas.

— De quel ordre sont tes sentiments pour moi ?

— Tu es vraiment certaine de vouloir une réponse ?

— Oui !

C'est ainsi qu'il se lève pour se diriger lentement vers moi. Me voilà en apnée. Je le regarde sans rien dire. Il se penche en posant une main sur chaque accoudoir du fauteuil puis, délicatement, il dirige sa bouche vers la mienne, avant d'incliner la tête et de déposer, comme une caresse, un baiser d'au revoir sur ma joue.

Cela fait plusieurs jours que je n'ai plus de nouvelles d'Etan. Mon Dieu, que j'ai été stupide ! Quelle idée m'a pris de lui poser cette question ? Comme je m'en veux ! Je suis morte de honte. Il sait. Il sait pour Trencavel. Que doit-il penser de moi, maintenant ? Je ne veux pas le perdre. S'il ne m'aimait plus et qu'il repartait en Irlande, je crois bien que je ne pourrais pas m'en remettre.

— Mon Autres, toi qui veilles sur moi, fais qu'il me revienne, s'il te plaît !

Allongée dans ma chambre chez Martine, avec Lilly à mes côtés, je relis les deux lettres qu'Etan m'avait envoyées, il y a déjà bien longtemps. Avec émotion, je redécouvre sa façon de mélanger le français et l'anglais, je perçois réellement pour la première fois son amour pour moi, et sa désespérance aussi. Comme j'ai dû le faire souffrir ! Son cœur a été déchiré par deux fois. La première par moi, la seconde par Andrey. Si seulement je pouvais tout arranger. Il faut que je lui dise…, que je lui dise combien je l'aime !

Voilà Martine qui rentre des courses, il faut que je lui demande…

— Ma pitchoune, tu es là ? Viens que je t'embrasse… Qu'est-ce que tu racontes de beau ?

— Oh, Martine chérie, c'est très important ! Sais-tu où est Etan ?

— Non, ma pitchoune ! Pourquoi, qu'est-ce qui se passe ?

— Oh, Martine ! Je n'ai plus de nouvelles de lui depuis l'autre soir.

— Peuchère ! Qu'est-ce qui est arrivé ?

— Je lui ai demandé quels étaient ses sentiments pour moi.

— Et ?

— Et il est parti !

— Comment ? Il est parti ? Il n'a rien dit ? Il n'a rien fait ?

— Non ! Enfin si ! Il m'a embrassée sur la joue, puis il s'en est allé.

— Oh le piòt[23] ! Que comptes-tu faire maintenant ?

— Partir à sa recherche.

— Et s'il est retourné en Irlande ?

— Si c'est le cas, je pars le rejoindre.

— Pitchoune, as-tu demandé à Azaïs si elle avait des nouvelles ?

— Non tu as raison, je l'appelle…

« Allô, Azaïs,
— Sophia ! Comment vas-tu ?
— Ça va bien, je te remercie. Sais-tu où est Etan ?
— Oui, il était à la maison hier. Il doit être chez lui.
— Quelle idiote je suis de m'être fait du mauvais sang ! Il va passer du bon temps avec vous, et à moi, il ne donne plus aucune nouvelle. Pardonne-moi, mais je ne suis pas d'humeur, je te rappellerai plus tard ! Je t'embrasse.
— Allô, Sophia ! Mais non, écoute… »

Je pleure toutes les larmes de mon corps, dans les bras de Martine. Elle me picore les cheveux et les joues de petits bisous. Lilly, quant à elle, me lèche la main de sa langue toute douce. Je sens que mon cœur est fatigué. Oui, épuisé de se sentir abandonné par ceux qu'il chérit.

— Martine, je n'aimerai plus jamais de ma vie !

---

[23]. « Idiot », en occitan.

— Mais si, mon chaton. Comment peux-tu dire une chose pareille ?

Nous pleurons toutes les deux, jusqu'au moment où Éric ouvre la porte. Interdit, il nous regarde sans vraiment comprendre ce qu'il se passe, et, sans se démonter, il lance :

— Regardez qui je ramène avec moi… C'est Azaïs !

— Il faut à tout prix que je te parle, Sophia ! C'est au sujet d'Etan.

— Je m'en fiche, je ne veux plus rien savoir de lui, en ce qui me concerne !

— Eh bien, tu as tort ! Car, sache-le, il ne va pas bien.

— Comment ça, il ne va pas bien ? Il lui est arrivé quelque chose ? Pourquoi ne m'a-t-il rien dit ?

— Tout simplement parce qu'il ne voulait pas t'inquiéter. Il repart en Irlande aujourd'hui.

— Non, je ne veux pas !

— Alors, dépêche-toi de lui dire, Sophia !…

Je suis désormais sourde à tout ce qui n'est pas lui. Je n'ai plus qu'une idée en tête, retrouver l'homme que j'aime.

— Peuchère ! C'est la maison du bonheur, ici ! s'exclame Azaïs en regardant la mine défaite de Martine ! Allez, viens, dans mes bras, je vais te faire un câlin…

Je cours. Je cours à en perdre haleine, dans les rues de cette ville, que j'ai si souvent arpentée. En me laissant happer par mon passé, je les entends retentir en moi, toutes mes morts par amour. Je le revois celui qui me fit tant souffrir, après m'avoir tant aimée, orgueilleux animal à sang froid, au cœur tranchant comme la glace. « Un jour, tu me remercieras ! » m'avait-il dit. Comme il avait raison !

Et voilà qu'il apparaît, ce bel inconnu rayonnant, venu me réchauffer de son soleil ardent, pour faire fondre la stalactite qui m'avait été enfoncée comme une épée en pleine poitrine. Soudain, voici que mon Autres, sublime, prend vie... Étrange symbiose de la vaillance et de l'honneur... Pour enfin mourir au chant d'amour et martyriser mon âme..., encore et encore.

Aujourd'hui, je cours. Je cours à en perdre haleine... Plus pour fuir mon passé, plus après l'immatérialité, pas davantage pour vaincre la mort... Non ! Je cours vers celui qui fait battre mon cœur au présent. Vers cet homme merveilleux qui me donne des ailes, et auprès duquel je me sens revivre !

Je cogne devant sa porte de toutes mes forces. Pas de réponse. Je vois que les volets sont fermés. Je m'affole ! La gare ! Mais oui, il doit être à la gare. Voilà que je me remets à dévaler en sens inverse la place des Bons-Amis, la rue Viennet et la place du Forum. La rue de la Citadelle me mène tout droit sur les allées Paul-Riquet, et au bout apparaissent les grilles bleues du plateau des Poètes, où je m'engouffre. Je dévale à bout de souffle la pente qui mène au train d'Etan.

Je cours… J'y suis presque ! Je descends les escaliers de la passerelle, slalome entre le flux des voyageurs, remonte quatre à quatre les marches, me dirige vers la porte des départs et numéros de quais, pour découvrir sur l'écran que le train pour Montpellier est parti depuis cinq minutes.

J'ai la gorge nouée, je sens les larmes m'envahir, ainsi que le désespoir.

Perdue ! Voilà ce que je suis. Les épaules tombantes, comme un pauvre hère, je rebrousse chemin…, toute seule. Cachée derrière mes grandes lunettes de soleil, je me noie.

En traînant mes pauvres savates, je regagne la Notairie. Je n'ai plus que quelques pas à faire avant de m'effondrer. Je pousse la porte, gravis quelques marches, et, à bout de forces, je m'écroule en laissant s'échapper de ma gorge un étrange cri sauvage.

Ainsi…, recroquevillée sur la pierre, je laisse enfin mes démons reprendre possession de moi.

— Non ! Non ! ETAN !

En panique, je me rends compte que je suis assise dans mon lit. Je viens de faire un cauchemar. Au moment où je tente de reprendre mes esprits, la question qui me vient en premier est : par quel tour de passe-passe suis-je arrivée là ? Je me lève et remarque que je suis toujours habillée. Je me dirige vers le salon, m'arrête net, en apercevant une main d'homme dépasser du fauteuil, je ne peux retenir ma joie :

— Andrey !

Et c'est là qu'une voix me répond :

— Non, darling ! Ce n'est pas Andrey.

Le voilà qui se lève. Mon cœur est sur le point d'imploser. J'aurais tout donné pour que ce soit Andrey, qui revienne d'outre-tombe. Non, c'est Etan, celui que j'espère désormais. Ne voulant pas avoir l'air de lui sauter au cou, j'essaie tant bien que mal de me maîtriser en gardant mes distances.

Tout de suite, là, maintenant, je désire sa bouche sur la mienne, son corps contre le mien, son âme et la mienne entremêlées…

— Pourquoi ? Tu es déçue ? me dit-il, amer.

Je ne sais pas quelle posture adopter. Si je suis trop froide, il va croire que je m'en fiche. Si, au contraire, je lui montre mes sentiments, il va penser que c'est gagné ! Mon Dieu, aide-moi… par pitié !

Il s'avance lentement vers moi, encore plus séduisant que jamais. Dans sa chemise de cotonnade blanche, aux manches retroussées, est mis en scène le hâle de sa peau. Ses tempes, désormais poivre et sel, mettent en exergue, comme le feraient des guillemets, l'incroyable viridien de ses iris.

— Tu ne dis rien ?

Il n'est plus qu'à un mètre de moi, je suis tétanisée ! J'essaye désespérément de faire sortir un mot intelligible de ma bouche et ne trouve rien d'autre à dire que :

— Tu es là ?

— Oui, comme tu le vois !

J'aurais mieux fait de me mordre la langue, avant de lui sortir cette évidence à deux sous. Peut-être devrais-je également lui parler du temps qu'il fait… et de la météo de ces prochains jours. Comme je m'en veux de me sentir aussi stupide !

Devant moi !… Il se trouve juste devant moi, à un pas ! Il vient de planter son regard dans le mien, comme s'il était en train de me lancer un défi.

— Pourquoi ne m'as-tu plus donné de tes nouvelles ? J'ai su par Azaïs que tu n'allais pas bien, et que tu repartais en Irlande.

Et, d'une voix froide et calme, il me répond :

— Enfin ! Tu te décides à parler, orgueilleuse Sophia. Tu t'es vraiment inquiétée pour moi ? Je suis flatté.

— OUI ! Faut-il que je le hurle encore plus fort pour que tu le comprennes ?

— Pourquoi n'es-tu pas venue me voir, depuis l'autre soir ? Tu avais peur ?

— Peur de quoi ?

— De ma réponse à ta question ?

— Je ne sais pas de quoi tu veux parler, lui dis-je avec la plus grande des mauvaises fois.

— En es-tu bien certaine ?

Devinant que je ne répondrai pas…

— Très bien ! Passons…

N'y tenant plus, je lui demande :

— Vas-tu me dire enfin ce qui t'est arrivé ?

— Si tu insistes. J'ai ressenti, après t'avoir quittée l'autre soir, une force étrangère m'investir, tout comme elle le fit le jour du mariage. D'où la raison de mon retard. Cette « présence », sache-le, fait désormais partie de moi.

À cet instant, j'oublie ma fausse colère, pour laisser place à mon inquiétude. Si c'était l'une de ces âmes noires qui tentait de hanter Etan, afin de le détruire pour m'atteindre, comme jadis le Charron avec Andrey ?

— Mon Dieu ! L'as-tu vue, avant qu'elle ne t'incorpore ? À quoi ressemble-t-elle ? Nous devons faire le nécessaire au plus vite pour t'en débarrasser ! Je ne veux pas qu'il t'arrive quelque chose…

Aussitôt, je découvre l'expression de son visage se transformer, et devenir espiègle. De sa voix douce, il me dit :

— *No, my dear, it won't be worth it, because they are our friends.*

Ne comprenant qu'à demi-mot ce qu'il est en train de dire, je m'approche de lui, intriguée. Nous sommes tellement prêts l'un de l'autre que je peux sentir sa chaleur.

Au même instant me revient en mémoire ce qu'Andrey m'avait dit un jour, concernant ces âmes désireuses de revenir dans le monde des incarnés, afin de continuer de vivre auprès de ceux qu'elles ont aimés. D'emblée, je ressens une forte vibration me parcourir tout entière – serait-il possible que ?…

— Pourquoi n'es-tu pas parti en Irlande, afin de me fuir, ainsi que les fantômes qui m'accompagnent ?

C'est en effleurant mes joues de ses doigts qu'il me dit :

— Pourquoi ? Tout simplement, *my sweet heart*, parce que tu m'aimes !

Que pouvais-je répondre à cela ? Je n'avais plus désormais qu'un seul désir : celui de m'abandonner à lui. Ce que je fis dans l'instant.

Ce qui est certain, c'est que, lorsqu'il s'est incliné pour poser sa bouche brûlante sur la mienne, une seconde vibration des plus électrisantes a parcouru mon échine en un instant, pour me ramener à la vie. Toute enveloppée de lui, j'ai eu soudain une certitude : celle de ne pas être en terre inconnue. Alors, passionnément, moi, la Vivante, j'ai butiné le nectar de sa bouche, les yeux grands ouverts. C'est ainsi que j'ai surpris, le temps d'un éclair, un magnifique ciel azuréen cerclé d'or embraser la forêt de son regard.

Fin

Note

Ce livre est un roman, son histoire se veut fictive. Il n'y a donc aucune ressemblance, de près ou de loin, avec des personnages de notre époque, sauf en ce qui concerne mes compagnons à quatre pattes. Pour ce qui est de la période du Moyen Âge, seul le vicomte de Trencavel et Guillaume de Tudèle ont réellement existé. Bien entendu, leur rôle dans cet ouvrage est également purement imaginaire. Seuls l'ambiance de l'époque, la renommée des personnages et le massacre de Béziers demeurent réels et constituent les piliers de ce récit.

La couverture du livre a été réalisée avec des images libres de droits.
Pour ce qui est des chevaliers, ils sont issus des illustrations médiévales traditionnelles de la Maison Trencavel, dont voici le lien : https://maison-trencavel.com/fr

REMERCIEMENTS

Écrire un livre, quel qu'il soit, est une grande aventure intérieure. D'ailleurs, si l'on y réfléchit bien, le mot *livre* résonne intimement avec l'action de « se livrer ».

Mais voilà, que serait cette odyssée sans l'autre ? Eh bien, elle ne serait pas, tout bonnement.

L'autre est une source d'inspiration infinie, dont je prends plaisir à m'abreuver, à chaque instant qui passe. Et de cette eau vive qui m'éclabousse joyeusement, je tire les enseignements.

C'est pourquoi je tenais à remercier mes proches, parents, amis, ainsi que mes chats et feu ma Miss Lilly, pour ce qu'ils m'ont apporté chacun à leur façon, tout au long de ces quatorze mois de gestation. Mais aussi la Société archéologique et littéraire de l'hôtel Berger, ainsi que les archives de Béziers, qui ont bien voulu me prêter des ouvrages de référence traitant de la période moyenâgeuse, pour mes recherches.

Merci également à ceux qui ont corrigé ce livre, pour leur patience et leur amitié.

Encore un grand merci, empreint d'émotion, à M. Robert Ménard, maire de Béziers, pour sa poétique préface de cet ouvrage.

Enfin, je remercie la mémoire du vicomte Raymon-Roger Trencavel qui m'a donné envie d'écrire mon premier roman.

C'est ainsi qu'après quelques souffrances d'usage, et pour ma plus grande fierté, je donnai le jour à *La Vivante*. Au moment de sa naissance, celle-ci pesait environ 900 g et mesurait 360 000 caractères de bonheur.

Éditeur : Elisabeth Correvon

8, rue Sainte-Claire

34500 Béziers

Imprimé à la demande par Amazon KDP

ISBN : 978-2-9598279-0-7

Première édition sortie le 28/1/2025.

Printed in France by Amazon
Brétigny-sur-Orge, FR

32149230R00161